Panna Molly i uparty major

Słodki romans historyczny o koniach, skandalu i odnalezionej rodzinie

Catherine Bilson

Shenanigans Press

Spis treści

Rozdział pierwszy

Tpierwsze promieniefirst rays świtu rozciągały się leniwie nad falującymi akrami Belle Haven, rzucając delikatne złote światło przez drzwi stajni, gdy Molly Bell żwawym krokiem weszła do środka, a jej bystre oczy omiotły rzędy boksów skąpanych w spokojnym porannym blasku. Wciągnęła głęboko powietrze, rozkoszując się znajomym, ziemistym zapachem siana zmieszanego ze skórą i końską, ciężką wonią.

— Dzień dobry, moje piękności — mruknęła, sięgając, by pogłaskać chrapy ślicznej gniadej, która przywitała ją rżeniem. — Gotowe zacząć dzień?

Z wprawą wypracowaną latami Molly skierowała się do paszarni, jej kroki ledwie szeleściły na słomie. Ręce poruszały się szybko przez zwyczajowy poranny rytuał — odmierzała i mieszała odpowiednią paszę dla każdego zwierzęcia z osobna, roznosiła wiadra, a potem sprawdzała konie podczas jedzenia. Każde zadanie wykonywała z precyzją mówiącą o latach praktyki i wrodzonym zrozumieniu swoich podopiecznych. Konie reagowały na jej obecność — uszy szły w przód, chrapy się rozszerzały, jakby potwierdzając, że czują się pod dobrą opieką.

— Spokojnie, Apollo — zanuciła do szczególnie żywiołowego kasztana, który uskoczył bokiem, gdy gładziła go po nodze aż do pęciny i zachęcała, by dał kopyto. — Nie zabieram ci śniadania.

Apollo prychnął, a jego ciemne oczy śledziły każdy jej ruch, gdy kontynuowała poranny obchód. Silne, pewne dłonie Molly przesuwały po sierści konia, szukając oznak dyskomfortu lub urazu. Zadowolona, poklepała go, zyskując w zamian tylko zgryźliwe kłapnięcie zębami w swoją stronę.

— Łobuziak z ciebie, wiesz? — zaśmiała się. — W Sandhurst nie będzie żadnych takich wybryków, mój chłopie. Zostaw to Francuzom.

Molly poruszała się z płynną swobodą od boksu do boksu, pewna wśród wielkich zwierząt w sposób, który zdradzał jej zażyłość z nimi. Zapach świeżego siana mieszał się z ziemistą wonią stajni — kojącą mieszanką domu i sensu życia. Każdy koń dostawał czuły dotyk, szeptane słowo i uważne oględziny.

— Spokojnie, Bramble — ukołysała młodą gniadą klaczkę, która podrzuciła głową, lecz pod ręką Molly szybko się uspokoiła. — Zadziorna jak zawsze, co?

Bramble cicho zarżała w odpowiedzi, szturchając ramię Molly, jakby potakując. Po ostatnim poklepaniu Molly ruszyła dalej, myślami już przy kolejnych zadaniach.

Przygotowanie do odprowadzenia tych koni do Sandhurst nie było byle czym i Molly wiedziała, że każdy szczegół musi być dopracowany. Skierowała się do siodlarni, gdzie rzędy ogłowi, siodeł i zestawów do pielęgnacji były skrupulatnie uporządkowane. Wyciągnęła wysłużony rejestr i przewertowała stronice wypełnione równym, drobnym pismem.

— Trzylatki do Sandhurst — mruknęła do siebie, przesuwając palcem po liście. — Apollo, Bramble, Thunder... sama wyborna krew.

Odznaczyła każde imię, w myślach przeglądając postępy w treningu i charaktery. Te konie były dla niej czymś więcej niż zwierzętami — były partnerami, każdym rządziły inne przywary i atuty. Od niezłomnej odwagi Apollo, przez ognisty temperament Bramble, po surową siłę Thundera — każdy odegra kluczową rolę w swoim przeznaczeniu jako koń bojowy oficerów British Army.

Molly starała się nie myśleć zbyt mocno o brutalnej prawdzie, że niewiele z koni, które Belle Haven co roku dostarczało armii, wracało do domu, gdy już raz trafiły na Kontynent. Po dziesięciu latach nauczyła się hartować serce.

— No dobrze, zobaczmy wasz rynsztunek — powiedziała, ruszając obejrzeć sprzęt przygotowany na podróż. Siodła sprawdzono pod kątem przetarć, ogłowia wypolerowano na połysk, a środki do pielęgnacji spakowano z największą troską. Zatrzymywała się przy każdym elemencie, by upewnić się, że spełnia jej wygórowane wymagania, w głowie kłębiły się logistyczne szczegóły i harmonogramy.

— Nie wolno zapomnieć o apteczce — upomniała się, wsuwając do sakw na swoim własnym koniu małe drewniane pudełko wypełnione maściami, bandażami i innymi niezbędnymi drobiazgami. Jej drobiazgowość brała się z doświadczenia — wiedziała, jak szybko drobiazg może przerodzić się w poważny problem bez właściwego przygotowania.

Odchylając się, ogarnęła krytycznym okiem ten zorganizowany rozgardiasz. Wszystko zdawało się być na swoim miejscu, ale zawsze był jeszcze jeden szczegół do rozważenia, jeszcze jedna drobnostka do dopięcia.

— Dzień dobry, Molly — miękki głos Clary przebił się przez rytmiczne mlaskanie koni żujących siano i szelest kopyt w słomie.

— Dzień dobry, Claro — odparła Molly, podnosząc wzrok i widząc dwie siostry nadchodzące w jej stronę; na twarzy Clary malował się tęskny wyraz. Za nią szła Anna, ściskając mały notes.

— Przeglądasz listę do Sandhurst? — spytała Clara, opierając dłoń o drzwi boksu i zaglądając do środka.

— Tak — powiedziała Molly, unosząc listę z imionami, wiekiem i kondycją każdego konia, a także z nazwiskiem jeźdźca, z którym w Sandhurst mieli zostać połączeni. — Upewniam się, że wszystko gra. Nie możemy sobie pozwolić na żaden błąd — wszystkie konie są już opłacone i nie chcemy nikomu zwracać pieniędzy!

— Oczywiście — westchnęła Clara, zatrzymując wzrok na liście, po czym przeniosła go na konie. — Chciałabym móc pojechać z wami. To musi być przygoda — pomagać im ułożyć się z nowymi partnerami!

— Może następnym razem — powiedziała łagodnie Molly. Clara miała dopiero siedemnaście lat przy dwudziestu trzech Molly; Molly nie widziała szans, by ojciec pozwolił Clarze na wyjazd przynajmniej przez rok czy dwa. — Twoja obecność tutaj jest nie do przecenienia, wiesz o tym.

— Wszyscy tak mówią — zaśmiała się lekko Clara — ale to wcale nie ułatwia zostawania w domu.

— Policzyłam dawki paszy — wtrąciła Anna, machając nieco notesem, by zwrócić ich uwagę. — Każdy koń dostanie dokładnie tyle, ile trzeba na drogę i pierwszy tydzień w Sandhurst. Nie ma obawy, że zabraknie albo że się przejedzą, a potem będziesz miała dane, żeby Sandhurst zamówiło odpowiednie ilości na przyszłość.

— Dziękuję, Anno — powiedziała Molly, szczerze pod wrażeniem drobiazgowej pracy siostry. Przyjęła podany notes i przeleciała wzrokiem liczby, kiwając z uznaniem. — Idealnie.

— Byle się przydało — odparła Anna z skromnym uśmiechem, choć w oczach błyszczała niezaprzeczona duma.

— Claro, pomożesz mi spakować resztę sprzętu? — spytała Molly, wracając uwagą do starszej siostry. — Jeszcze sporo trzeba poukładać.

— Oczywiście — zgodziła się ochoczo Clara, podchodząc bliżej sterty rynsztunku. — Powiedz, co trzeba zrobić.

— Zacznij od tych siodeł — poleciła Molly. — Upewnij się, że rzemienie są mocne, a wypełnienie całe. Jeśli znajdziesz jakieś przetarcia, od razu daj mi znać.

— Jasne — odparła Clara, zakasując rękawy i biorąc się do roboty. Obchodziła się z każdym elementem z czułością, palcami wodząc po skórze, jakby chciała zapamiętać jej fakturę. Anna dołączyła do niej, odwracając ciężkie siodło do góry nogami i trzymając, by Clara mogła obejrzeć spód.

— Cudownie — skomentowała Molly, czując przypływ wdzięczności za wsparcie sióstr. — Nie wiem, co bym bez was zrobiła.

— Jesteśmy drużyną, prawda? — powiedziała Clara. — A nawet jeśli nie mogę być tam z tobą, będę z tobą duchem.

— Ja też — dodała cicho Anna. — Pamiętaj o całej naszej pracy, kiedy będziesz robiła wrażenie na tych oficerach w Sandhurst.

— Możesz być pewna — powiedziała Molly, a serce znów napęczniało jej czułością do rodziny. — Na każdym kroku.

— Dzień dobry, dziewczęta — rozległ się znajomy głos od strony drzwi stajni.

Molly wyprostowała się, ocierając kroplę potu z czoła, i odwróciła się, by zobaczyć swojego przybranego ojca, Sir Richarda Bella, idącego ku niej sprężystym krokiem. Ciemne włosy miał zmierzwione wiatrem, a jasnoniebieskie oczy błyszczały ciepłem, które zawsze wprawiało ją w spokój.

— Dzień dobry, tato — odpowiedziała, uśmiech wkradł się na jej usta. — Mam nadzieję, że dobrze spałeś?

— A i owszem — zaśmiał się. — Muszę jednak przyznać, że myśli o tym wyjeździe do Sandhurst trzymały mnie na nogach dłużej niż zwykle.

— Zrozumiałe — przytaknęła Molly. — To poważne przedsięwzięcie.

— I to jeszcze jakie — zgodził się, stając obok i ściskając krótko jej ramię. — Chciałem przejrzeć z tobą logistykę po raz ostatni, zanim wyruszysz. Twoje skrupulatne planowanie, jak zawsze, jest nieocenione.

— Dziękuję, tato — powiedziała Molly, czując napływającą dumę. — Dopilnowałam, żeby wszystko było w porządku. Konie są w najlepszej kondycji, spakowałyśmy cały niezbędny sprzęt i zaprowiantowanie na drogę.

— Doskonale — powiedział Richard z uspokajającym uśmiechem. — Nie mam wątpliwości, że wszystkim pięknie pokierujesz. Od zawsze masz niezwykły dar do tych koni.

— Lata praktyki — odparła skromnie. — I wielka miłość do nich, rzecz jasna, plus twoje nieocenione szkolenie!

— Właśnie dlatego powierzam ci to zadanie bez zastrzeżeń — powiedział poważnie. — Twoja wiedza nie ma sobie równych, Molly. Teraz przejrzyjmy plan treningowy i konkretne wymagania Sandhurst.

— Oczywiście — powiedziała Molly, sięgając po skórzany notes na pobliskim stoliku. Otworzyła go na stronie wypełnionej równymi notatkami i tabelami. — Proszę. Rozpisałam dla każdego konia program treningowy według obecnych postępów i wymogów Sandhurst. Oczywiście zależeć będzie od umiejętności rekrutów, z którymi ich połączą, ale nie wyobrażam sobie, żeby którykolwiek nie umiał porządnie jeździć.

— Rzeczywiście, to będą synowie dżentelmenów; większość świetnie jeździ, choć trafi ci się paru londyńczyków, co uważają galop w Hyde Parku za ciężki wycisk. To imponujące — mruknął Richard, przerzucając strony. — Pomyślałaś o każdym szczególe.

— Naturalnie — odparła Molly z błyskiem w oku. — Nie możemy potknąć się ani razu, zwłaszcza kiedy stawką jest reputacja Belle Haven.

— Słusznie — przytaknął z uznaniem. — Zacznijmy od Thundera. Od ostatniej oceny zrobił niezwykłe postępy. Wiesz, nie lubię łamać je jako dwulatki; jeszcze nie do końca rosną w swoje ciała, ale potrzeby armii... — urwał z żałosnym gestem ramion.

— Thunder ładnie się obrasta mięśniem — powiedziała Molly, w jej głosie brzmiał podobny żal nad wymogami wojny, do których byli zmuszeni. — Zmodyfikowałam mu plan o więcej ćwiczeń wytrzymałościowych, powinny idealnie przygotować go na trudy Sandhurst.

— Mądrze — pochwalił Richard. — A co z Apollo? O ile pamiętam, miał problemy z przejściem do galopu na lewą nogę.

— Ach, Apollo — uśmiechnęła się czule do porywczego kasztana. — Wprowadziłam serię ukierunkowanych ćwiczeń, żeby to przejście poprawić. Idzie powoli, ale robi stałe postępy.

— Wspaniale — złagodniał wyraz twarzy Richarda. — Twoje oddanie naprawdę zachwyca, Molly. Nie wiem, jak ty to robisz.

— Pasja i wytrwałość, tato — odparła prosto. — Nasze ukochane konie zasługują na wszystko, co najlepsze.

— I owszem — zgodził się, zamykając notes i spotykając jej spojrzenie. — I ty również, Molly. Twoja praca jest bezcenna. Upewnijmy się teraz, że wszystko gotowe do podróży. Sandhurst czeka i nie mam wątpliwości, że przyniesiesz nam chwałę.

Molly wiedziała, że Richard najchętniej sam zawiózłby konie do Sandhurst, jak czynił co roku przez ostatnią dekadę, lecz niestety, Książę Regent przysłał przed dwoma dniami list z wezwaniem do Londynu. Istnienie Belle Haven zależało od nieprzerwanego mecenatu Księcia — nieraz już armia próbowała zarekwirować klacze i ogiery stanowiące podstawę stadniny Belle Haven — i tylko bezpośredni rozkaz Księcia temu zapobiegł. Kiedy Książę wzywał, Richard musiał jechać.

Molly jednak przez ostatnie cztery lata pomagała Richardowi dostarczać konie do Sandhurst i oswajać je z nowymi partnerami. Wiedziała, że sama podoła, i była ogromnie dumna, że Richard zgodził się jej to powierzyć.

Fala nerwów zmieszała się z dumą, gdy pomyślała o tym, co ją czeka w Sandhurst. W poprzednich latach widziała, jak oficerowie i kadeci na początku mówili ponad jej głową do Richarda, a na twarzach ledwie kryli zdumienie, gdy to on odsyłał ich do jej fachu. Przywykła do unoszonych brwi, sceptycznych spojrzeń i niekiedy protekcjonalnych uśmieszków. Zdarzało się nawet, że próbowali poprawiać jej metody, dopóki nie wkroczył Richard — choć takich śmiałków ubywało, gdy zobaczyli, jak radzi sobie z najbardziej humorzastymi końmi.

Tym razem będzie inaczej. Przyjedzie nie jako córka Richarda Bella, lecz jako przedstawicielka Belle Haven, w pełni odpowiedzialna za konie warte małe fortuny, przeznaczone na pole bitwy. Niewidocznie wyprostowała ramiona. Znała się na koniach lepiej niż którykolwiek mężczyzna w Sandhurst—na ich temperamentach, treningu, potrzebach. Jeśli panowie oficerowie nie zdołają ponad jej płeć wznieść się na tyle, by dostrzec jej kompetencje, będzie to ich strata, nie jej.

Richard skinął Molly i podążył do stajni ogierów, gdzie miał spędzić większość dnia, wyprowadzając czterech rezydujących w Belle Haven ogierów, by nie dusiły się z nudów w boksach, czekając na sezon hodowlany. Molly już miała wrócić do pracy, gdy dostrzegła Lady Theresę Bell, swoją najlepszą przyjaciółkę i przybraną matkę, idącą od strony dworu. Równoważyła tacę uginającą się od świeżego chleba i parującej herbaty, a twarz rozjaśniła jej się na widok Molly.

— Theresa! Czytasz mi w myślach — zawołała Molly, wycierając dłonie w fartuch i sięgając po tacę.

— Pomyślałam, że przyda ci się małe posilenie — odparła ciepło Theresa. — I może odrobina towarzystwa?

— Zawsze — powiedziała Molly, prowadząc przyjaciółkę na pobliską ławkę. Aromat świeżo upieczonego chleba mieszał się ze swojską wonią siana i koni, tak dobrze znaną i kojącą.

— Jak idą przygotowania do wyjazdu? — zapytała Theresa, nalewając herbatę do dwóch filiżanek.

— Pracowicie, ale gładko — odparła Molly, upijając ciepły łyk. — Prawie gotowe. Wyjedziemy przed świtem jutro, mamy do odprowadzenia siedemnaście koni. Trzydzieści osiem mil do Sandhurst, powinniśmy być wczesnym popołudniem.

— To świetna wiadomość — ucieszyła się Theresa, a jej oczy błysnęły wesoło. — Wiesz, czasem chciałabym być tak dzielna i zaradna jak ty. Lubię jeździć, owszem, ale poprowadzić sznur na wpół ułożonych koni wojskowych do szkoły wojskowej... — pokręciła głową.

— Nie umniejszaj sobie, Theresko — zganiła ją łagodnie Molly. — Belle Haven nie działałoby bez ciebie w jego sercu.

— Dziękuję, Molly — powiedziała cicho Theresa, spuszczając wzrok na filiżankę; rumieniec spłynął jej na policzki. — Wznieśmy więc toast za bezpieczną podróż i udany sezon w Sandhurst.

— Oby — zgodziła się Molly, unosząc filiżankę. Przez chwilę siedziały w przyjemnym milczeniu, smakując prostą, a zarazem głęboką więź, którą zawiązały jeszcze w londyńskim sierocińcu i która przetrwała przez wszystkie te lata.

Spokój niespodzianie przerwało ostre rżenie z jednego z boksów. Czułe ucho Molly natychmiast wychwyciło niepokój w tym dźwięku. Odstawiając filiżankę, pospieszyła do źródła hałasu.

— Co się stało, dziewczynko? — wyszeptała łagodnie, podchodząc do młodej klaczy Dulcinei, która niespokojnie przebierała w boksie. Szybkie oględziny wykazały niewielkie rozcięcie na zadniej nodze, tuż przy stawie skokowym.

— I jak ty to zrobiłaś? — powiedziała z półśmiechem.

— Przysięgam, konie potrafią się skaleczyć o samo powietrze! Rozejrzała się i dostrzegła małą drzazgę sterczącą z drewnianej przegrody między boksami. — To o to? Głuptasia z ciebie! — Ostrożnie usunęła zakrwawioną drzazgę, chowając ją do kieszeni, by później bezpiecznie wyrzucić.

Theresa roześmiała się, poszła do siodlarni po torbę z lekami, po czym wróciła, by trzymać Dulcinei głowę i uspokajać ją, podczas gdy Molly pracowała.

— Stój grzecznie, kochanie — mruczała Molly, a jej dotyk był delikatny, gdy wprawnie oczyściła ranę wilgotną szmatką i wtarła maść, cały czas szepcząc uspokajające słowa. Dulcinea stopniowo się wyciszyła pod wprawną opieką Molly, a jej oczy złagodniały ufnością.

— Będzie z nią wszystko w porządku? — spytała Theresa, stojąc przy głowie Dulcinei z brwiami ściągniętymi troską.

— Tak, to tylko drobne zadrapanie — odparła Molly. — Zaraz będzie jak nowa. Nawet nie będę bandażować, tylko przez parę dni smarować maścią.

— Jesteś niesamowita, Molly — powiedziała Theresa z podziwem w głosie. — Jesteś z końmi równie dobra jak Richard... jakbyście oboje mówili ich językiem.

— A może to one mówią moim — mrugnęła Molly, dając Dulcinei ostatnie poklepanie i wracając do Theresy. — A może rozumiemy się w pół słowa.

— Tak czy inaczej, to dar — stwierdziła Theresa. — I taki, który dobrze ci posłuży w Sandhurst.

— Dziękuję, Theresko — odparła Molly z sercem pełnym wdzięczności. — Za wszystko. To dzięki Theresie Molly znalazła się w Belle Haven; były dwiema dziewczynami zakochanymi w koniach w londyńskim sierocińcu, Theresa o sześć lat starsza. Gdy Theresie szczęśliwie trafiła się posada guwernantki adoptowanych córek Richarda Bella, Molly uciekła, by do niej dołączyć, a Theresa uprosiła Richarda, by pozwolił jej zostać. Oczywiście Richard szybko zrozumiał, jaki skarb ma tuż pod nosem, a kiedy poślubił Theresę, adoptował też Molly do swojej niekonwencjonalnej rodziny.

— Proszę bardzo, kochanie. — Theresa objęła Molly ramieniem. — A teraz. Wiem, że spakowałaś wszystko dla koni; nie zostawiłaś niczego przypadkowi. Ale czy włożyłaś choć jedną sztukę ubrania do własnej skrzyni?

Winna mina Molly zdradziła prawdę, a śmiech Theresy zadźwięczał w powietrzu. — Panno Molly! Marsz do swojego pokoju i do pakowania! Wóz bagażowy wyjeżdża po południu, żeby zjawić się przed wami, i nie chcę, żebyś w Sandhurst miała na sobie tylko to, co wciśniesz w sakwy od siodła!

— Mam jeszcze robotę — wykręciła się Molly. — Spakuję się przed odjazdem wozu. Obiecuję.

— Dopilnuj tego. — Spojrzenie Theresy było łagodne, choć napominające, ale nie naciskała dalej; zebrała filiżanki i tacę i wróciła do domu, zostawiając Molly przy pracy.

Molly klęczała przy drewnianej skrzyni w skromnym pokoiku na tyłach dworu, starannie składając ubrania i układając je z troską. Każdy przedmiot zdawał się nieść wspomnienie — cząstkę jej drogi z Londynu do Belle Haven.

Podniosła wysłużoną książkę o anatomii konia, którą podarował jej Richard; kartki były pozaginane, pełne jej notatek. Uśmiech zatańczył jej na ustach, gdy wkładała ją do skrzyni. Ileż to nocy spędziła, ślęcząc nad jej treścią, pragnąc zrozumieć każdy niuans ukochanych koni?

— Potrzebujesz pomocy? — rozległ się głos Clary, a Molly odwróciła się, by zobaczyć siostrę w progu, z jasnymi włosami świecącymi w słońcu jak aureola.

— Zawsze — odparła Molly z czułością. — Wiesz, że jestem beznadziejna w pakowaniu z głową.

Clara roześmiała się. Przeszła przez pokój i zaczęła składać suknię, którą Molly niedbale cisnęła na łóżko.

— Masz kapelusz? — spytała Clara, zerkając na gęste, czarne włosy Molly, które teraz swobodnie spływały jej po ramionach.

— Oczywiście — powiedziała Molly, wyciągając go z toaletki. — Nie odważę się stanąć przed oficerami z Sandhurst bez niego.

— Nie z tą twoją dziką grzywą — droczyła się łagodnie Clara. — Pomyślą, że to koński ogon!

W tym momencie pojawiła się Anna, o delikatnych rysach i poważnym wyrazie twarzy. — Nie zapomnij o tym — powiedziała, podając Molly małe, misternie rzeźbione drewniane pudełko. — Twój talizman.

— Ach tak — rzekła Molly, biorąc pudełko i otwierając je, by odsłonić maleńką srebrną figurkę konia. — Nie wolno bez niego wyjechać.

— Trzymaj blisko — poradziła Anna. — Przyniesie ci szczęście w drodze.

— Dziękuję — powiedziała Molly, wzruszona troską sióstr. Będzie za nimi tęsknić przez miesiąc, który zamierzała spędzić w Sandhurst.

Pracując razem, napełniły pokój gwarem i śmiechem, każda na swój sposób pomagając. W końcu skrzynia była pełna, a na miejscu zostały tylko odrzucone na ten wyjazd rzeczy, rozrzucone po pokoju i czekające, aż ktoś je grzecznie odłoży.

— No to ładujmy — powiedziała Clara i we dwie z Anną złapały skrzynię. Molly z czułością patrzyła, jak wynoszą ją z pokoju. Anna była maleńka, w połowie chińskiego pochodzenia, a i Clara niewiele większa, ale wychowane w Belle Haven dziewczęta obchodziły się z końmi dziesięciokrotnie cięższymi od siebie bez mrugnięcia okiem i były znacznie silniejsze, niż wyglądały.

Przeszły na dziedziniec między domem a stajnią, gdzie czekał wóz. Dwa konie pociągowe były już zaprzężone, ich lśniące sierści połyskiwały w słońcu. Molly poczuła przypływ ekscytacji pomieszanej z odpowiedzialnością, gdy pomagała zabezpieczać swój dobytek między stertami rzędu i workami paszy.

— A teraz czas się przebrać na kolację. — Anna pociągnęła Molly za rękę. — Chodź. Mama zamówiła specjalną pożegnalną kolację dla ciebie i taty, zanim jutro wyruszycie. Będzie pieczeń z jagnięciny i treacle tart!

— Dwie z moich ulubionych — roześmiała się Molly, a serce znów wezbrało miłością do rodziny. — Powinnam jeszcze sprawdzić konie, jednak...

— Nic nie powinnaś — zaśmiała się Clara, chwytając ją za drugą rękę. — Chodź! Pomożemy ci umyć włosy. Zrób to przed wyjazdem!

Miło było spędzić popołudnie z siostrami — przyznała w duchu Molly — gdy pomagały jej wykąpać i wysuszyć przed kominkiem jej długie, gęste, czarne włosy, zanim przebrała się na kolację. A jeszcze przyjemniej spędzić wieczór z rodziną — rozkoszując się wyborną kolacją w jadalni, a potem siedząc w salonie, rozmawiając i śmiejąc się godzinami, z Richardem i Theresą jak zwykle ramię w ramię na sofie i córkami skupionymi wokół nich. Patrząc, jak Richard ujmuje dłoń Theresy, kiedy ta odstawia filiżankę, Molly zastanawiała się po cichu, czy kiedykolwiek żałowali, że nie mieli własnych dzieci. Sześć córek i każda adoptowana.

Lecz widząc ich łatwą czułość i porozumienie, wiedziała, że prawdziwej rodziny nie określa krew. Więzi, które łączyły ich z wyboru i troski, były silniejsze niż pokrewieństwo.

Gdy zrobiło się późno, a młodsze dziewczęta posłano spać, nad Belle Haven opadła łagodna cisza. Ciepło ognia rzucało miękki blask po pokoju, a Molly wpatrywała się w migoczące płomienie, chłonąc te bezcenne chwile przed podróżą do Sandhurst.

— Molly — głęboki głos Richarda przerwał ciszę, a ona uniosła wzrok, spotykając jego oczy. — Wiesz, jak bardzo ufamy twojemu osądowi i umiejętnościom przy koniach.

Molly skinęła, a serce pęczniało od dumy na te słowa. Richard nie zwykł szafować pochwałami, lecz gdy już padały, miały ogromną wagę.

— Mamy do ciebie pełne zaufanie — dodała łagodnie Theresa. — Ale pamiętaj, że nie jesteś sama. Zawsze tu jesteśmy, cokolwiek się zdarzy.

Oczy Molly zalśniły wdzięcznością, gdy przyjmowała ich słowa, czując ciężar — i ciepło — ich wsparcia i miłości. — Dziękuję, Richardzie, Thyresko. Nie mogłam wymarzyć sobie lepszej rodziny ani otrzymać więcej, niż już mi daliście.

Theresa wyciągnęła rękę, odnalazła dłoń Molly i ścisnęła ją pokrzepiająco. — Tak ciężko na to pracowałaś, Molly. Twoje oddanie i pasja biją z wszystkiego, co robisz. Sandhurst też to zobaczy.

Spokojne spojrzenie Richarda było mieszaniną dumy i troski. — Obiecaj mi tylko jedno, Molly — powiedział łagodnie. — Dbaj tam o siebie. Konie posłuchają twoich komend, ale nie zapominaj o własnym zdrowiu. I nie pozwól rekrutom rozstawiać się z tobą po kątach tylko dlatego, że jesteś kobietą. Dobrze wiem, że nie ma w Anglii lepszego jeźdźca niż ty, a oni też się szybko przekonają.

Molly skinęła uroczyście, czując, jak ich troska otula ją jak ciepły koc. — Obiecuję — powiedziała, po czym szelmowsko się uśmiechnęła. — Postaram się nie zawstydzić ich zbyt bardzo!

Ciepły śmiech Richarda i Theresy towarzyszył jej, gdy życzyła im dobrej nocy i wspięła się po schodach do swojego pokoju — tego samego, który zajmowała od dnia, gdy trafiła do Belle Haven jako zbiegła sierota. Theresa wiele razy oferowała jej lepszy pokój, ale Molly wolała ten... żaden z rodzinnych nie miał tak dobrego widoku na stajnie.

Usiadła przy oknie, a chłodne nocne powietrze niosło miękki szelest koni poruszających się w boksach na dole. Księżyc zalewał dziedziniec światłem, a długie cienie tańczyły po ziemi jak zjawy. Zbyt pełna oczekiwania, by od razu zasnąć, siedziała, chłonąc ukochane, znajome dźwięki i zapachy, aż powieki zaczęły jej ciążyć, i w końcu położyła się spać.

Rozdział drugi

Major Timothy Blair-Fortescue, drugi syn hrabiego Bridgnorth, przemierzał tam i z powrotem przedni salon rodzinnego domu w Londynie, a gruby dywan z Aubusson tłumił odgłos kroków. Zacisnął pięści z frustracji, po czym zmusił się, by odetchnąć głęboko i rozluźnić dłonie, pozwalając im opaść wzdłuż ciała. Marszczył brwi i pocierał skronie opuszkami palców, usiłując wymyślić, co powinien teraz zrobić. Czuł się diabelnie bezużyteczny i nie miał pojęcia, jak to zmienić.

Bogaty, ozdobny wystrój pokoju wcale nie poprawiał mu nastroju. Meble były z rzeźbionego mahonia, fotele i kanapy obite ciężkimi aksamitami i brokatami. Okna obramowały ciężkie jedwabne zasłony z adamaszku, a na kominku tykał misterny brązowy zegar, odmierzając minuty. Oczywiście ledwie słyszał to tykanie — i w tym właśnie tkwił problem.

Tim zatrzymał się przy jednym z wysokich okien, zerkając na ulicę w dole. Przynajmniej mógł dostrzec panujący tam zgiełk, nawet jeśli nie był go w stanie usłyszeć. Jego świat był stłumiony, niemal cichy, co sprawiało, że czuł się samotny, nawet w samym sercu Londynu.

Drzwi otworzyły się za jego plecami i odwrócił się, by zobaczyć, kto wchodzi, prostując ramiona i przybierając na twarzy maskę spokojnej determinacji. Do pokoju weszła jego matka, oczy błyszczały jej z ekscytacji, a on westchnął. Lady Bridgnorth zawsze była czymś podekscytowana i znał to akurat spojrzenie aż nazbyt dobrze z dzieciństwa.

Tego dnia miała na sobie suknię w jaskrawym lawendowym kolorze, która podkreślała jej smukłą, dziewczęcą figurę i młodzieńczą twarz. Rękawy były bufiaste i rozcinane bielą, a gorset zdobiła misterna koronka i maleńkie jedwabne róże. Kąciki ust Tima drgnęły rozbawieniem. Jego matka zawsze kochała żywe barwy i zawiłe wzory, twierdząc, że dzięki nim czuje się młoda i pełna energii. Większość osób, które ją poznawały, nie wierzyła, że jest wystarczająco dojrzała, by być matką Tima, nie mówiąc już o posiadaniu drugiego syna o prawie osiem lat starszego.

— Kochany Timothy! — Jej radość na widok syna samego była aż nadto widoczna. — Już miałam posłać po ciebie lokaja! Muszę z tobą o czymś porozmawiać.

Tim skrzyżował ramiona i przypatrywał się jej z nieodgadnioną twarzą. — Istotnie — powiedział po dłuższej chwili. Wysoki, dziewczęcy głos matki był dla niego całkiem zrozumiały i znów w duchu przeklął bezużytecznych doktorów, którzy nie potrafili wyjaśnić, czemu nadal słyszy te wyższe tony, podczas gdy niższe dźwięki były stłumione niemal do ciszy.

Uśmiech Lady Bridgnorth nieco przygasł, lecz zaraz się sprężyła i usiadła na jednej z pluszowych sof, rozkładając spódnice i gestem zapraszając go, by do niej dołączył. Został jednak przy oknie, a ona westchnęła cicho, nim kontynuowała.

— Tim, wiem, że to dla ciebie trudny czas, ale musimy myśleć o przyszłości. Jesteś już z powrotem w Anglii, a tyle tu uroczych panienek, które chętnie by cię poznały. — Podniosła ze stolika plik kartek i zaczęła je przekładać. — Mam tu listę kandydatek — wszystkie, rzecz jasna, z zacnymi posagami — i pomyślałam, że moglibyśmy ją razem przejrzeć. Wiem, że wcześniej nie byłeś zainteresowany małżeństwem, ale odkąd odszedłeś z wojska...

— Nie odszedłem, mamo — przerwał Tim twardo. — Jestem na zwolnieniu lekarskim. Mam pełny zamiar wrócić do służby i wysłałem list do mojego dowódcy z prośbą o nowy przydział.

Oczy Lady Bridgnorth rozszerzyły się, a papiery opadły na bok. — Ale... ale, Timothy, ty jesteś *głuchy*! — wykrzyknęła.

— Nie jestem głuchy. — Głos Tima był spięty. — Straciłem znaczną część słuchu, to prawda, ale nie muszę słyszeć perfekcyjnie, żeby strzelać do Francuzów. Potrafię walczyć i będę walczył, dopóki tylko dam radę. —

Zobaczył, że chce zaprotestować, więc uniósł dłoń, by ją uprzedzić. — Już podjąłem decyzję, mamo.

Otworzyła usta, po czym znów je zamknęła, zaciskając wargi w cienką linię. Spuściła wzrok i zajęła się wygładzaniem spódnicy. Tim poczuł ukłucie winy, że sprawia jej zawód, ale nie mógł zmienić zdania. Musiał wrócić do czynnej służby. Jego pułk nadal był w Hiszpanii. Jego przyjaciele, jego bracia broni, walczyli i ginęli. Nie mógł ich porzucić.

— Mam dziś rano wyznaczoną wizytę w Horse Guards — odezwał się Tim w ciszy. — Mam nadzieję dostać rozkaz powrotu do Hiszpanii przy pierwszej sposobności. Przykro mi, mamo.

Lady Bridgnorth skinęła głową, wciąż nie podnosząc na niego oczu, a Tim westchnął. Przeszedł przez pokój, pochylił się i musnął ustami jej policzek. Odwzajemniła słaby uśmiech, lecz nic nie powiedziała, gdy wyprostował się i wyszedł z pokoju, kierując się do stajen na tyłach domu.

Budynek Horse Guards należał do największych w Londynie; kolumnowy portyk i masywne, łukowate okna nadawały mu onieśmielającego przepychu, jakby zaprojektowanego po to, by każdy wchodzący poczuł się mały i nieistotny. Tim mały nie był i łatwo go zastraszyć się nie dało, a jednak drgnął lekko, gdy wręczył zaproszenie wartownikowi i został skierowany do odpowiednich kancelarii.

Wnętrze budynku było chłodne i oficjalne; ściany zdobiły portrety znamienitych generałów i admirałów, a oficerowie mijani przez Tima w korytarzu mieli równie surowe, onieśmielające oblicza. Był świadom własnego munduru — nieskazitelnego, świetnie skrojonego — wypolerowanych na wysoki połysk butów i szpady u boku. Wiedział, że wygląda jak żywa ilustracja majora 14. lekkich dragonów, choć jego ruchy wydawały się nieco sztywne i nienaturalne.

Czekała na niego audiencja; trzej mężczyźni siedzący za masywnym biurkiem podnieśli się, by go powitać, kiedy wszedł. — Major Blair-Fortescue. Proszę, niech pan wejdzie.

— Dziękuję, sir. — Tim zasalutował z szacunkiem, po czym zajął wskazane krzesło. Czuł na sobie ich spojrzenia — oceniające, ważone — i zmusił się, by siedzieć nieruchomo i prosto, odwzajemniając je bez cienia wahania. Musiał. Musiał skupić się na kształcie ich warg, by z ruchu ust odgadnąć słowa.

— Złożył pan wniosek o przydział do służby czynnej — odezwał się najwyższy rangą, generał major Armstrong, a Tim skinął głową.

— Tak jest, sir. Uważam, że mimo odniesionych ran nadal nadaję się do służby.

Brwi generała nieco się uniosły. — Z tego, co wiadomo, pańska utrata słuchu jest... znaczna.

Tim przełknął ślinę; nagle zaschło mu w gardle. — Tak, sir. Straciłem w dużej mierze słuch, to prawda. Ale nie ogłuchłem całkowicie i sądzę, że wciąż mogę być dla pułku pożyteczny. Wciąż mogę walczyć i prowadzić ludzi do boju.

Zapadła długa cisza, a Tim zmuszał się, by trzymać dłonie spokojnie, nie zaciskać ich w pięści na kolanach. Czuł, jak ściska mu się szczęka, gdy powstrzymywał się przed dalszymi naleganiami; musiał pozwolić oficerom podjąć decyzję bez jego próśb.

Wreszcie generał major Armstrong westchnął. — Przykro mi, majorze Blair-Fortescue. Pańska odwaga zasługuje na uznanie i niewielu byłoby, którzy nie pragnęliby mieć pana u siebie na służbie. Jednak utrata słuchu czyni pana obciążeniem na polu walki. Nie byłby pan w stanie słyszeć rozkazów, a pańscy ludzie nie mogliby polegać na panu w ogniu bitwy.

— Ale... — zaczął Tim, czując, jak twarz mu płonie.

— Przykro mi — powtórzył generał major stanowczo. — Nasza decyzja jest ostateczna. Nie zostanie pan skierowany do służby czynnej.

— Rozumiem. — Tim musiał zebrać wszelkie resztki silnej woli, by nie wrzasnąć na starszych oficerów.

— Może pan, rzecz jasna, pozostać w służbie w roli niebojowej. Dla oficera o pańskim doświadczeniu i talencie jest wiele możliwości. Z przyjemnością je z panem omówię.

— Dziękuję, sir, lecz muszę odmówić. — Głos Tima był twardy, a kręgosłup sztywny, gdy wstał i zasalutował. — Nie mam najmniejszej ochoty być biurokratą.

Kąciki ust generała majora drgnęły czymś na kształt uśmiechu, choć Tim nie miał pewności. — Jak pan sobie życzy, majorze. Życzę panu powodzenia w dalszych przedsięwzięciach. Oddał pan wielkie zasługi Anglii i Jego Królewskiej Mości i jesteśmy za to wdzięczni.

Tim zasalutował raz jeszcze, po czym obrócił się na pięcie i wyszedł. Ledwie dostrzegał innych oficerów w korytarzu, gdy opuszczał budynek; umysł kipiał mu z frustracji i rozczarowania.

Nie przyjmą go z powrotem. Nigdy nie wróci do 14.

Gabinet hrabiego Bridgnorth był oazą spokoju w porównaniu z wystawnym salonem. Ciemne, drewniane meble, w tym duże biurko uginające się pod stosami książek i papierów, oraz kilka trofeów myśliwskich na ścianach nadawały wnętrzu nieco męski charakter, a jednak było przytulne i gościnne; meble przesiąkły latami użytkowania, a w kominku wesoło trzaskał ogień.

Tim wszedł do gabinetu wciąż w nieskazitelnym mundurze. Jego ojciec, siedzący przy biurku, podniósł wzrok i uśmiechnął się. — Ach, Timothy. Proszę, niech pan usiądzie.

— Dziękuję, Panie Hrabio. — Tim przesunął się na krzesło przed biurkiem i usiadł, prosty jak struna. Czuł się niezręcznie, jakby nie na miejscu, w tym cichym, stonowanym otoczeniu. Jego ojciec był człowiekiem powściągliwym, nieskłonnym do okazywania uczuć, a Tim nigdy nie czuł się przy nim całkiem swobodnie.

— Rozumiem, że był pan dziś w Horse Guards — odezwał się ojciec, głosem wyważonym. Mówił głośno, wyraźnie poruszając ustami — najwyraźniej świadom, że Tim potrzebuje dodatkowej pomocy, by go zrozumieć.

— Tak jest, sir. — Tim zacisnął pięści na kolanach. — Odmówiono mi przydziału do służby czynnej.

— Rozumiem. — Twarz hrabiego pozostała niewzruszona. — To musiał być spory cios.

— Owszem. — Tim spojrzał na swoje dłonie, po czym znów na ojca. — Nie wiem teraz, co mam robić.

— Pańska matka ma z pewnością wiele planów — odparł hrabia sucho, a Tim nie zdołał powstrzymać uśmiechu.

— Owszem, ma. Ale ja nie... Nie chcę jeszcze się żenić. Nie jestem gotów.

— I nie powinien pan, jeśli to nie pańskie pragnienie. — Hrabia odchylił się w fotelu, splatając palce w daszek. — Jest pan wciąż młody, Timothy. Nie ma potrzeby się spieszyć. Pański brat już jest żonaty i ma synów; pan nie jest niezbędny do zabezpieczenia ciągłości rodu Bridgnorth.

Między nimi rozciągnęła się cisza, a Tim poczuł ukłucie frustracji. — Więc co powinienem robić, Panie Hrabio? Siedzieć z założonymi rękami i nic nie robić?

Wyraz twarzy hrabiego nieco złagodniał. — Musi pan podążać własną drogą, mój chłopcze. Jeśli nie pragnie pan małżeństwa — niech pan się nie żeni. Jeśli chce pan wrócić do służby, może znajdzie pan inny sposób, by służyć krajowi. Sposobów pożytku jest wiele, Timothy. Trzeba tylko znaleźć ten, który panu odpowiada.

Tim zamilkł, rozważając słowa ojca. Nalegania matki, by znalazł dobrze uposażoną pannę i ustanowił własne gospodarstwo oraz dziedzictwo, nagle wydały mu się dość grubiańskie. Nie umiał sobie wyobrazić, by ojciec był aż tak merkantylny, choć wiedział, że hrabia poślubił swą hrabinę dla jej znacznego posagu.

Hrabia Bridgnorth, filozof i człowiek zadumy, różnił się od Lady Bridgnorth jak dzień od nocy. Kochali się na swój sposób, ale ojciec Tima wolał swą odległą posiadłość w Yorkshire i towarzystwo psów od wiru londyńskiego towarzystwa, w którym jego żona błyszczała tak jasno — i Tim często czuł podobnie, choć w pełni uświadomił to sobie dopiero teraz.

Być może powinien posłuchać rady ojca i wrócić na jakiś czas do Bridgnorth, by przemyśleć, co chciałby robić dalej.

— Dziękuję, Panie Hrabio — powiedział w końcu. — Rozważę pańskie słowa uważnie.

Hrabia skłonił głowę. — Cieszę się to słyszeć, Timothy. Cokolwiek pan postanowi, proszę pamiętać, że zawsze będzie pan miał moje pełne poparcie.

Wychodząc z gabinetu ojca, Tim zatrzymał się na progu, czując, jak frustracja napina mu ramiona. Nie chciał się żenić, nie miał też ochoty zaszyć się na wsi, a jednak nie miał pojęcia, co w zamian mógłby robić.

Przeszedł raźnym krokiem przez dom, ignorując ciekawskie spojrzenia służby, i zabrał kapelusz oraz płaszcz z holu. Drzwi otworzyły się, gdy podszedł; lokaj na służbie skłonił się szybko, a Tim wyszedł znów na ulicę, strzepnął kurz z ronda uderzeniem w udo i włożył kapelusz.

Gęste, dymne powietrze ruchliwej londyńskiej ulicy uderzyło go niczym cios i skrzywił się, lecz zmusił do marszu, ignorując dzwonienie w uszach. Dźwięki wokół były niewyraźne, stłumione przez uszkodzony słuch, ale nadal słyszał wznoszącą się i opadającą melodię głosów, tępy łoskot końskich kopyt i kół powozów na bruku, przytłumiały ryk krzyków, gdy dwóch woźniców starło się na pobliskim skrzyżowaniu.

Tim przeciskał się przez tłum, ledwie go rejestrując. Przykuła jednak jego uwagę sprzedawczyni kwiatów, piersiasta kobieta w czepeczku i fartuchu, z koszem pełnym barwnych kwiatów. — Grosz za wiązankę, świeże kwiatki! Grosz za wiązankę! — zapiszczała przenikliwie, uśmiechając się do niego, gdy przechodził.

Odwrócił wzrok i o mało nie wpadł na grupkę dzieci bawiących się kółkiem i patykiem. — Przepraszam — mruknął, niepewny, czy go usłyszą. Rozbiegły się, śmiejąc i wołając jedno na drugie, a on poczuł kolejne ukłucie samotności. Nie miał rodzeństwa, z którym mógłby porozmawiać — brat siedział daleko, w swojej szkockiej posiadłości; nie miał kuzynów w swoim wieku, ani przyjaciół, o których warto by wspomnieć. Mężczyźni, z którymi służył w armii, byli wszystkim, co miał — a teraz go z ich szeregów wykluczono.

Ciężko było przełknąć tę pigułkę.

Modna herbaciarnia tonęła w delikatnej porcelanie, koronkowych obrusach i towarzystwie elegancko ubranych gości. Nad głowami migotały kryształowe żyrandole, w powietrzu unosił się jednostajny szmer rozmów, przytłumione brzęknięcia srebra o porcelanę i aromat herbaty oraz ciasteczek. Stoliczki były małe, na najwyżej cztery osoby, a krzesełka filigranowe, kobiece, z ładnymi, kwiecistymi poduszkami.

Lady Bridgnorth westchnęła z zadowoleniem, rozglądając się z uśmiechem. — Och, cóż za urocze miejsce! Od tak dawna chciałam tu zajrzeć i wreszcie jesteśmy! Mam nadzieję, że ci się podoba, Timi, kochanie?

Tim uznał je za najbardziej niedorzeczne, przestylizowane miejsce, w jakim kiedykolwiek postawił stopę. — Jest bardzo... miło — powiedział, starając się nie brzmieć zbyt sarkastycznie.

Matka promieniała. — Jesteś cudownym chłopcem, że mnie tu przyprowadziłeś. A teraz mam cudowne wieści! Dostałam zaproszenie na przyjęcie do Lady Lavington w przyszłym miesiącu i poprosiłam, czy mogę zabrać cię ze sobą. Jestem pewna, że jeśli nic innego, rozrywki dostarczy ci przynajmniej rozległa biblioteka Lavingtonów.

— Nie przepadam za przyjęciami w domach, mamo — powiedział Tim, tłumiąc westchnienie. Mógł się domyślić, że tak łatwo nie odpuści. — I jestem pewien, że Lady Lavington będzie miała tam pod dostatkiem młodych panów znacznie bardziej zainteresowanych jej niezamężnymi córkami.

— Phi! — Lady Bridgnorth z trzaskiem rozłożyła wachlarz i zaczęła nim powiewać przed twarzą. — Lady Lavington będzie zachwycona, że tam będziesz, Tim, mam co do tego przeczucie. Ba, dostałam już od niej list potwierdzający nasze zaproszenie i pisze, że nie może się doczekać, by cię poznać.

Tim westchnął. — Doceniam twoje starania, mamo, ale naprawdę nie życzę sobie, żeby mnie obnoszono przed gromadką młodych debiutantek jak rozpłodowego byka.

Wyraz twarzy matki stał się przebiegły. — Ach, a co, jeśli będą tam damy, które nie są debiutantkami? Może jakieś młode wdowy albo starsze panny? A może nawet takie bez tytułu, jak panna Theresa Madeley? Wiem, że nigdy nie rozważyłbyś córki kupca, ale w dzisiejszych czasach jest wielu bardzo majętnych dżentelmenów z urodziwymi, dobrze wychowanymi córkami. Ojciec Lady Lavington jest bankierem, wiesz? Obie panny Lavington mają ogromne posagi, po 50 000 funtów każda!

Tim o tym nie wiedział i nic go to nie obchodziło, ale widząc pełną nadziei minę matki, nie miał serca psuć jej nastroju. — Rozważę to — powiedział, a ona się uśmiechnęła.

— Dziękuję, kochany chłopcze. Naprawdę sądzę, że może ci się spodobać bardziej, niż przypuszczasz. Przyjęcia w domu Lady Lavington słyną z rozrywek.

Choć Tim aż się wzdrygał na myśl, że będzie obnoszony dla uciechy gromadki zamożnych panien — i ich matek — czuł się winny, że ma zawieść matkę. Postanowił znaleźć inny sposób, by ją ucieszyć. Najmniej, co mógł dla niej zrobić, to pozwolić jej myśleć, że wygrała tę rundę. Wymusił uśmiech, podniósł śmiesznie maleńką filiżankę i wychylił pachnącą kwieciem herbatę jednym haustem.

W duchu marzył o brandy, ale wypił tego zbyt dużo, odkąd uświadomił sobie, że słuch nie wróci, i nie miał najmniejszej ochoty zostać pijanym nicponiem. Topienie smutków nie było wyjściem z obecnego położenia.

Wyłączając się z paplaniny matki, która zaczęła wyliczać dziedziczki, jakie pragnęła mu przedstawić, rozważał możliwości. Może dałoby się obejść decyzję przełożonych w Horse Guards? W końcu był synem hrabiego i krewnym kilku wpływowych mężczyzn.

Tim wyprostował się jak struna, gdy uderzyła go myśl. Jego ojciec chrzestny! Lord Sattlebury był najbliższym przyjacielem hrabiego Bridgnorth od dzieciństwa, a teraz Sattlebury był prawą ręką samego lorda Liverpoola, Sekretarza Stanu do Spraw Wojny i Kolonii! Jeśli ktoś mógł rozkazać przywrócenie Tima do służby liniowej, to właśnie lord Liverpool. Napisze do lorda Sattlebury'ego natychmiast. Albo — jak przyznał z niemym westchnieniem, gdy matka zażądała jego uwagi — raczej po kolacji, kiedy Lady Bridgnorth pozwoli mu na chwilę dla siebie.

Gdy tamtego wieczoru uwolnił się od obowiązków wobec rodziny, pośpiesznie wbiegł na górę i usiadł przy małym biurku w swojej sypialni, z prostymi plecami i zmarszczonym czołem, pisząc, podczas gdy świeca rzucała cienie na ściany. Pokój był słabo oświetlony, jedyny płomyk dawał światło, ale Tim ledwie to zauważał. Mały portret jego pułku, 14. Pułk Lekkich Dragonów, i medal przyznany za męstwo na polu bitwy były jedynymi osobistymi akcentami w dość surowym pokoju, ale wystarczały, by przypomnieć, co utracił.

Mój drogi Ojcze Chrzestny — napisał. — *Mam nadzieję, że ten list zastaje Pana w dobrym zdrowiu. Piszę, by wyrazić głębokie rozczarowanie odsunięciem mnie od służby liniowej i przydzieleniem na stanowisko administracyjne.*

Gdy pisał, jego dłoń stawiała zdecydowane kreski na papierze. Pismo miał równe i staranne — odzwierciedlenie zdyscyplinowanego umysłu.

Rozumiem, że mój ostatni uraz pozostawił mnie z niepełnosprawnością i że może się Pan obawiać o moją zdolność do wykonywania obowiązków. Zapewniam jednak, że jestem w pełni zdolny je wypełniać. Mój słuch może być upośledzony, ale pozostałe zmysły mam równie bystre jak dawniej, a moja determinacja, by się sprawdzić, jest większa niż kiedykolwiek.

Tim przerwał, zaciśniętą ze złości szczęką i piórem ściśniętym w palcach. Nie był gotów porzucić życia, które sobie zbudował jako żołnierz. Ale wiedział, że generał-major Armstrong nie daje się poruszyć apelom do uczuć. Musiał przedstawić logiczne argumenty, które przekonają przełożonego, że nadal nadaje się do służby.

Zapewniłem sobie już przydzielenie osobistego adiutanta, który zadba, abym mógł skutecznie porozumiewać się z moimi ludźmi. Jestem pewien, że będę w stanie bez trudności wydawać i wykonywać rozkazy.

Zmarszczony w skupieniu, Tim znów pochylił się do pisania; pióro sunęło wolniej, gdy uważnie dobierał słowa. Chciał powiedzieć wszystko, co trzeba, lecz nie chciał zabrzmieć jak maruda albo ktoś zdesperowany.

Służę w 14th Light Dragoons od lat i jestem dumny, że mogę nazywać się oficerem tego pułku. Zawsze wykonywałem swój obowiązek najlepiej, jak potrafiłem, i zamierzam to robić nadal. Z szacunkiem proszę, by zechciał Pan interweniować i poprosić lorda Liverpoola o skłonienie moich przełożonych do ponownego rozpatrzenia decyzji i pozwolenie mi na powrót do służby liniowej.

Z poważaniem, major Timothy Blair-Fortescue, 14th Light Dragoons

Tim odłożył pióro z westchnieniem, a zanim złożył list i zalał woskiem, przez moment wpatrywał się w podpis. Wyśle go rano — zdecydował, wstając i przeciągając się. Zrobił, co mógł; teraz pozostało mieć nadzieję, że ojciec chrzestny podejmie właściwą decyzję.

Odpowiedź nadeszła jeszcze szybciej, niż Tim przypuszczał — już po dwóch dniach. Wezwano go z powrotem do Horse Guards, do gabinetu generała-majora Armstronga, tym razem samotnie.

Gabinet generała-majora Armstronga był dokładnie tak formalny i onieśmielający, jak Tim to sobie wyobrażał: ciemne, ciężkie meble, czerwony dywan, ściany obwieszone wojskowymi pamiątkami. Za biurkiem wisiał portret króla Jerzego III, a nad kominkiem skrzyżowana para szabel. To było pomieszczenie zaprojektowane, by budzić respekt — i robiło to znakomicie.

Generał-major Armstrong podniósł wzrok znad papierów, gdy Tim wszedł; przenikliwie go zmierzył. — Majorze Blair-Fortescue — rzucił szorstko. — Proszę usiąść.

Tim zasalutował, wyprostowany jak struna, i zajął wskazane krzesło. — Dziękuję, panie generale.

Armstrong oparł się wygodniej, z nieczytelnym wyrazem twarzy. — Lord Sattlebury przekazał mi pański list — powiedział, wskazując kartkę na biurku.

Szczęka Tima się napięła. — Jestem żołnierzem, panie generale. Chcę wrócić do służby liniowej — wycedził przez zęby.

— A ja wolałbym nie być dziedzicem mojego ojca, zbyt ważnym, by ryzykować poza bezpiecznymi brzegami Anglii — odparł Armstrong sucho. — Ale nie zawsze dostajemy to, czego chcemy, prawda?

Pięści Tima zacisnęły się na kolanach. — Jestem w pełni zdolny wykonywać swoje obowiązki, panie generale. Zapewniłem już przydział osobistego adiutanta.

Armstrong westchnął. — Nie o to chodzi, majorze. Nie wątpię, że mógłby pan wciąż być skutecznym oficerem. Ale fakty są takie, że jest pan głuchy na jedno ucho, a i drugie nie jest tym, czym było. — Podniósł kartkę, a Tim zgrzytnął zębami, rozpoznając raport medyczny, który go skazał. — W ferworze bitwy komunikacja jest kluczowa i nie mogę ryzykować, że oficer nie dosłyszy rozkazu.

Frustracja Tima wezbrała. — Więc mam zostać odstawiony na boczny tor? Zgnić na jakimś zapomnianym przez Boga posterunku?

Armstrong pokręcił głową. — Bynajmniej. Zwłaszcza biorąc pod uwagę, że ma pan wpływowych protektorów, młody człowieku. Ale nawet zanim lord Sattlebury zainterweniował, już poleciłem pana do bardzo prestiżowego przydziału.

To zbiło Tima z tropu. — Jakiego przydziału, panie generale?

Armstrong podniósł z biurka zapieczętowaną kopertę i podał mu ją. — Pańskie rozkazy, majorze. Ma się pan stawić w Royal Military College w Sandhurst, by objąć stanowisko instruktora.

Tim wbił wzrok w kopertę z niedowierzaniem. — Instruktora? Z całym szacunkiem, panie generale, jestem żołnierzem, nie szkolnym belfrem!

— Jest pan jednym z najbardziej doświadczonych oficerów w Armii Jego Królewskiej Mości — odparł Armstrong ostro. — Widział pan więcej kampanii niż większość mężczyzn dwa razy starszych i ma pan ogrom wiedzy do przekazania następnemu pokoleniu oficerów. Nie przychodzi mi do głowy nikt lepiej się nadający.

Tim potrząsnął głową, z zaciśniętą szczęką. — Jestem zaszczycony pańskim zaufaniem, panie generale, ale muszę odmówić. Nie dam się odesłać na pastwisko jak jakiś stary koń wojenny.

— Majorze — powiedział Armstrong niemal łagodnie — to nie kara. To szansa. Szansa, by kształtować przyszłość armii brytyjskiej. Naprawdę sądzi pan, że zmarnowałbym pański talent na nic nieznaczącym stanowisku?

Tim wpatrywał się w kopertę w dłoniach, aż obraz mu się zamazał. Nigdy nie pomyślał o tym w ten sposób. Tak skupił się na tym, co traci, że nie rozważył, co może zyskać.

— Proszę to przemyśleć — ponaglił Armstrong. — Ma pan szansę coś zmienić, majorze. Upewnić się, że oficerowie, którzy przyjdą po panu, będą równie wyszkoleni i oddani jak pan. Czy to nie jest coś warte? Jaka jest alternatywa? Sprzedać stopień i zostać panem żyjącym z dochodów?

Ta myśl była całkowicie nieznośna. Tim zaczerpnął głęboki oddech, rozluźnił pięści i powiedział jedyne, co mógł powiedzieć: — Przyjmuję przydział, panie generale.

— Dzielny człowiek. — Armstrong się uśmiechnął, co rzadko gościło na jego pooranej bruzdami twarzy. — Wiem, że mnie pan nie zawiedzie.

Tim podniósł się, raz jeszcze zasalutował. — Dziękuję za okazane mi zaufanie, panie generale.

— Odpocznij, majorze — odwzajemnił salut Armstrong. — Niech Bóg prowadzi.

Tim opuścił gabinet, ściskając w dłoni list. Miał nad czym myśleć, a niewiele czasu, by pogodzić się z nowym przydziałem.

Tim składał mundury i pakował ekwipunek z wyćwiczoną celowością ruchów. Wojskowa dyscyplina miała go w kościach i dbał o swoje rzeczy, choć niewiele miał tak naprawdę do spakowania. Na jednej ze ścian wisiał portret oficerów 14th Light Dragoons, jego pułku, a medal za męstwo cisnął kiedyś do szuflady. Teraz przystanął, by nań spojrzeć, trzymał mały srebrny krążek w dłoni przez dłuższą chwilę, nim przeniósł wzrok na portret.

Rezygnacja malowała mu się wyraźnie na twarzy, gdy westchnął, zatrzymując wzrok na obliczach mężczyzn, u boku których walczył przez lata. Skłonił głowę, przymknął powieki i wziął głęboki wdech. Kiedy znów spojrzał, wyraz złagodniał.

Dostał przydział i skoro nie miał wyboru, zrobi, co w jego mocy. Armstrong miał rację. To zajęcie miało wartość, a jeśli Tim nie mógł sam wrócić do pułku, przynajmniej mógł posyłać w jego miejsce dobrze wyszkolonych młodych oficerów. Odłożył medal, by spakować go razem z listem z Horse Guards, a także portret, choć nie wiedział, gdzie w nowych kwaterach mógłby go powiesić. Może wcale. Podniósł medal raz jeszcze, obracając go w palcach. Na krążku wygrawerowano datę i miejsce jego bohaterstwa; przymknął oczy, na moment znów widząc skwar Hiszpanii, słysząc krzyki rannych i konających, huk dział.

Tak naprawdę nie chciał wracać. Przyznał to sam przed sobą, w ciszy własnych myśli. Tamtego dnia był o włos od śmierci — ocalał tylko dzięki jeszcze większemu bohaterstwu najlepszego przyjaciela, który wyniósł Tima z pola bitwy, gdy koń został spod niego zastrzelony, a Tim leżał ranny i oszołomiony. Wina będzie go dręczyć, lecz niewracanie było błogosławieństwem.

Zamiast tego pojedzie do Sandhurst i wypełni swój obowiązek najlepiej, jak potrafi, zyskując tam szacunek równych sobie. A może, jeśli dopisze mu szczęście, znajdzie nową rolę, w której jego talenty będą przydatne.

Ostrożnie kładąc medal w pudełku, zamknął je i dokończył pakowanie rzeczy, gotów wyruszyć z samego rana.

Tim siedział w powozie, wpatrzony w okno, gdy wiejski krajobraz mknął za szybą rozmytą smugą. Czoło miał lekko zmarszczone, wzrok nieobecny — rozmyślał o nowym przydziale w Sandhurst.

Łagodnie pofalowane wzgórza, dalekie zagrody, pasące się na łąkach zwierzęta — wszystko to stanowiło spokojny kontrast dla wewnętrznego rozedrgania Tima. Jako żołnierz był przyzwyczajony do działania, do towarzyskiej więzi z innymi oficerami, do dreszczu bitwy. Prowadził szarże, stawał do pojedynków, ratował życie. Teraz miał zostać instruktorem, uczyć młodych mężczyzn umiejętności, które szlifował latami ciężkiej służby.

Przypomniał sobie swoje najdumniejsze chwile: poprowadzenie szwadronu do brawurowej szarży przeciw przeważającym siłom wroga, pojmanie francuskiego oficera wraz z ludźmi, wyniesienie rannego towarzysza spod silnego ognia. Otrzymał odznaczenia za odwagę, awanse za zasługi. Czy kadeci w Sandhurst będą go szanować za dokonania, czy ujrzą w nim relikt minionej epoki, choć będzie od nich starszy najwyżej o niespełna dekadę?

Słowa hrabiego wypowiedziane poprzedniego wieczoru wróciły do niego: — Jest pan żołnierzem, Tim. To jedyna rzecz, której kiedykolwiek pan pragnął. A teraz ma pan uczyć chłopców, jak być żołnierzami. Powinien się pan czuć zaszczycony.

Powinien. A jednak...

Myśli przerwał wstrząs, gdy powóz najechał na wyrwę w drodze, i znów spojrzał przez okno. Przejeżdżali przez posępne wrzosowisko, wokół wiotkich drzew wiły się smużki mgły; zbliżali się do Sandhurst.

Serce Tima zabiło nieco mocniej na myśl o tym, co go czeka. Był zdeterminowany, by jak najlepiej wykorzystać nowy przydział, udowodnić, że wciąż ma armii coś do zaoferowania. Wyszkolenia młodych kadetów na jak najlepszych żołnierzy — i może, czyniąc to, odnajdzie odrobinę satysfakcji.

Wreszcie powóz się zatrzymał, a Tim otworzył drzwiczki i wysiadł, butami uderzając o ziemię głuchym stukiem. Poprawił płaszcz, po czym ruszył w stronę największego z imponujących kamiennych gmachów, stawiając kroki pewnie i zdecydowanie.

Rozmach i solidność zabudowań mówiły o długiej historii instytucji, a złoty kamień lśnił w popołudniowym słońcu. Wokół panował zorganizowany rozgardiasz: kadeci maszerowali w szyku, ich oficerowie wydawali komendy, a konie cwałowały przez plac apelowy, jeźdźcy ćwiczyli manewry.

Tim trzymał wzrok utkwiony przed siebie, ignorując spojrzenia rzucane w jego stronę, gdy szedł ścieżką. Postawę miał sztywną, ramiona rozpierające płaszcz, dłonie zaciśnięte w pięści, by nie drżały.

Był zdecydowany zrobić tu dobre wrażenie, pokazać, że jest kompetentny i godny powierzonego stanowiska. A jednak nie potrafił stłumić lekkiej trwogi, gdy zbliżał się do masywnej kamiennej budowli z rzędem wysokich okien i imponującymi kolumnami.

— To tylko nowe wyzwanie — mruknął do siebie, wspinając się po schodach. — Muszę je podjąć z otwartą przyłbicą, tak jak każde inne w moim życiu.

Młody żołnierz otworzył mu drzwi, a Tim wziął głęboki oddech i wszedł do środka.

Rozdział trzeci

TIM STAŁ WYPROSTOWANY JAK struna w nowo przydzielonym pokoju w Sandhurst, poprawiając koszulę i krawat, zanim włożył surdut. Sam pokój był surowy, urządzony z wojskową precyzją, ale musiał przyznać, że całkiem wygodny. Gdyby tylko mógł się pozbyć wrażenia, że to miejsce, do którego starzy żołnierze przychodzą umierać.

Ściągnąwszy surdut z kołka, wsunął się weń i szybko, sprawnie zapiął guziki, po czym sprawdził odbicie w małym lustrze nad umywalką. W zaciszu własnego pokoju mógł przyznać przed sobą, że bywa próżny — wiedział, jak wygląda w dobrze skrojonym mundurze. Może powinien być wdzięczny matce za ten prezent — gdyby tylko nie była tak bezceremonialna w naleganiu, by zamiast wracać na pole bitwy, rozejrzał się za żoną.

Gdyby mógł wrócić teraz do Hiszpanii, zrobiłby to bez wahania. Ale nie mógł. Generał dywizji Armstrong jasno dał do zrozumienia, że byłby tylko ciężarem. Nie słyszał komend; nie słyszał nadlatującej kuli armatniej. Nie słyszał krzyków swoich ludzi, gdy padali pod ostrzałem. Nie słyszał nawet sygnałów trąbki, chyba że były bardzo blisko — dlatego przegapił poranne pobudki, budząc się dopiero, gdy jego nowy adiutant zastukał do drzwi.

W pokoju panowała taka cisza. Słyszał własny oddech i niewiele więcej. Brakowało mu śpiewu ptaków, stukotu końskich kopyt o bruk, cichego skrzypienia skórzanych uprzęży i dzwonienia wędzideł. Cały świat był teraz zbyt cichy.

Wzrok Tima powędrował ku biurku i leżącemu na nim listowi. Od Armstronga, kierującemu go na to stanowisko w Sandhurst. Jako instruktor będzie mógł wykorzystać ciężko zdobytą wiedzę i radzić nowym rekrutom, ucząc ich, jak przeżyć na polu bitwy — i być może nawet jak wygrać niejedno starcie.

Jego pułk pozostał w Hiszpanii, a on zjadał się z zazdrości. Choć wiedział, że już nigdy nie będzie walczył, pragnął tam być. To byli jego przyjaciele, jego bracia — znacznie bardziej niż rodzony brat, którego ledwie znał. Czuł tę odległość boleśnie, tym bardziej że nie miał jak od nich usłyszeć. Podejrzewał, że w Armii listy mają niższy priorytet niż amunicja.

Biorąc głęboki oddech, Tim zmusił się, by rozluźnić szczęki. Da radę. Da radę. Wciąż był żołnierzem, choć nie na linii frontu. Udowodni wszystkim, że się mylą. Jeszcze z nim nie koniec.

Wyciągnął rękawiczki z pasa, pacnął nimi o dłoń i ruszył do drzwi. Czekali na niego rekruci.

Tim nabrał tchu, nim wszedł do kasyna oficerskiego, gdzie pozostali oficerowie zebrali się na śniadanie. Prostując plecy, lekko przechylił głowę, starając się wychwycić rozmowę. Słyszał część wypowiadanych słów, ale innych nie — co sprawiło, że zacisnął szczękę z frustracji.

Podpułkownik Forebury, jego nowy przełożony w Sandhurst, zmierzył go szybkim wzrokiem, notując jego sztywność i lekkie przechylenie głowy. Starszy mężczyzna stracił ramię w bitwie, ale — jak mówiono Timowi — nie przeszkadzało mu to obchodzić się z końmi lepiej niż większość. Wyraz twarzy Forebury'ego był nieczytelny, lecz Tim poczuł dreszcz niepokoju.

— Pańska podróż do Sandhurst minęła bez przeszkód, mam nadzieję, majorze Blair-Fortescue? — zapytał Forebury, mówiąc głośno i wyraźnie, gdy Tim zajął miejsce.

Tim skinął głową, lekko ją przekrzywiając, by słyszeć lepiej. — Tak jest, panie podpułkowniku.

— Dobrze, dobrze — powiedział Forebury, zamieniając jeszcze kilka zdawkowych uwag o pogodzie i drogach, po czym odwrócił się, by porozmawiać z innym oficerem.

Tim ledwie zdążył się rozluźnić, gdy wychwycił słowa mężczyzny: — Nie sądzę, żeby dało się to odwołać, co, Rawlings? Ta stara trąbka do ucha, której używał pański dziadek?

Drugi oficer, kapitan, zachichotał. — Obawiam się, że nie, panie podpułkowniku — odparł tonem jasno sugerującym, że uważa Tima za całkiem głuchego.

Kilku innych oficerów się roześmiało, ale bystre oczy Tima wyłapały też paru, którzy wyglądali na zmieszanych. Wziął głęboki oddech, zmuszając się do spokoju. Przywykł już do sposobu, w jaki ludzie na niego patrzyli, gdy dowiadywali się o jego głuchocie, ale nie znaczyło to, że musiał to lubić.

Mimo to aż go świerzbiły palce, by zacisnąć się na rękojeści szabli i udowodnić, że mimo ułomności wciąż jest groźny. Nie mógł już walczyć na polu bitwy, ale walczyć wciąż potrafił. Jeśli ci oficerowie go zlekceważą, rychło przekonają się, jak bardzo się mylili.

Zmrużył oczy, patrząc na Forebury'ego. Starszy mężczyzna był jego przełożonym i musiał go słuchać, ale nie musiał go lubić. Było jasne, że Forebury nie chce go tutaj, co tylko bardziej utwierdziło Tima w postanowieniu, by mu się sprzeciwić czynem. Zacisnął mocno rękawiczki w dłoni; skóra lekko zaskrzypiała pod naciskiem. Pokaże im wszystkim. Za wszelką cenę.

— Jest Pan gotów, majorze? — Zaniepokojony głos za plecami i lekkie dotknięcie ramienia sprawiły, że Tim odwrócił głowę, po czym skinął, wstając, by pójść za młodym adiutantem z kasyna. Porucznik Spurling poruszał się powoli, o kulach, brakowało mu prawej nogi poniżej kolana, ale Tim zdążył już ocenić go jako bystrego młodzieńca. Podążał cierpliwie, ufając, że Spurling zaprowadzi go we właściwe miejsce.

Na zewnątrz Spurling poprowadził go na plac musztry, gdzie czekało dwóch tuzinów młodzieńców w mundurach tak nowych, że aż lśniły. Z pobliskich stajni wyprowadzano konie.

— Ta dostawa koni przyjechała wczoraj, majorze — powiedział Spurling, brzmiąc na uradowanego i podekscytowanego. — Konie z Belle Haven, najlepsze w kraju.

Wzrok Tima przyciągnęła młoda kobieta idąca z końmi. Jej ciemnozielony strój do jazdy był prosty, lecz było w jej pewnym kroku coś, co świadczyło o władzy. Uważnie obserwowała stajennych, a gdy jeden z koni, duży gniady wałach, podrzucił łbem i zarżał, szarpnął się z uwięzu i odtańczył od chłopaka, ona pierwsza ruszyła naprzód z wyciągniętą dłonią.

Uszy konia nastawiły się do przodu i zwierzę zrobiło ku niej kilka kroków, po czym znów zatrzepotało łbem i parsknęło. Czekała cierpliwie, wciąż trzymając dłoń wyciągniętą, a Tim zobaczył, że poruszają się jej usta. Nie słyszał, co mówi, ale koń nastawiał i cofał uszy, po czym zrobił jeszcze kilka kroków, potem następne, aż podszedł do niej i opuścił łeb, trącając chrapami jej dłoń.

Pogładziła go po szyi, sięgając, by podrapać wałacha po kłębie, i Tim wyraźnie zobaczył, jak napięcie schodzi ze zwierzęcia. Kobieta uśmiechnęła się, błysk białych zębów w twarzy, którą Tim nagle pojął za zbyt śniadą, by mogła być angielska.

Gdy koń się uspokoił, kobieta podniosła uwiąz i oddała go chłopakowi, po czym zwróciła się do następnego. Oczy Tima podążały za nią, notując, jak się porusza — z celem i pewnością. Gęste, czarne włosy miała upięte pod prostym słomkowym bonetem, lecz odzież była dobrej jakości. Mignęły mu znów te białe zęby, kiedy uśmiechnęła się do innego konia, i nie mógł nie zauważyć, jak jej dłonie pracują — lekkie, a jednocześnie stanowcze — gdy sprawdzała rząd jeździecki.

— Dobra robota przy siodłaniu — usłyszał, jak mówi do młodego chłopaka robiącego za stajennego. — Świetnie. Ten nachrapnik jest jednak trochę zbyt ciasny, widzisz? On musi oddychać. Poluzujmy go o jedną dziurkę.

Chłopak skinął głową, a ona ruszyła dalej, zatrzymując się na czele szeregu koni i odwracając do placu musztry oraz czekających rekrutów, nim wydała rozkaz jasnym, dźwięcznym głosem. — Prowadzić naprzód, trójkami. Zatrzymać na środku placu, potem stać w pogotowiu, by przyprowadzić kolejne trzy.

— Tak jest, panno — powiedział stajenny, dotykając czapki z szacunkiem.

— Panna — mruknął Tim, obserwując, jak wraca do koni. A więc nie była służącą. Zastanawiał się, kim jest i co tu robi. Nigdy nie widział kobiety tak swobodnej przy koniach, tak pewnej swoich umiejętności, nawet jego matka, która zawsze kochała jazdę.

Zmarszczywszy brwi, odwrócił wzrok, próbując wyrzucić jej obraz z głowy. Nie chciał jej podziwiać, nie chciał dać się oczarować jej sprawnością. Była tylko rozproszeniem uwagi, niczym więcej.

— Co, u diabła, robi tu kobieta?

Słowa wyrwały mu się niskim warknięciem, a porucznik Spurling spojrzał na niego ze zdziwieniem, po czym podążył za jego spojrzeniem.

— Och, to tylko panna Bell — powiedział wesoło. — Jest zarządczynią stajni, która przyjechała z końmi z Belle Haven, i znakomitą amazonką. To ona nauczyła mnie znów jeździć w zeszłym roku. Panna Bell to wyśmienita trenerka. To był jej pomysł, żebym uczył się jeździć, używając bata zamiast prawej nogi. „Damy, jeżdżąc bokiem, też nie używają prawej nogi, poruczniku" — powiedziała. „Nie ma powodu, dla którego nie mógłby się pan nauczyć jeździć jak dama." — Uśmiech Spurlinga jeszcze się poszerzył. — Jest straszną droczycielką, panna Bell, ale wielką koniarą, a ja jeżdżę teraz lepiej, niż zanim straciłem nogę.

— Na damskim siodle? — zapytał Tim, kompletnie zdezorientowany tym pomysłem.

— Na miłość boską, skądże, panie majorze! — Spurling wyraźnie zdusił śmiech. — Panna Bell nie naraziłaby gentlemana na taką hańbę. Nie — ale załatwiła mi konia wyszkolonego, by nosił siodło damskie, a także do jazdy okrakiem, i pomogła mi na nowo złapać równowagę oraz używać bata jak dama, zamiast nogi.

— Rozumiem. — Tim poczuł się nieco głupio, że zadał takie pytanie. — Więc... co ona teraz robi? — Odwracając się od koni, panna Bell podchodziła do rekrutów, którzy wyraźnie nie wiedzieli, jak ją traktować — połowa z nich sztywniała na baczność, podczas gdy druga połowa bez szacunku omiatała wzrokiem jej zgrabną figurę.

— Przydziela konie jeźdźcom, panie majorze — podpowiedział Spurling.

Tim aż się zakrztusił z oburzenia. — Zobaczymy jeszcze!

Tim pomaszerował do panny Bell, marszcząc na nią brwi. Ona spojrzała na niego z zagadkowym, półgębkiem uśmiechem.

— To major Blair-Fortescue, panno Bell — powiedział Spurling, pospiesznie podkuśtykawszy o kulach obok Tima. — Oficer dowodzący tą grupą rekrutów.

Przynajmniej rekruci natychmiast zesztywnieli na baczność, zauważył Tim. Panna Bell wyciągnęła do niego dłoń, jakby oczekując uścisku, jak dżentelmen. Spojrzał na nią z niedowierzaniem.

— Byłem w przekonaniu, że konie będą dziś gotowe do jazdy dla rekrutów — powiedział Tim, świadom, już gdy mówił, że zabrzmiał nieco pompatycznie. Zaskoczyła go obecność panny Bell i mu się to nie podobało.

— Przygotowuję konie do jazdy dla rekrutów — odparła spokojnie panna Bell. Opuściła wyciągniętą dłoń, ale nie rzuciła się, by mu się podporządkować, ani nie okazała żadnego znaku, by czuła się przez niego spłoszona. Jej mowa ciała była pewna, wręcz władcza. — Jestem tu, aby ocenić styl jazdy każdego rekruta, bym mogła dopasować mu konia najlepiej odpowiadającego jego umiejętnościom.

Jego szczęki znów się zacisnęły, oczy się zwęziły. — Rozumiem. Chce Pani więc spędzić na tym cały dzień, podczas gdy rekruci będą stali bezczynnie. Jestem pewien, że Pani metoda jest bardzo drobiazgowa, panno Bell, ale toczy się wojna i czas jest na wagę złota. Wolę przydzielić konie losowo i jak najprędzej wypuścić rekrutów na plac musztry. — Półobrócił się od niej, zerkając na konie krytycznym okiem człowieka, który całe dorosłe życie spędził w kawalerii.

Chciał znaleźć choć jedną wadę w którymkolwiek z wierzchowców, chciał odprawić pannę Bell z rozkazem, by się bardziej postarała. Musiał jednak przyznać, że to jedne z najlepszych zwierząt, jakie widział — każde stało teraz spokojnie w ręku przy swym chłopięcym stajennym, czekając na komendę.

— Zapewniam pana, majorze — powiedziała panna Bell chłodnym tonem — że moja metoda jest najlepsza. Proszę pozwolić, że zademonstruję. — Podniosła dłoń, przywołując jednego z rekrutów. — Panie, proszę. Pańskie nazwisko?

— Llewellyn, panno — odezwał się młody mężczyzna, występując naprzód i dotykając kapelusza z szacunkiem. — Kadet David Llewellyn.

— I jak długo pan jeździ, panie Llewellyn?

— Od kołyski, panno — odparł, z lekką walijską nutą w głosie. — Mój ojciec hoduje coby na naszej farmie w Brecon.

— Walijskie coby, tak? — Uśmiechnęła się. — To porządne, krzepkie konie, ale myślę, że spodoba się panu coś odrobinę wyższego. — Zwróciła się do jednego ze stajennych, który trzymał wysokiego, siwka w pręgach. — Proszę przyprowadzić Osirisa.

Chłopak przyprowadził konia i podał wodze Llewellynowi, który przyjął je z rozradowanym uśmiechem. — Siwek? Zawsze lubiłem siwki, panno.

— Bywa trochę porywczy — ostrzegła. — Będzie pan musiał trzymać go krótko, ale do tego pewnie przywykł pan przy walijskich cobach.

— Aye, panno. — Llewellyn się wyszczerzył. — Dziękuję.

Koń cicho zarżał, trącając ją w ramię, a ona z uśmiechem pogładziła go po chrapach. — No już, śliczny chłopaku. Mówiłam, że znajdę ci dobrego jeźdźca.

Uśmiech Llewellyna jeszcze się poszerzył i odprowadził konia, a wałach kroczył za nim sprężystym krokiem.

Panna Bell nie spieszyła się z dobieraniem koni do ludzi, a im dłużej to trwało, tym mocniej Tim zaciskał szczęki i zwężał oczy. Tupał niecierpliwie stopą, dłonie miał zaciśnięte w pięści, a zęby zgrzytały, podczas gdy patrzył, jak z namysłem wybiera każdemu mężczyźnie konia, przez cały czas myśląc, jakie to niepraktyczne rozczulanie.

Toczy się wojna. Nie mieli luksusu czasu, a Tim nie miał zamiaru pozwolić, by zrobiono z niego głupca, ani by jego ludzie stali bezczynnie, podczas gdy to chucherko zgrywa damę i bierze to sobie na spokojnie.

— Dość! — warknął po kilku następnych minutach, kiedy przydzielono zaledwie dwóch kolejnych rekrutów. — To nie gra salonowa, panno Bell. Toczy się wojna, a czas jest na wagę złota. Jestem pewien, że każdy z Pani koni jest najwyższej jakości i będzie odpowiadał któremukolwiek z moich rekrutów. Dlatego przydzielę je sam.

— Ale, Majorze...

— Nie życzę sobie więcej dyskusji, panno Bell. — Odwrócił się do najbliższego rekruta. — Pan.

Młody mężczyzna wystąpił naprzód. — Harrison, sir.

Tim wskazał na przypadkowego konia. — Ten jest pański.

Panna Bell miała czelność pokręcić głową. — Rozumiem pański pośpiech, Majorze, ale przydzielanie koni na chybił trafił jest nie tylko nieefektywne, lecz także niebezpieczne.

Skrzywił się. — Co pani ma na myśli, mówiąc: niebezpieczne?

— Mam na myśli, że te konie były szkolone, by reagować na określone pomoce — odparła. — Jeśli jeździec nie zna tych pomocy, koń nie zareaguje właściwie. W najlepszym razie jeździec będzie sfrustrowany; w najgorszym może zostać zrzucony.

— Wszyscy to doświadczeni jeźdźcy — odparł Tim. — Każdy, kogo przysyła się do Sandhurst na szkolenie oficerskie, potrafi jeździć.

— Owszem — przytaknęła — ale nie mają doświadczenia z *naszymi* końmi. Na zbudowanie relacji z koniem potrzeba czasu, a koń nauczony odpowiadać na określony dotyk, określony głos, nie zmieni swoich reakcji ot tak, pod wpływem kaprysu.

— Chce pani powiedzieć, że moi ludzie nie są dość dobrymi jeźdźcami, by poradzić sobie z pani końmi? — zapytał, a jego głos stał się niebezpiecznie niski.

— Chcę powiedzieć, że znam moje konie lepiej niż pan, Majorze. — Uniosła podbródek. — Jeśli pozwoli mi pan dopasować je do jeźdźców, mogę obiecać najlepsze możliwe rezultaty. Jeśli upiera się pan przy losowym przydziale, nie mogę zagwarantować, że nie dojdzie do kontuzji ani czegoś gorszego.

— Nie słyszałem większej niedorzeczności! — warknął Tim, usiłując utrzymać nerwy na wodzy. Nie wypadało, by rekruci widzieli, jak krzyczy na młodą kobietę na placu apelowym.

Panna Bell odwróciła się tak, jakby Tim w ogóle się nie odezwał. — Proszę sprowadzić Apollo — rozkazała stajennemu.

Oddech Tima uwiązł mu w gardle, gdy konia przyprowadzono. Wielki i potężny, kasztanowaty ogier miał na pysku białą łysinkę. Tę samą, jaką miał Rufus, tę samą rude złotość sierści, lśniącą jak nowo wybita gwinea.

— Rufus — wyszeptał Tim, nie mogąc się powstrzymać.

Serce waliło mu w piersi, gardło ścisnęła żałość. Dłonie zacisnęły mu się w pięści wzdłuż ciała, a on przygryzł dolną wargę, walcząc o panowanie nad sobą.

Panna Bell raptownie się odwróciła, wpatrując się w niego. — Co pan powiedział?

Nie umiał skłamać. — Rufus — powtórzył chrapliwie. — To był... mój koń. W Hiszpanii. — Usta miał suche jak w prochowni. — Uratował mi życie. Zginął, ale uratował mi życie. Tyle razy, że nie zliczę. Wyglądał dokładnie jak tamten koń. Mógłby być jego bliźniakiem.

Przez chwilę twarz panny Bell złagodniała, a w jej oczach odbiło się jego własne cierpienie. Potem zacisnęła usta, a wyraz twarzy wygładził się w nieprzeniknioną maskę. — Rozumiem. Przykro mi słyszeć, że Rufus przepadł. On także był koniem z Belle Haven. Apollo to jego rodzony brat. — Jej głos złagodniał i po raz pierwszy Tim miał trudność, by ją dosłyszeć. Jej wysoki, dźwięczny głos był równie irytująco słyszalny jak głos jego matki.

Tim musiał stoczyć bitwę z samym sobą. Musiał się zatrzymać, wziąć głęboki oddech i przyjąć do wiadomości, że nie może po prostu wziąć dla siebie tego wielkiego kasztana, choć w tej chwili pragnął tego jak niczego. — Cóż — powiedział, gdy był pewien, że głos mu nie zadrży — wiem, że któremu rekrutowi nie przydzieliłbym Apollo, nie mógłby trafić lepiej.

Przeskanował wzrokiem grupę młodzieńców i wybrał wysokiego, krzepko zbudowanego, stojącego pewnie. — Pan — rzekł stanowczo, wskazując. — Jak się pan nazywa?

— Kadet George Watson, sir!

— Proszę wystąpić i przejąć wodze.

— Sir! — Watson wystąpił, biorąc wodze od stajennego. — Dziękuję, sir! — W oczach błyszczał mu zapał i wyglądał, jakby natychmiast chciał wskoczyć w siodło.

— No już, proszę — skinął Tim. — Niech pan weźmie konia galopem dookoła placu, wyczuje go.

Watson sprawdził jeszcze popręg, po czym zgrabnie wskoczył w siodło i poprowadził Apollo szerokim kołem w prawo. Wielki kasztan nie postawił ani jednego złego kroku, jego chód był płynny i miękki.

Panna Bell patrzyła, twarz miała napiętą z frustracji i niepokoju.

— Majorze, naprawdę muszę nalegać—

— Ach, doprawdy? — Tim urwał ostro. — Nie byłem świadom, że to pani tu dowodzi, panno Bell.

Opuściła wzrok, a policzki lekko jej spłonęły. — Nie, Majorze. Oczywiście, że nie. Przepraszam, że

przekroczyłam swoje uprawnienia. Tylko że Apollo...
bywa trudny w prowadzeniu i nie chciałabym, żeby kadet
Watson zrobił sobie krzywdę. Jak mówiłam, znam moje
konie i wiem, że Apollo potrzebuje znakomitego jeźdźca.
Twardej, doświadczonej ręki.

— Sprawa jest zamknięta, panno Bell. Moi ludzie poradzą sobie z pani końmi — i poradzą sobie znakomicie.

Żuchwa panny Bell stężała na lekceważący ton Tima, ale
opuściła wzrok na ziemię i przygryzła wargę. — Jak pan
każe, Majorze.

Rozjuszony jej ewidentną próbą podważenia jego auto-
rytetu wobec ludzi, Tim odwrócił się od niej i zwrócił do
porucznika Spurlinga. — Przejdźmy do przydziału koni,
Poruczniku.

— Tak jest, sir — odparł Spurling, ale jego usta się zwęziły i Tim miał wyraźne wrażenie, że młodzieniec bynajmniej nie był pod wrażeniem sposobu, w jaki potraktował
pannę Bell.

Cóż, to on był dowódcą, nie panna Bell ani porucznik
Spurling. Jego rozkazy miały być wykonane i kropka.

Rekruci przysłuchiwali się ich wymianie zdań, na
twarzach mieszanina ciekawości i niepokoju. W Tima wz-
bierała złość. To był jego pierwszy dzień dowodzenia, a już
ta kobieta sądziła, że może podkopywać jego autorytet!

— Przypuszczam, że chciałaby pani, żebym oddał pani
resztę koni, panno Bell, aby mogła je pani przydzielić
rekruckiej wedle własnego uznania? — zapytał ostrym
tonem.

— Chciałabym zostać wysłuchana, tak — odparła, a Tim z trudem powstrzymał niedowierzający śmiech. Rzeczywiście sądziła, że może mu rozkazywać.

— A jeśli pani nie wysłucham? — spytał niebezpiecznie miękko.

— Wówczas złożę skargę do pańskiego przełożonego, Majorze. Nie uważam, by przydzielanie koni jeźdźcom na chybił trafił leżało w najlepszym interesie ani koni, ani rekrutów. Te konie są różne i pańscy rekruci też. Chciałabym wziąć pod uwagę zarówno konie, jak i jeźdźców, by dopasować ich jak najlepiej. Sir Richard Bell i ja od lat w ten sposób pracujemy z końmi, które przywozimy do Sandhurst.

Przed oczyma Tima mignęło wspomnienie sprzed niemal dekady. Jego własny pierwszy dzień w Sandhurst. Wysoki mężczyzna o spokojnym usposobieniu, w cywilnym surducie, który raz na niego spojrzał, skinął głową, jakby to, co zobaczył, mu się spodobało, po czym rozkazał sprowadzić Rufusa. Czy to był Sir Richard Bell? Tim nigdy nie poznał jego nazwiska.

Poczuwszy się zaatakowany, Tim przeszedł do kontrataku. — A więc — skrzyżował ramiona na piersi — chce pani powiedzieć, że konie, które dostarczyliście Armii Jego Królewskiej Mości, nie nadają się do służby, panno Bell?

Ciężar oskarżenia zawisł między nimi i Tim zauważył, jak kilku rekrutów z niepokojem zerka po sobie.

W oczach panny Bell błysnęła złość, żuchwa się zacisnęła, ale zachowała spokój i patrzyła mu prosto w oczy.

Dookoła konie poruszały się niespokojnie, kopyta tupały o ziemię. Chłodny powiew przyniósł do jego nozdrzy zapach końskiego potu i Tim poczuł, że chętnie zdjąłby surdut. Słońce wspinało się coraz wyżej i wkrótce miało się zrobić nieznośnie ciepło.

Porucznik Spurling cicho zagwizdał przez zęby, a dźwięk przeciął ciężką ciszę.

— No i? — rzucił Tim. — Co ma pani do powiedzenia, panno Bell?

Oczy panny Bell zwęziły się na jego ostry ton, a żuchwa znów się napięła. Dłonie zacisnęła w pięści wzdłuż ciała i przez ułamek sekundy Tim pomyślał, że naprawdę spróbuje go uderzyć. Spiął się, gotów pochwycić jej nadgarstek.

Impuls minął niemal natychmiast. Dłonie panny Bell się rozluźniły, wzięła głęboki oddech i wyprostowała się, na ile pozwalał jej wzrost — jej głowa ledwie sięgała Timowi do ramienia. Chociaż, by spojrzeć mu w oczy, musiała unieść podbródek, nie odwróciła wzroku.

— Jeśli podaje pan w wątpliwość moje jeździectwo, Majorze, z radością skonfrontuję je z pańskim — powiedziała spokojnym, równym głosem. — Kiedy tylko pan sobie życzy.

Twarz Tima zapiekła. Spokój i pewność panny Bell rozsierdziły go, sprawiając, że w oczach rekrutów wyglądał na małego tyrana. Wszyscy śledzili tę wymianę, oczy mieli szeroko otwarte, a na twarzach malował się szok, a nawet rozbawienie.

Panna Bell wciąż patrzyła na niego, nieustraszona. Naprawdę wierzyła, że dorówna mu w siodle.

Pierwszą reakcją Tima był przypływ gniewu. Jak ona śmie go wyzywać! Zaciął szczękę i poczuł, jak gorący rumieniec wspina mu się na policzki.

Po plecach spłynęła mu strużka potu, serce dudniło. Ściskało go w piersi i musiał walczyć z odruchem otarcia dłoni o surdut.

A jeśli zawiedzie?

Myśl pojawiła się nagle, a w głowie Tima zakotłowały się możliwości. Jeśli panna Bell, jadąc po damsku, potrafiłaby wykonać choć jedną rzecz, której on nie zdoła powtórzyć, Tim straciłby szacunek rekrutów. Od tej chwili nie słuchaliby ani jednego jego słowa.

Niewzruszone spojrzenie panny Bell nie drgnęło. Naprawdę wierzyła, że może mu dorównać. A jeśli mogła? Zwłaszcza że on miałby wsiąść na obcego konia, a ona — jak sama twierdziła — wyszkoliła każdego z tych wierzchowców od siodła. Znała ich wszystkie kaprysy.

Ustawia mnie na porażkę.

Rekruci z ciekawością i oczekiwaniem przerzucali spojrzenia między nimi.

Nie. Tim nie mógł ryzykować, nie pierwszego dnia. Gdyby przegrał, byłby pośmiewiskiem.

Zamiast tego wybrał jedyną inną możliwość.

Wyprostował się na całą swoją wysokość, przygotowując najbardziej stanowczą odpowiedź.

— Wojna to nie zawody, panno Bell — powiedział ostro. — Będzie pani współpracować ze mną przy przydzielaniu koni, które pani tu przywiozła, naszym rekrutom i będzie pani wykonywać moje rozkazy. Albo może pani odejść, kiedy pani wygodnie.

Spojrzała na konie i przez dłuższą chwilę się wahała. Tim niemal widział, jak w jej głowie obracają się trybiki, gdy rozważała opcje. Był przekonany, że wolałaby odejść, niż mu się podporządkować.

Jednak po tej długiej chwili dygnęła. Miało to wyglądać na ukłon pełen szacunku, ale Tim nie mógł pozbyć się wrażenia, że kpi z niego, gdy się wyprostowała i powiedziała: — Jak pan rozkaże, Majorze.

Plecy Tima zesztywniały, każdy mięsień napięty od tłumionego gniewu, gdy odwracał się od doprowadzającej go do szału panny Bell. Nie była warta jego wybuchu. Z odrobiną szczęścia opuści Sandhurst natychmiast, w napadzie urażonej dumy, i już nigdy jej nie zobaczy.

Pot spływał mu po plecach, gdy stał wyprostowany, a słońce wspinało się coraz wyżej. Zakurzona ziemia była zdeptana przez kopyta koni z Belle Haven, a do jego uszu docierały ich pomruki, parskanie i skrobanie podłoża. Zacisnął usta. Konie wyczuwały jego napięcie i same stawały się niespokojne.

Spędził życie wśród koni i jedną z pierwszych rzeczy, jakich się przy nich uczy, jest panować nad gniewem. Teraz jednak był o krok od utraty kontroli.

Zamiast tego zmusił się, by utrzymać równy głos i prostą sylwetkę, wskazując konie na chybił trafił i przydzielając je rekrutom. — Pan tam — rzucił do wysokiego młokosa o zdecydowanie zbyt pewnej postawie, tego, który uśmiechał się pod nosem przez cały spór z panną Bell. — Weźmie pan tamtą gniadą — powiedział szorstko.

— Eee, Majorze, sir? — Chłopak, którego nazwiska Tim jeszcze nie poznał, zawahał się. — Którą gniadą, sir?

— A jak pan myśli? — warknął Tim. — Oczywiście tę najwyższą.

— Tak jest, sir. — Chłopak ruszył w stronę konia — klaczy. Gniada, nerwowa i płochliwa, odsunęła się kilka kroków i przewróciła oczami, ukazując białka.

— Stój w miejscu, ty głupie, cholernie uparte bydlę — warknął Tim pod nosem.

Chłopak obejrzał się niepewnie. — Sir, czy mam...

— Być może jeśli pozwoli mi pan przydzielić konie, Majorze, szybciej ich dosiądą — zasugerowała panna Bell.

Tim powoli zwrócił ku niej głowę. Na ustach miała drobny, doprowadzający do szału uśmieszek, jakby już wiedziała, że wygrała.

— Panno Bell, powiem to po raz ostatni — syknął Tim przez zęby. — Będzie pani wykonywać moje rozkazy. Jeśli powiem, że koń przypada konkretnemu rekrutowi, to tak ma być. Czy to jasne?

Otworzyła usta, po czym zamknęła je z powrotem i skinęła mu krótko, sztywno głową.

— Dobrze. Pan — Kadet — proszę wsiąść na konia.

— Tak jest, sir. — Rekrut ruszył naprzód, choć zerknął w stronę panny Bell.

— Jeśli chce się pani do czegoś przydać, panno Bell — powiedział Tim twardo, płasko — proszę pomóc kadetowi...?

— Barton, sir — odezwał się rekrut, prostując się.

— Kadetowi Bartonowi w dosiadaniu konia.

— Tak jest, Majorze. — Panna Bell podeszła z gracją, szepcząc do gniadej klaczy, która uspokoiła się w chwili, gdy dłoń panny Bell dotknęła ogłowia. — Ma na imię

Artemis — powiedziała do Bartona. — To jeden z najszybszych koni, jakie kiedykolwiek dosiadałam. Niech pan ma się na baczności, bo nim się pan obejrzy, pogna z panem pół drogi do Hampshire, zanim zdoła ją pan wziąć z powrotem w rękę.

Porucznik Spurling zachichotał pod nosem, a Tim zacisnął zęby. Przypomniał sobie, że Spurling jest tylko porucznikiem, którego Tim przewyższa stopniem o kilka rang. Gdyby zechciał, mógłby mieć głowę Spurlinga na palu. Oczywiście nigdy by tego nie zrobił, ale wyobrażenie było poniekąd satysfakcjonujące.

Nie na tyle jednak, by zrównoważyć ciągłą obecność panny Bell. Kobieta — w Sandhurst! To było absolutnie nie do przyjęcia.

Kontynuował przydzielanie koni rekrutom, choć czuł napięcie w powietrzu. Rekruci byli niewątpliwie sprawnymi jeźdźcami, ale panna Bell mówiła o dobieraniu koni pod indywidualny styl jeźdźca. Tim tego nie robił, po prostu za każdym razem wskazywał najbliższego konia.

Panna Bell krążyła w pobliżu, od czasu do czasu podchodząc, by opanować płochliwego konia, a rekruci częściej zerkali na nią niż na niego. Tim czuł, jak w nim wrze — gniew trzymał w ryzach najcieńszą z nitek. Panna Bell wspomniała o złożeniu skargi u podpułkownika Forebury'ego; cóż, Tim uczyni dokładnie to samo.

Gdyby to od niego zależało, panna Bell nigdy więcej nie postawiłaby stopy na terenie Sandhurst.

Rozdział czwarty

MOLLY WYPADŁA ZE STAJNI, z zaciśniętymi pięściami i zaciśniętą szczęką. Jak śmiał ten zadufany w sobie fircyk zbyć ją od ręki! Jeszcze mu pokaże, a jeśli trzeba będzie iść z tym aż na samą górę... cóż, właśnie to zrobi. Udowodni mu, że nie można z nią pogrywać.

Jej buty zadudniły na kocich łbach, gdy przemierzała dziedziniec, skinęła głową porucznikowi Spurlingowi. Młody mężczyzna rozpromienił się do niej, lecz Molly była zbyt wściekła, by zrobić coś więcej niż tylko skinąć, zdecydowanym krokiem kierując się do głównego budynku.

Było tu zupełnie inaczej niż w stajniach: wszędzie wypolerowane drewno i mosiądz, wyraźnie wojskowa atmosfera. Lekko niechętny urzędnik wprowadził Molly do gabinetu; mężczyzna prychnął, gdy ogarnął wzrokiem jej zakurzony strój do jazdy. Chętnie znalazłaby chwilę, by przebrać się w suknię, ale przeczuwała, że podpułkownik Forebury doceni, iż nie traci jego czasu.

Stojąc przed jego biurkiem, czekała, aż skończy list, który pisał, rozglądając się ciekawie po pokoju. Na ścianach wisiało kilka obrazów, wszystkie z wyższymi oficerami na koniach, a na ścianie w gablocie znajdował się oprawiony medal. Regał uginał się od książek; zastanawiała się, o czym są, ale nie ośmieliła się podejść, by przeczytać grzbiety.

Wreszcie odłożył pióro i spojrzał na nią. — Panno Bell, jestem do pani usług. W czym mogę pomóc?

Wzięła głęboki oddech. — Przepraszam, że wpadłam bez zapowiedzi, panie podpułkowniku, ale muszę złożyć skargę.

Uniósł brwi. — Skargę?

— Tak, sir. Nie mogę pracować z tym... z tym aroganckim... — Urwała, nie znajdując dostatecznie obraźliwego określenia, i westchnęła. — Majorem Blair-Fortescue. Odmawia wysłuchania czegokolwiek, co mówię.

Podpułkownik Forebury westchnął, jakby dźwigał brzemię całego świata. Zmęczenie malowało się w jego ruchach, gdy potarł skronie zdrową ręką, potem podniósł z biurka okulary i nałożył je, zerkając na leżący przed nim arkusz papieru.

— Panno Bell, czy mogę być z panią szczery? — zapytał.

— Oczywiście, sir.

— Ja też nie chcę z nim pracować — odparł bez ogródek. — Niestety, nie mam wyboru. Jego ojciec jest hrabią, a ojciec chrzestny — asystentem sekretarza do spraw wojny, i kiedy ktoś aż tak wysoko postawiony mówi: „Skacz", armia pyta: „Jak wysoko?". Pozostaje mi się tylko cieszyć, że nie wolno mu wrócić na pole bitwy.

Tutaj musiała się z nim zgodzić. — Czyli przysłano go do Sandhurst, żeby uprzykrzał mi życie?

— Wcale nie. Generał dywizji Armstrong, niech mu Bóg sprzyja, ma o nim dobre mniemanie i przydzielił go pod moje dowództwo. Nie znałem go przed odniesieniem kontuzji, ale musiał być znakomitym oficerem, skoro zaskarbił sobie szacunek pana generała.

Molly prychnęła. — Uważam, że to zadufany palant.

Kąciki ust podpułkownika drgnęły. — Nie będę się z panią spierał, panno Bell, ale nie mam wyboru. Horse Guards rozkazało wysłać go do Sandhurst i oto jest. Nie mogę go odesłać, a pani będzie musiała z nim współpracować.

Forebury westchnął ciężko, odchylił się w krześle i popatrzył na papiery na biurku. Do nozdrzy Molly doleciała woń świeżego atramentu, więc znów rozejrzała się po gabinecie.

Było to miejsce zgoła odmienne od stajni, które pachniały końmi i słomą, skórą i sianem, a czasem mniej przyjemnymi rzeczami. Tutaj wszystko było z wypolerowanego drewna i mosiądzu, przesycone jednoznacznie wojskowym duchem. Czuła się, jakby oczy oficerów z obrazów na ścianach patrzyły na nią z góry, nie pochwalając samej jej obecności.

— ...nie mam pojęcia, na ile przydatny będzie mi oficer, który jest głuchy — zakończył Forebury, a głowa Molly raptownie odwróciła się w jego stronę.

— Słucham, sir? — spytała, zastanawiając się, czy coś jej nie umknęło. Przecież chyba nie powiedział tego, co jej się wydawało?

— Głuchy — potwierdził Forebury skinieniem. — Nie wiedziała pani? W Hiszpanii znalazł się zbyt blisko wybuchu armaty i stracił słuch. Początkowo sądzono, że to przejściowy uraz, ale skoro nie odzyskał słuchu po powrocie do Anglii, wygląda na to, że to trwałe. Nie może wrócić na pole bitwy, więc generał zaproponował, bym go przyjął.

Molly wpatrywała się w niego, próbując to pojąć. Major był głuchy? Nie miała o tym najmniejszej wskazówki, kiedy z nim rozmawiała. Przecież nie usłyszałby jej, gdyby był głuchy?

Ale może... była kobietą, a jej głos miał wyższą tonację niż u większości mężczyzn? Może jego uszy chwytały jej głos, a głębszych męskich — już nie?

To możliwe. Słyszała przecież o ludziach, którym w ten czy inny sposób uszkodził się słuch.

Mężczyzna, który nie słyszy, jak jego ludzie krzyczą ostrzeżenie, byłby na polu bitwy w śmiertelnym niebezpieczeństwie. Nic dziwnego, że Armia nie chce go w linii, a jednak wciąż było to trochę dziwne, że przysłano go do Sandhurst.

— Nie ma żadnego sposobu, by go pan odesłał? — zapytała z nadzieją.

Forebury pokręcił głową. — Nie, panno Bell, obawiam się, że nie. Chce pani czy nie, będzie pani musiała z nim pracować.

Molly westchnęła. Miała ochotę dyskutować, ale jeśli to, co powiedział Forebury, było prawdą, major nie ignorował jej celowo. Może po prostu jej nie usłyszał — albo źle zrozumiał. Komunikacja będzie trudna, ale była zdeterminowana spróbować.

Na te słowa podpułkownik ją odprawił, a Molly szybko dygnęła i wyszła z gabinetu. Na zewnątrz oparła się na chwilę o ścianę, z rozbieganymi myślami.

Major Blair-Fortescue był *głuchy*. To wiele tłumaczyło. Jego pozorną arogancję, odmowę przyjęcia jej słów... Uznała go za niegrzecznego i nieprzyjemnego, ale jeśli naprawdę jej nie słyszał, to nic dziwnego, że nie przyjął jej rady.

Nie była wobec majora fair, uświadomiła sobie z ukłuciem winy. Założyła, że ignorował ją z premedytacją, podczas gdy w istocie mógł jej wcale nie słyszeć. To dla niego frustrujące, a mogła tylko sobie wyobrażać, że głęboko wstydzi się tej kontuzji.

Może jednak mogłaby mu pomóc. Z pewnością mogła pomóc rekrutom nauczyć się jeździć na przydzielonych im koniach, niezależnie od tego, czy były to najlepsze dopasowania, czy nie. Nie będzie łatwo, ale była zdecydowana próbować.

Wypolerowane drewno i mosiądz korytarzy wkrótce ustąpiły miejsca tętniącej życiem krzątaninie placów ćwiczebnych. Molly uśmiechnęła się, gdy wyszła na zewnątrz, wciągając w płuca poranny zapach koni.

Tak, spróbuje jeszcze raz — i tym razem nie pozwoli, by nieporozumienia stanęły na drodze.

Następnego ranka Molly szła w milczeniu na place ćwiczebne, pogrążona w myślach. Miała mieszane uczucia: determinacja, by wykonać swoją pracę, ścierała się w niej z obawą, jak opryskliwy major zareaguje na jej propozycję pomocy.

Na placach ćwiczebnych panował rwetes. Rekruci w błękitno-białych mundurach Sandhurst byli wszędzie: jedni siedzieli w siodle, inni prowadzili wierzchowce za wodze, jeszcze inni stali na baczność, gdy sierżant wydzierał się na nich rozkazami. Bruk dźwięczał od kopyt, a co jakiś czas rozlegało się końskie parsknięcie, pogłębiając ogólny zgiełk.

Rekruci byli oczywiście młodymi mężczyznami i większość z nich najwyraźniej starała się jak najlepiej wykonywać rozkazy. Konie także były młode i choć szkolono je w Belle Haven tak dobrze, jak tylko się dało w krótkim czasie, jaki mieli przed dostawą, nie wszystkie były idealnie dobrane do jeźdźców. Molly wypatrzyła dwa czy trzy wierzchowce, którym wyraźnie nie odpowiadał ciężar na grzbiecie — uszy miały ostro odchylone do tyłu, poruszały się sztywno i nerwowo. Skrzywiła się, gdy jeden z rekrutów szarpnął konia za pysk, dźwigniąc się do siodła.

Major próbował przemawiać do rekrutów — zauważyła — lecz jego wargi zacisnęły się w cienką linię frustracji i uświadomiła sobie, że nie słuchają go, jak powinni. Wszyscy się na niego wgapiali, ale nikt nie wykonywał rozkazów.

Molly westchnęła. Major nawet nie próbował mówić głośno; sama ledwie słyszała go ponad zgiełk placów. Rozkazy wydawał urywane, krótkie, bez wyjaśnienia, jak osiągnąć zamierzony efekt. Z pracy w Belle Haven wiedziała, jak ważne jest rozumieć, dlaczego koń może zachowywać się w określony sposób, ale albo major sam tego nie wiedział, albo nie był zainteresowany dzieleniem się wiedzą.

— Sir? — Jeden z rekrutów nieśmiało podniósł rękę, a zmarszczki na czole majora pogłębiły się. Wpatrywał się w rekruta niepojmująco, najwyraźniej nie słysząc, co mężczyzna powiedział.

Rekrut powtórzył pytanie, a twarz majora zaczęła czerwienieć. Molly widziała, jak jego dłonie zaciskają się w pięści. Z każdą chwilą rósł w nim gniew, a rekruci też czuli się coraz bardziej nieswojo — przestępowali w siodłach i wymieniali niespokojne spojrzenia.

Zanim sytuacja mogła się pogorszyć, Molly zrobiła krok naprzód i położyła dłoń na ramieniu majora, by zwrócić jego uwagę. Jeśli nie zdoła do niego dotrzeć, bała się, że spanikuje i tylko wszystko pogorszy.

— Kadet Braithwaite zapytał, czy życzy pan sobie, by ustawili się w jakimś konkretnym porządku — powiedziała, patrząc majorowi prosto w twarz i mówiąc bardzo wyraźnie.

Oczy majora błysnęły, po czym spojrzał znów na rekrutów, wyraźnie próbując ustalić, który to Braithwaite.

— Och — mruknął. — Ekhm... nie sądzę, żeby to miało znaczenie.

Odsunął się, zostawiając rekrutów w konfuzji, gdy zerkali po sobie niepewnie.

— Ekhm — odezwał się Braithwaite, a Molly zauważyła, jak twarz majora znów pąsowieje ze złości, gdy odwrócił się do rekruta.

— Tak? — wycedził, z pięściami zaciśniętymi u boków.

— Ekhm — powtórzył Braithwaite, po czym jego koń spłoszył się nieco, wyczuwając zdenerwowanie jeźdźca. Braithwaite szarpnął za wodze, a koń podrzucił łbem, z uszami przyklejonymi do karku i z rozdętymi chrapami w wyrazie niezadowolenia.

— Wio, spokojnie — usłyszała, jak Braithwaite mówi, znów szarpiąc wodze, najwyraźniej chcąc zapanować nad koniem. Jednak jego szarpane ruchy tylko bardziej rozdrażniły zwierzę; zaczęło się cofać, zbijając zad pod siebie w groźnej postawie. — Spokojnie! — krzyknął Braithwaite, szarpiąc mocno za wodze, a koń pół-stanął dęba, wyrzucając jeźdźca do tyłu z siodła; ten runął na ziemię z ciężkim łoskotem.

— Stój! — zawołała Molly, gdy inni rekruci ruszyli, by zsiadać. Zatrzymali się, spoglądając na nią, i uświadomiła sobie, że przejęła dowodzenie. Cóż, major nic nie robił — stał tylko, wyglądając na sfrustrowanego.

— Spokojnie, spokojnie — mruczała łagodnie, podchodząc z wyciągniętą dłonią. — Wszystko w porządku, dziewczynko. — Klacz, ciemna gniada o imieniu Desdemona, znów podrzuciła łbem, ale Molly dalej szeptała uspokajające bzdurki i Desdemona pozwoliła jej ująć wodzę.

— Dobra dziewczyna — pochwaliła, poklepując klacz po szyi, gdy prowadziła ją do miejsca, gdzie major pomagał kadetowi Braithwaite'owi wstać. — Niezła wywrotka, panie Braithwaite — powiedziała. — Nic panu?

— Tak, proszę panny, chyba nic — odparł Braithwaite, zażenowany. — Tylko lekko mnie w kostce ciągnie, to wszystko.

— Chce pan wsiąść z powrotem na Desdemonę? — zapytała. — Czy woli pan posiedzieć i przez chwilę popatrzeć?

Za plecami usłyszała prychanie majora. Zapewne uznał, że niańczy kadeta, ale nie wsadziłaby roztrzęsionego mężczyzny z powrotem na już spłoszonego konia. To prosta droga do nieszczęścia.

— Och nie, proszę panny, wsiądę — odparł Braithwaite. — Nie jestem tchórzem. Po prostu mnie trochę wystraszyło, tyle.

— Bardzo dobrze — odparła z pokrzepiającym uśmiechem. — Ma pan rację, najlepiej wsiadać od razu po upadku, o ile ani panu, ani koniowi nic nie jest. Proszę tylko pamiętać... delikatniejsza ręka na pysku. Desdemona jest młoda. Jest bardzo wrażliwa na wędzidło. — Rozejrzała się po pozostałych rekrutach. — Czy któryś z panów jeździł kiedyś na dwu- lub trzylatku?

Tylko Llewellyn — rekrut, którego ojciec hodował walijskie koby — podniósł rękę. Molly skinęła mu głową.

— Zgaduję, że zwykle jeździli panowie na koniach kupionych już dobrze wyszkolonych. Chciałabym móc wam takie dać, ale potrzeby Armii są takie, że nie mamy czasu na ten dodatkowy rok treningu, którego te konie naprawdę potrzebują. Musicie się uczyć razem.

— Tak jest, proszę panny — powiedział Braithwaite, ostrożnie wsiadając. Molly trzymała Desdemonę za ogłowie, dopóki kadet nie usiadł pewnie w siodle; tym razem dłonie miał lżejsze na wodzach. Puściła klacz z kiwnięciem głowy i cofnęła się.

— Dwie linie, zatem — poleciła, wskazując. — Od lewej i od prawej. Numer jeden, dwa, trzy... — wskazała kolejnych rekrutów, licząc, i cierpliwie czekała, aż zaczną ustawiać się w dwie, dość liche, kolumny.

W oddali kompania żołnierzy w czerwonych kurtkach wykonywała musztrę, a głos ich sierżanta niósł się przez pola, gdy wydawał rozkazy. Konie rżały i parskały, stukot kopyt po ubitej ziemi brzmiał niemal bez przerwy, a powietrze przesycał zapach koni, potu i skóry. To miejsce tętniło życiem, pomyślała Molly — i było niebezpieczne dla mężczyzny, który nie słyszy jak należy.

Nic dziwnego, że jest taki wściekły, pomyślała, obserwując majora, który stał z pięściami zaciśniętymi u boków, z zaokrąglonymi ramionami i surową zmarszczką na czole, wlepiając ponure spojrzenie w rekrutów.

Wzięła głęboki oddech i ruszyła w jego stronę. Konie jej nie przerażały, a mężczyźni niewiele się od nich różnili, pomyślała. Trzeba tylko wiedzieć, jak ich prowadzić.

Stanęła u boku majora Blair-Fortescue i dotknęła jego ramienia, by zwrócić jego uwagę.

Jego głowa gwałtownie się odwróciła i spojrzał na nią zaskoczony, jakby nawet nie zauważył, że tam stoi.

— Proszę pozwolić mi pomóc — powiedziała. — To bardzo frustrujące, prawda? Tylko że trzeba uzbroić się w cierpliwość. Nie wolno się złościć. Konie nie rozumieją złości. Rozumieją spokój i pewność. Im bardziej pan się denerwuje, tym bardziej one też.

Wpatrywał się w nią i widziała, jak jego zmarszczka się pogłębia. Przez moment myślała, że każe jej odejść. Potem spojrzał z powrotem na rekrutów i dostrzegła, jak jego pięści się rozluźniają, a ramiona odrobinę opadają. Tylko odrobinę. Słuchał jednak.

— Czy jest miejsce, gdzie moglibyśmy porozmawiać na osobności? — zapytała.

Wahał się, po czym skinął głową w stronę stajni. — Siodlarnia — powiedział. — Proszę zacząć prosty szyk ćwiczebny, poruczniku Spurling — rozkazał adiutantowi, po czym odwrócił się i ruszył przodem.

Gdy znaleźli się w środku i zamknęli drzwi, odwrócił się do niej, a Molly wzięła głęboki oddech i rzuciła się na głęboką wodę.

— Panie majorze, zdaję sobie sprawę, że zaczęliśmy od złej nogi. Przepraszam. Nie wiedziałam, że pan jest... — Urwała, niepewna, jak to ująć.

Jego usta wykrzywiły się i zrobił kilka kroków, odwracając się do niej plecami. — Głuchy? — powiedział gorzko. — Tak, jestem. Panią jednak słyszę. Nie wiem dlaczego, ale słyszę. Pani głos... ma wyższą tonację niż ich. — Wskazał na zewnątrz, a jego wyraz twarzy pociemniał. — To męskich głosów nie słyszę. Zwłaszcza tych niskich. Im głębszy głos, tym mniej go chwytam. Nie dosłyszę ani cholery z tego, co warczą większość sierżantów.

Molly zamrugała. — Słyszy mnie pan?

— Tak — odparł — i nie mogło nie rzucić mi się w oczy, że nie ma pani z końmi tych problemów, co rekruci. Robią dokładnie to, o co pani prosi.

Przygryzła wargę. — Faktycznie mam pewien dar do koni — przyznała. — Dlatego tu jestem. Pomagam szkolić konie w Belle Haven.

— Może to pani powinna szkolić rekrutów — burknął, wciąż patrząc w bok.

Już miała na końcu języka odpowiedź, że pewnie zrobiłaby to lepiej, ale ugryzła się w język, słysząc gorycz w jego głosie. Musi być ciężko przejść od dowodzenia pułkiem do niemożności usłyszenia czegokolwiek. Musiał być sfrustrowany, i pewnie także zły, uświadomiła sobie.

— Mogę panu pomóc — powiedziała zamiast tego. — Mogę przekazywać panu pytania rekrutów, na przykład? Zapewne boją się zapytać o coś, co może wydać się głupie, a to sprawia, że mówią ciszej. Wszyscy pochodzą z zamożnych rodzin; nie są przyzwyczajeni do podnoszenia głosu.

Odwrócił się do niej z uniesioną brwią. — Zrobiłaby to pani?

Zarumieniła się. — Wiem, że nie chce pan ze mną pracować, ale mogę panu pomóc. Chciałabym spróbować jeszcze raz.

Milczał przez chwilę i widziała zmagania wypisane na jego twarzy. Jego duma walczyła ze zdrowym rozsądkiem, pomyślała, i miała nadzieję, że rozsądek zwycięży.

Pierwszą reakcją Tima na propozycję panny Bell było skrzyżowanie ramion i zmierzenie jej ponurym spojrzeniem. Chyba sobie żartowała. Był majorem w Armii Jego Królewskiej Mości, a nie jakimś biednym staruszkiem potrzebującym tuby do ucha.

— Nie potrzebuję pani pomocy — powiedział sztywno. — Proszę wrócić do rekrutów. Będzie pani pracowała z końmi, nie ze mną.

Wzruszyła ramionami. — Jak pan sobie życzy, panie majorze. Ale moja propozycja pozostaje aktualna.

Otworzył usta, by znów odmówić, po czym się zatrzymał. Miała rację — uświadomił to sobie nagle. Chciał, nie chciał, byli partnerami w tym przedsięwzięciu i najlepiej będzie, jeśli będą współpracować. Nie musiał jej lubić, ale potrzebował jej.

Nienawidził tego. Nienawidził, że nie był już tym mężczyzną, którym był kiedyś — człowiekiem, który jednym słowem mógł komenderować pułkiem. Który potrafił wjechać w bój i bez lęku stawić czoła Francuzom. Który słyszał rozkazy przełożonego i wykonywał je z precyzją. Który słyszał śmiech swoich ludzi przy ognisku nocą.

Boże, jak brakowało mu dźwięku śmiechu. Nie słyszał go od ponad roku.

Nie żeby w Sandhurst było dużo śmiechu. Rekruci byli młodzi, nerwowi i niepewni siebie. Jego zadaniem było wziąć ich w karby i uczynić z nich oficerów, którzy poprowadzą ludzi do boju.

— Dobrze — powiedział z niechęcią. — Przyjmuję pani ofertę pomocy.

Jej twarz rozjaśnił uśmiech. — Dziękuję, panie majorze. Nie pożałuje pan.

Mruknął, nie mając co do tego takiej pewności. — Tylko... proszę nie podważać moich rozkazów, panno Bell. Ponad wszystko ci mężczyźni muszą się nauczyć bezwzględnego posłuszeństwa rozkazom przełożonego. Od tego zależy ich życie.

Skinęła trzeźwo. — Rozumiem. — Zawahała się taktownie. — Obiecuję, że nie będę pana podważać przy kadetach. Ale naprawdę, panie majorze, jeśli pozwoli mi pan korzystać z mojego doświadczenia, by doradzać kadetom, jak najlepiej obchodzić się z ich końmi...

Tim spędził sporo bezsennych godzin minionej nocy, dochodząc do wniosku, że poprzedniego dnia był wobec panny Bell niegrzecznym gburem. Sądząc po tym, jak przed chwilą z siodła zsunął się Braithwaite, bardzo możliwe, że panna Bell wybrałaby mu innego konia i do upadku by nie doszło.

— Przydziały już zrobiłem — powiedział Tim — a gdy zaczniemy mieszać, będę wyglądał na niezdecydowanego. Nie pozwolę, by rekruci zamieniali się końmi — muszą umieć jeździć na każdym zwierzęciu, jakie dostaną; to umiejętność, która może ocalić im życie na polu bitwy — ale pozwolę pani przekazywać kadetom swoją szczegółową wiedzę o każdym z koni, by im pomóc.

— W porządku. — Skinęła głową i podała mu dłoń do uścisku, tak jak poprzedniego dnia przy ich pierwszym spotkaniu. Rozbawiony, tym razem przyjął ją, ostrożnie ściskając — jej dłoń wydawała się maleńka w jego.

— Nigdy jeszcze nie ściskałem dłoni damy — przyznał, a jej cała twarz rozbłysła śmiechem.

— Na wszystko przychodzi kiedyś pierwszy raz, panie majorze Blair-Fortescue — odparła rezolutnie, a on sam poczuł, że odwzajemnia uśmiech; wydał mu się obcy na twarzy zbyt długo zastygłej w posępnych liniach.

— Tim — powiedział. — Mam na imię Tim. Oczywiście nie może pani używać go przy rekrutach, ale... „major Blair-Fortescue" brzmi strasznie sztywnie, nie sądzi pani?

— Może odrobinkę. — Najwyraźniej bardzo ją bawił. — W takim razie: a ja mam na imię Molly.

Pasowało do niej, pomyślał Tim, choć nie mógł się powstrzymać od zastanowienia, jak to się stało, że młoda kobieta o oczywiście indyjskich korzeniach ma tak bardzo angielskie imię jak Molly Bell. Nie wspominając już o nienagannym, angielskim akcencie i doprawdy niezwykłych umiejętnościach z końmi! Być może pytania, które zdoła zadać Molly, gdy lepiej się poznają.

— Wrócimy? — zaproponowała. — Stanę u pana boku, tak jak mówiłam, i powtórzę wszystko, co będzie trzeba usłyszeć.

Skinął głową i podążył za nią z powrotem na plac ćwiczebny, gdzie rekruci ze swoimi końmi poruszali się według prostego wzoru pod kierunkiem porucznika Spurlinga. Konie były świetnie ułożone jak na tak młode wierzchowce, posłusznie reagowały na podstawowe sygnały jeźdźców, ale rekruci byli wyraźnie spięci; ich sztywna postawa udzielała się koniom.

— Poruczniku, proszę zsiąść i zebrać rekrutów wokół — powiedział major, a Spurling posłusznie wezwał rekrutów do zsiadania i ustawienia się w grupę.

Tim patrzył, nadal z ponurą miną. Wiedział, że nie usłyszy ani słowa, kiedy rekruci zaczną mówić. Ale musiał spróbować.

— Bardzo dobrze — powiedział, gdy wszyscy stanęli wokół. — Otóż podczas gdy ja będę się skupiał na zagadnieniach wojskowych, dla których tu jesteście, panna Bell oceni wasze umiejętności jeździeckie i skieruje każdego z was na tory, w których powinien się poprawić. Oczekuję, że będziecie wykonywać każde polecenie panny Bell tak, jakby wyszło ode mnie, czy to jasne?

— Tak jest, panie majorze! — odpowiedzieli chórem, choć dostrzegł na kilku twarzach sceptycyzm. Cóż, wkrótce się nauczą, że nie będzie tolerował braku szacunku.

— A teraz chcę, byście przedstawili się pannie Bell. Poproszę każdego z was o podanie imienia i doświadczenia z końmi.

Molly wystąpiła naprzód z uśmiechem. — Zacznę — powiedziała. — Nazywam się panna Molly Bell z Belle Haven w hrabstwie Hampshire i pracuję z końmi, odkąd byłam małą dziewczynką. Każdy z waszych wierzchowców został wyhodowany w Belle Haven i wyszkolony przez Sir Richarda Bella, mnie oraz nasz zespół. Znam ich mocne i słabe strony i jeśli powiem, że musicie coś poprawić, zrobicie to — inaczej ryzykujecie powtórką tego, co przed chwilą spotkało kadeta Braithwaite'a.

— Tak jest, panno Bell — rozległ się chóralny odzew, a major zauważył, że rekruci spoglądają na nią z nowym szacunkiem. Być może, ponieważ była kobietą, wcześniej nie traktowali jej poważnie, ale stanowcze słowa i pewne maniery wywarły na nich wrażenie.

— Pan — rzekła Molly, wskazując rekruta na skrajnym lewym skrzydle. — Imię i nazwisko, proszę?

— Eee, Oliver Sholly, proszę panny, z Cambridge — odparł młody mężczyzna, a Molly skinęła głową.

— A doświadczenie z końmi, panie Sholly?

— Eee, sporo polowałem — przyznał kadet.

Tim też to widział. Kadet miał niezłe dosiadanie, ale dolne partie nóg miał zbyt wysunięte do przodu. Typowe u myśliwych; często tak się usztywniali dla równowagi po lądowaniu za dużymi przeszkodami.

Molly przytaknęła. — Dobrze. Nauczymy pana wszystkiego, co trzeba. Następny?

Po kolei rekruci się przedstawiali. Molly powtarzała głośno to, co każdy z nich mówił, tak by Tim wyłapał każde słowo.

— Bardzo dobrze — podsumowała Molly, gdy wszyscy zabrali głos. — Chcę, byście wszyscy zrozumieli, że to nie są zwykłe konie. To konie kawaleryjskie, hodowane i szkolone do bitwy. Są inteligentne, odważne i wierne, ale też niezwykle wrażliwe na emocje jeźdźca. Jeśli wy będziecie nerwowi, one też będą nerwowe. Jeśli będziecie pewni siebie, one nabiorą pewności. Czy rozumiecie?

— Tak jest, panno Bell — odpowiedzieli znowu chórem, a major dostrzegł, że rekruci stoją trochę prościej, z wypiętą piersią i uniesioną brodą.

— Dobrze — odrzekła Molly. — A teraz proszę wracać w siodła i zaczniemy kolejne ćwiczenia. Zaczniemy od prostych figur, potem przejdziemy do bardziej złożonych manewrów. Pamiętajcie o spokoju i pewności, i słuchajcie swoich koni. One powiedzą wam, czego potrzebują.

Rekruci skinęli głowami, a Molly zwróciła się do Tima:

— Chciałby pan poprowadzić ćwiczenia, panie majorze?

Skinął głową, występując naprzód. — Prosty układ po kole — polecił. — Najpierw stępem, potem kłusem. Potem spróbujemy ósemki.

Patrzył, jak rekruci wsiadają i ruszają. Konie zdawały się odpowiadać na wzrost pewności siebie jeźdźców, poruszając się płynniej i z mniejszym wahaniem niż wcześniej.

Pracowali przez godzinę i Tim ze zdziwieniem uświadomił sobie, że sprawia mu to przyjemność. Rekruci oczywiście nie byli doskonali. Błędów było bez liku, ale wszyscy starali się z całych sił. A Molly... musiał przyznać, że była dobra. Bardzo dobra. Poruszała się wśród rekrutów pewnie, korygując ich błędy łagodnym słowem i dotykiem; jej spokojna, pewna postawa koiła i konie, i ludzi.

Naprawdę wiedziała, co robi — uświadomił sobie. I była skłonna mu pomóc, być jego uszami tam, gdzie on nie dosłyszy.

Może... może ta współpraca jednak się uda.

Rozdział piąty

Tereny treningowe rozciągały się przed nimi, ogromna połać zieleni obramowana lasem. Molly wzięła głęboki wdech, wciągając znajome zapachy świeżego siana, lekko kwaśną nutę obornika i słodką woń końskiego potu. Poranna mgła dopiero zaczynała się podnosić, powietrze wciąż było rześkie, a ziemia miękka pod kopytami koni, gdy ruszały naprzód.

Jej wierzchowiec był zwartą czarną klaczą, posłuszną i chętną do pracy, choć zbyt małą na szarżującego konia kawaleryjskiego, dlatego też przydzielono ją Molly. Była przynajmniej dobrze ujeżdżona do damskiego siodła, choć miała twardszy pysk, niż Molly lubiła. Zbyt wielu mężczyzn jeździło twardą ręką, a konie z Belle Haven nie znosiły takiego traktowania. Trzeba będzie czasu, by nauczyć i konie, i ludzi, jak się dostosować, a czasu mieli jak na lekarstwo. Widziała to na twarzy Tima za każdym razem, gdy spoglądał na zebrane konie i kadetów. Armia zażądała tych ludzi i tych koni, i mieli być gotowi do działań już za kilka tygodni.

Koń Tima, duży siwy wałach, zarżał z przejęcia, potrząsając łbem, a Molly zerknęła na swojego towarzysza jazdy, zastanawiając się, czy i ona nie powinna zrobić czegoś, by utrzymać własnego konia w większej gotowości. Ale siwy i tak był bardzo nerwowy i pobudliwy, a Tim pracował, by utrzymać go pod kontrolą. Musiała przyznać, że był świetnym jeźdźcem; choć plecy miał wojskowo proste, ręce miękkie, a pomoce lekkie i precyzyjne. Molly popatrzyła na Tima jeszcze chwilę, po czym wróciła do swojego zadania, prowadząc klacz po kole wokół młodego kadeta, któremu asystowała.

Czarny wałach był potężnym zwierzęciem, a młody mężczyzna na jego grzbiecie starał się jak mógł wykonywać jej wskazówki, ale miał kłopot z zagalopowaniem na właściwą nogę. Koń był chętny, lecz zdezorientowany, a kadet najwyraźniej tracił grunt pod nogami. To był dobry jeździec, pomyślała Molly, tylko koń był na niego po prostu za duży.

— Proszę spróbować jeszcze raz — zachęciła go. — Proszę pamiętać, żeby usiąść głębiej i trzymać zewnętrzną łydkę za popręgiem. Proszę się nie pochylać; on tego nie lubi. Proszę patrzeć w kierunku, w którym chce Pan jechać, i nie popędzać go na siłę. On lubi wolny, zebrany galop.

— Postaram się, proszę pani — odparł kadet, gdy Tim znów wydał komendę do zagalopowania.

Tym razem kadetowi udało się wprowadzić konia w galop na właściwą nogę, a Molly skinęła z aprobatą, po czym rozejrzała się dookoła. Wszyscy kadeci galopowali teraz na dobrą nogę — oprócz jednego. Molly skrzywiła się, widząc, jak wielki kasztanowaty ogier, Apollo, potrząsa łbem i walczy z jeźdźcem, wyłamując w prawo, gdy wszystkie pozostałe konie utrzymywały lewy krąg.

— Kadecie Watson, proszę zatrzymać konia — zawołał Tim.

Watson szarpnął wodze i Apollo natychmiast stanął, potrząsając z irytacją łbem. — Sir? — zapytał Watson.

— Pan, sir, jest typowym rekrutem — odparł Tim. — Sądzi Pan, że wie wszystko, i nie słucha bardziej doświadczonego ułana, który próbuje Panu wytłumaczyć, jak należy postępować.

Watson spłonął rumieńcem i spuścił wzrok na szyję konia. — Przepraszam, sir — wymamrotał.

— Panno Bell, czy zechce Pani powiedzieć kadetowi Watsonowi, co robi źle? — poprosił Tim.

— Ma Pan zbyt sztywny dosiad — powiedziała Molly. — Apollo jest bardzo wrażliwym koniem i reaguje na najdrobniejsze przesunięcie ciężaru. Kiedy usztywnia Pan na nim dosiad, on nie może swobodnie ruszyć naprzód. Wierzę, że jeśli się Pan trochę rozluźni, okaże się, że podejmie właściwą nogę.

Watson pokręcił głową. — Nie potrafię jeździć z takim miękkim dosiadem — powiedział. — Nie tak mnie uczono.

— W takim razie będzie Panu bardzo trudno dosiadać któregokolwiek z koni z Belle Haven, bo wszystkie są szkolone w ten sam sposób — odparł ostro Tim.

Watson wyglądał na przygaszonego, a Molly odczekała chwilę, nim znów zabrała głos, licząc, że kadet posłucha. — Proszę spróbować jeszcze raz — rzekła. — Tym razem proszę myśleć o proszeniu, nie rozkazywaniu. Niech Pan sobie wyobrazi, że tańczy z damą. Nie pcha się jej po parkiecie; prowadzi się ją delikatnie, tu i ówdzie lekkim dotknięciem.

Pot spłynął Watsonowi po policzku, gdy popędził Apollo do kolejnej próby, a jego uścisk na wodzach aż zbielał w kostkach. Komendy kierowane do konia robiły się z każdą chwilą coraz bardziej nerwowe, głos mu pękał z niecierpliwości.

Apollo nie miał na to ochoty. Przypiął uszy, parsknął z irytacją i potrząsnął łbem. Gdy Watson znów próbował zagalopować, ogier całkowicie zignorował polecenie, uparcie kontynuując kłus. Kadet spróbował ponownie, podnosząc głos, by wymóc większą prędkość, ale Apollo odpowiedział tylko bryknięciem, omal nie zrzucając jeźdźca.

Tim i Molly z coraz większym niepokojem obserwowali rozwój wydarzeń, a twarz Tima mroczniała, gdy widział narastającą desperację kadeta. Usta Molly ściągnęły się w wąską kreskę i lekko pokręciła głową, wyraźnie nie pochwalając poczynań Watsona.

— Watson! — głos Tima przeciął powietrze jak trzask bata. — Zejść z siodła, już!

Młody kadet przełknął ślinę, spięty, gdy przerzucił nogę nad grzbietem Apollo i zsunął się na ziemię. Zawahał się, potem cofnął krok i stanął na baczność, czekając na dalsze rozkazy.

Tim nie tracił czasu: zsiadł i podał wodze swojego konia Molly, by go przytrzymała, po czym sięgnął, by odebrać wodze Apollo od Watsona. Wielki koń parsknął i potrząsnął łbem, lecz Tim utrzymał pewny, choć łagodny chwyt, kładąc jedną dłoń na szyi kasztana i gładząc miękko, gdy przemawiał.

— Spokojnie, Apollo — mruczał. — Spokojnie, chłopie. Wszystko w porządku.

Uszy Apollo drgnęły i znów parsknął, ale się uspokoił, stojąc bez ruchu, gdy Tim włożył stopę w strzemię i lekko wskoczył w siodło.

Apollo raz jeszcze potrząsnął łbem, kiedy ciężar Tima osiadł na jego grzbiecie, lecz na ciche słowo natychmiast się wyciszył, czekając na komendę.

Tim obrócił Apollo na małym kole, potem na kolejnym, po czym przeszedł do wolnego kłusa. Mimo to Apollo wyraźnie nie był zadowolony z nowego jeźdźca. Znów potrząsnął łbem, a gdy Tim poprosił o galop, podjął prawą nogę zamiast lewej, z uszami odchylonymi do tyłu w oznace irytacji.

Tim zmarszczył brwi i ściągnął konia z powrotem do kłusa. Co mówiła Molly? *Niech Pan sobie wyobrazi, że tańczy z damą. Nie pcha się jej po parkiecie; prowadzi się ją delikatnie, tu i ówdzie lekkim dotknięciem.*

Nie mieściło mu się to w głowie. Ale już siedział w siodle i wyglądałby jak skończony głupiec, gdyby jemu także się nie powiodło. Musiał spróbować czegoś innego.

Utrzymując równy kłus, Tim wziął głęboki oddech, potem jeszcze jeden, czując, jak rozluźniają mu się ramiona. Poluzował chwyt na wodzach, dając Apollowi więcej swobody.

— Spokojnie, chłopie — zamruczał, klepiąc Apollo po szyi. — Spokojnie.

Apollo parsknął, ale uszy powędrowały do przodu i odwrócił nieco łeb, jakby rozważał to, co Tim do niego mówił.

— Dobry chłopak — powiedział Tim cicho i kojąco. — Dobry chłopak.

Tym razem, prosząc o galop, Tim dopilnował, by trzymać łydki luźno przy popręgu, i poprosił o tempo najdelikatniejszym naciskiem prawej łydki za popręgiem. Dodał leciutkie poruszenie ręką na wodzy, by Apollo ustawił łeb w lewo, prowadząc go tak, jak poprowadziłby damę na parkiecie. Ku swojemu zaskoczeniu poczuł, jak Apollo gładko przechodzi do galopu, podejmując właściwą nogę bez wahania i równiutko kręcąc w lewo.

— Dzielny chłopiec! — pochwalił Tim, klepiąc konia po szyi, i poczuł, jak napięcie uchodzi z ciała kasztana, jak gdyby ten zrozumiał pochwałę. Galop Apollo się wydłużył, w jego ruch wstąpiła radość i sprężystość, a Tim roześmiał się, pozwalając koniowi przez kilka foulee rozciągnąć się, nim delikatnie sprowadził go do kłusa, a potem do stępa.

— Kadecie! — zawołał i Watson przybiegł. Tim zatrzymał Apollo i zsunął się z siodła. — Tak to się robi — powiedział. — Niech patrzy tam, dokąd Pan chce jechać, ale proszę go nie pchać. Proszę dać mu swobodę ruchu szyi, żeby mógł znaleźć równowagę.

Jego dłoń przez chwilę spoczywała jeszcze na szyi Apollo i przez moment przeszła mu przez głowę tęskna myśl, by oddać Watsonowi swojego konia, a zatrzymać wielkiego kasztana — żywe odbicie Rufusa — dla siebie. Tylko na moment. Potem stanowczo odsunął tę pokusę i cofnął się.

Podał wodze Watsonowi. — Należy do Pana, kadecie — powiedział. — Proszę dopilnować, by miał najlepszą opiekę.

Watson wyglądał na oszołomionego. — Ale, sir, myślałem, że zatrzyma Pan Apollo dla siebie.

Tim pokręcił głową. — Nie, jest Pana. Albo nauczy się Pan na nim jeździć, albo padnie Pan, próbując.

Watson się roześmiał, a Tim uśmiechnął się, wiedząc, że kadet da z siebie wszystko. Odwrócił się do Molly, sięgając po wodze własnego konia, i ich dłonie w rękawiczkach musnęły się.

— Dziękuję — powiedział cicho, a ona skinęła głową.

— Cała przyjemność po mojej stronie, panie majorze Blair-Fortescue — odparła, a on wskoczył w siodło i ruszył za kadetami.

Gdy Watson znów wsiadł i poprowadził Apollo w kółko stępem, Molly cmoknęła na swoją klacz i podjechała bliżej.

— To było świetnie zrobione — rzuciła, mijając Tima, po czym zrównała się z Watsonem, by udzielić mu dalszych wskazówek.

Uszy Apollo były nastawione do przodu, a łeb uniesiony. Sprawiał wrażenie, jakby uważnie słuchał każdego słowa Molly, a kiedy sięgnęła i podrapała go po szyi, koń słyszalnie westchnął i rozluźnił się, opuszczając łeb.

Tim poczuł w piersi nieznane dotąd ukłucie. Zrozumiał, że to żal — o to, jak obchodził się z końmi z Belle Haven, odkąd przyjechał do Sandhurst.

Traktuj je jak damę — powiedziała Molly, i musiał przyznać, że miała rację. Konie z Belle Haven były jak damy ze śmietanki towarzyskiej, urodzone i wychowane w wysokich sferach. To elita, która wymaga najlepszego we wszystkim... i, co doskonale wiedział, w pełni na to zasługiwała. Rufus był tego dowodem.

Nie tylko to — wyszkoliła je kobieta. Tim myślał o Molly jak o „zwykłej dziewczynie", ale patrząc na nią teraz, widział ją tak jak widziały ją konie z Belle Haven — jako ekspertkę, mistrzynię swojego fachu. Każdy jej ruch był płynny i pewny, a konie odpowiadały na nią, jakby była ich królową.

Tim musiał przyznać, że jej metody działają. Czuł, że gdyby przez kilka dni mógł korzystać z ucha Molly, potrafiłaby mu opowiedzieć o każdej małej przywarze i kaprysie każdego z koni z Belle Haven.

Ale czy zechce, po tym, jak ją potraktował?

Biorąc głęboki wdech, Tim podjął decyzję. Taką, jakiej nigdy dotąd w życiu nie podejmował, ale w tej sytuacji czuł, że jest słuszna.

Kiedy Molly skończyła instruować Watsona i odwróciła klacz, Tim zawołał: — Panno Bell?

Ona spojrzała na niego przez ramię, unosząc brwi.

— Dziękuję. — Skinął jej głową z szacunkiem. — Przepraszam. Miała Pani rację. We wszystkim.

Molly przez moment wpatrywała się w niego, po czym na jej ciemnej twarzy rozkwitł uśmiech, szeroki i jasny. — Proszę bardzo, panie majorze — powiedziała wesoło, po czym skinęła mu raz głową i pogoniła klacz kłusem, by dogonić kilku innych kadetów.

Tim patrzył, jak odjeżdża, i uśmiechnął się do siebie.

Gdy kadeci zakończyli trening i zaczęli wracać do stajni Sandhurst, Molly jechała blisko końca grupy, ukradkiem obserwując Tima. Domykał kolumnę, czujnym okiem śledząc wszystkich kadetów, a ona zauważyła, jak zachęcająco przemawia do kadeta Watsona na Apollu, jak lustruje wielkiego kasztana, jakby spodziewał się po nim czegoś niespodziewanego.

Zauważyła też, jak sięga, by podrapać Apollo po łopatce, mówiąc do niego niskim tonem, który najwyraźniej rozluźniał postawę ogiera.

Może Tim wziął jej słowa do serca. Może w przyszłości będzie ostrożniejszy z końmi z Belle Haven, a kadeci, którzy na nich jeżdżą, na tym skorzystają. Może nie był tym zadufanym w sobie, samolubnym palantem, za jakiego wzięła go na początku — a może był, tylko uczył się na własnych błędach.

Molly wróciła myślą do tego, co jej powiedział, gdy zsiadł z Apollo. *Przepraszam. Miała Pani rację. We wszystkim.*

Przez wszystkie lata pracy z oficerami i kadetami w Sandhurst nie zdarzyło jej się jeszcze, by którykolwiek mężczyzna ją przeprosił. I nawet się tego nie spodziewała. Kobieta — zwłaszcza kobieta wyglądająca jak ona — nie była kimś, kogo arystokrata taki jak on kiedykolwiek by przepraszał.

A jednak Tim to zrobił. I jeszcze jej podziękował.

Przypomniał jej się pierwszy koń, jakiego kiedykolwiek wyszkoliła, pierwszy, którego Sir Richard powierzył jej do pracy. Był to wielki kasztanowaty wałach imieniem Rufus i kochała go całym sercem. Rufus był pierwszym koniem, który naprawdę jej słuchał, i nie była pewna, czy to on był nauczycielem, czy ona uczennicą.

Tim mówił, że Rufus był jego koniem i wyglądał, jakby miał się popłakać, kiedy powiedział, że koń nie żyje.

Ona sama wypłakała się po tej wiadomości zeszłej nocy, w swoim pokoju, kiedy nikt nie mógł jej zobaczyć. Rufus był pierwszym koniem, którego przez tych kilka krótkich miesięcy szkolenia naprawdę myślała jak o swoim, i nigdy go nie zapomni.

To nie tylko kasztanowata maść Apollo i szeroka, biała łysina sprawiały, że myślała o Rufusie za każdym razem, gdy na niego patrzyła. Bardziej sposób, w jaki się poruszał, jak niósł łeb, jak patrzył, jakby zaraz miał przemówić. To było aż niesamowite.

Widziała też, jak Tim patrzy na Apollo, i wiedziała, że myśli o Rufusie. Trudno było inaczej. Rufus był pierwszym ogierkiem jego matki, a Apollo — ostatnim, i obaj mogliby uchodzić za bliźniaków jednojajowych, tak bardzo byli do siebie podobni.

Lady, klacz, która urodziła ich oboje, nie miała już dać więcej źrebiąt, podobnie jak Hermes, ich ojciec. I klacz, i ogier odeszli, dlatego Apollo nie został wykastrowany — Sir Richard chciał więcej koni z tej linii krwi. Tej wiosny Apollo pokrył kilka klaczy, zanim Sir Richard niechętnie pozwolił Armii go zabrać.

Czy to by pomogło Timowi, wiedzieć o tym? Być może. Może gdyby mu powiedziała, nawet porozmawiałby z nią o Rufusie. Tim z pewnością kochał swojego konia, a Molly chciała wiedzieć, co się stało.

Postanowiwszy skorzystać z okazji, póki ją miała, Molly pogoniła swoją klacz do galopu, dogoniła Tima, który jechał równym kłusem, i zrównała się z nim. Zerknął na nią ze zdziwieniem.

— Rufus był pierwszym koniem, którego kiedykolwiek wyszkoliłam — powiedziała.

Tim szeroko otworzył oczy. — Co?

Widziała, że jest zdezorientowany, więc wyjaśniła: — Wspomniał Pan o swoim koniu Rufusie i o tym, jak zginął. To był pierwszy koń, którego Sir Richard kiedykolwiek powierzył mi do pracy. — Uśmiechnęła się na to wspomnienie. — Byłam zachwycona. Pomagałam w stajniach, ale nigdy wcześniej nie miałam własnego konia do pracy.

— Och — powiedział Tim, a ona zobaczyła, jak jego twarz się zamyka, wargi zaciskają, a spojrzenie ucieka w dal. — Rozumiem.

— Przykro mi — szepnęła. — Nie chciałam poruszać bolesnego tematu. Tylko... Apollo, wie Pan. Jego matką była Lady i była też matką Rufusa. Apollo był jej ostatnim źrebakiem. Jest tak podobny do Rufusa, prawda?

Tim odwrócił głowę i ich spojrzenia się spotkały. — Jest Pani pewna?

— Znam rodowody i historie wszystkich koni z Belle Haven — odparła Molly. — Ale Rufus był wyjątkowy. Był moim pierwszym.

— Musiała Pani być wtedy dzieckiem, kiedy szkoliła Pani Rufusa — powiedział Tim, kręcąc głową, jakby nie dowierzał.

— Miałam trzynaście lat — powiedziała Molly. — Uciekłam z sierocińca w Londynie, gdzie dorastałam, i doszłam pieszo aż do Belle Haven, gdzie moja przyjaciółka Theresa poszła do pracy jako guwernantka, a Sir Richard pozwolił mi zostać. — Uśmiechnęła się na to wspomnienie. — Myślę, że zrobiłam na nim wrażenie. Powiedział, że jeśli chcę pracować, znajdzie dla mnie zajęcie. Miałam być pomocą Theresy przy dzieciach, ale nie umiałam trzymać się z dala od koni. Nigdy nie chciałam robić niczego innego.

— Jest Pani bardzo dobra z końmi — powiedział Tim. — Przepraszam — nie powinienem był wątpić w Pani umiejętności.

Molly doceniła przeprosiny, ale pokręciła głową. — To nie Pana wina. Jest Pan dowódcą. To Pana obowiązek przejąć ster. Chyba po prostu przywykłam robić wszystko po swojemu. — Przygryzła wargę. — Przykro mi z powodu Rufusa.

Twarz Tima znów się zamknęła. — To był tylko koń — powiedział krótko.

To był tylko koń.

Te słowa dźwięczały Timowi w głowie. To nie była prawda. Rufus nigdy nie był tylko koniem. Był przyjacielem, partnerem i liną ratunkową na więcej niż jeden sposób.

Tim mocniej ścisnął wodze, poczuł, jak koń zaczyna żuć wędzidło, i natychmiast rozluźnił chwyt. Wziął głęboki oddech i zmusił się, by się rozluźnić, zamiast zaciskać szczęki.

Obok niego Molly milczała. Tim zerkał na nią kątem oka, zastanawiając się, czy jej nie uraził. Nie miała powodu czuć się urażona, powiedział sobie. Zadała pytanie, a on na nie odpowiedział.

No, może nie odpowiedział. Wymigał się.

Ale czego od niego chciała? Żeby usłyszeć historię o tym, jak Rufus zginął w wybuchu działa, z połową głowy rozerwaną na strzępy, podczas gdy Tim leżał na ziemi, niezdolny się ruszyć, ogłuszony i krwawiący z uszu, z obiema nogami połamanymi? Jak spędził tygodnie w szpitalnym łóżku, zanim odesłano go z powrotem do Anglii, przekonanego, że już nigdy nie będzie mógł jeździć ani słyszeć?

Może tak. Może była ciekawa.

Powinien ją odesłać do swoich spraw. Ale Rufus był też jej sprawą, prawda? To ona go szkoliła. I ona też go kochała.

Odezwała się pierwsza Molly. — Apollo jest tak podobny do Rufusa — powiedziała — że czasem to aż niesamowite. Te same białe skarpety i biała strzałka na pysku, która ledwie dotyka lewego chrapa. Czy pamięta Pan, jak Rufus zawsze trochę się ekscytował, kiedy myślał, że pora galopować? Apollo robi dokładnie to samo.

Usta Tima się otworzyły, ale nie wiedział, co powiedzieć. Rufus zawsze był nieco kłopotliwy tuż przed szarżą, podrygiwał w miejscu i podrzucał głowę, ale uspokajał się, gdy Tim dał mu wodze. Skinął niechętnie głową.

Molly musiała to dostrzec kątem oka, bo ciągnęła dalej: — Byli rodzeństwem z tej samej pary. Hermes był jednym z najpłodniejszych ogierów Belle Haven, zanim padł.

Tim znów skinął głową, niezdolny mówić.

— Ich matką była Lady. Apollo był jej ostatnim źrebakiem. Myślę, że Sir Richard zawsze żałował, że jeszcze raz ją pokrył. Chciał ją wycofać, ale apetyt Armii na konie jest tak nienasycony... rozmnożył ją z Hermesem jeszcze raz. Oboje padli w zeszłym roku. — Głos Molly był miękki, niemal przepraszający, jakby bała się, że mówi mu coś, czego wolałby nie wiedzieć.

Może tak było. Dłoń Tima zacisnęła się na wodzach. Zastanawiał się, jakie musiały być Lady i Hermes; najwyraźniej wyjątkowe, bo Rufus był wspaniały, a Apollo, choć miał dopiero trzy lata, też wyraźnie miał być taki.

— Proszę, niech mi Pan opowie, co stało się z Rufusem. Proszę.

Głos Molly był miękki, niemal niepewny i ledwie słyszalny, ale Tim i tak poczuł, jak jeży mu się sierść na karku.

Chciał warknąć: to był tylko koń. Ale zaczynał rozumieć, że Molly nie jest kobietą, którą da się zbyć kilkoma ostrymi słowami.

Odwrócił wzrok, zmuszając dłonie, by znów się rozluźniły. Nigdy nie opowiadał o swoich przeżyciach na Półwyspie nikomu. Matka nigdy nie pytała, a lekarze, którzy opiekowali się nim w szpitalu, bardziej interesowali się jego obrażeniami niż czymkolwiek innym. Gdy wrócił do Anglii, kazano mu odpoczywać i wracać do zdrowia; wyczerpany i poraniony był nawet zadowolony, by się do tego zastosować — przynajmniej dopóki nogi nie wyzdrowiały, a uszy nie.

Ale był jej winien prawdę. Molly była pierwszą amazonką Rufusa i ona też go kochała.

— Spędziłem w Hiszpanii prawie trzy lata — powiedział z oporom. — Mój pułk wysłano tam w '08, jako część posiłków dla armii Sir Arthura Wellesleya. Byliśmy pod Talaverą. Fuentes de Oñoro. Salamanką. Byliśmy dobrym pułkiem. Dostawaliśmy najlepszych ludzi i najlepsze konie.

— Rufus — powiedziała cicho Molly.

— Tak. Konie z Belle Haven są najlepsze, bez dwóch zdań. Nigdy nie mieliśmy drugiego tak dobrego jak Rufus; wszyscy mi go zazdrościli. Odważny, bystry, pojętny... i tak szybki. Byliśmy dobraną parą. Tu go dostałem i pojechał ze mną do Hiszpanii. Niósł mnie przez bitwę za bitwą, uratował mi życie więcej razy, niż potrafię policzyć.

— Głos Tima zgasł i spojrzał na zielone pola Sandhurst, wspominając zatłoczone, zakurzone uliczki hiszpańskich miasteczek, smak wina, słońce na plecach i łuk szyi Rufusa pod jego dłonią.

Kameralność w gronie oficerów, niekończące się rundy picia, hazardu i odsypiania tego wszystkiego, podczas gdy szeregowi i konie wykonywali ciężką pracę przenoszenia obozu z miejsca na miejsce. Posiłki podejrzanego pochodzenia; lepiej było nie dociekać, skąd wziął się kawałek mięsa w garnku. Radość z odnalezienia źródła świeżej wody, brutalność odpierania Francuzów, którzy chcieli je zagarnąć dla siebie.

I bitwy. Huczące działa i muszkiety, powietrze pełne dymu i krzyków ludzi oraz koni. Groza szarży w sam środek piekła, wiedząc, że w jednej chwili możesz zginąć, a jednak pędząc, bo twoi przyjaciele też pędzą i wolałbyś umrzeć, niż ich zawieść.

Tim przełknął ślinę, wyschło mu w gardle. — Byliśmy w samym środku wszystkiego — powiedział. — Jeden z najlepszych pułków w armii brytyjskiej, prowadziliśmy każdą szarżę. Ludzie nas kochali, a my ich. Oddałbym życie za swoich ludzi. I oni za mnie.

Widział Molly kątem oka — miała szeroko otwarte, ciemne oczy i lekko rozchylone usta — ale nie przerwała i wziął głęboki oddech, zanim mówił dalej.

— To było działo. Szarżowaliśmy na francuskie stanowisko, musieliśmy je uciszyć, bo dziesiątkowało moich ludzi. Krew i wnętrzności były wszędzie. — Zadrżał, wspominając tamten widok, zapach, dźwięki.

Rufus zarżał przeraźliwie, gdy kula armatnia przeleciała zaledwie kilka stóp od nich, stanął dęba, a Tim walczył, by go utrzymać.

Ale następny wybuch był jeszcze bliżej.

Huk wystrzału i świst kuli nic nie znaczyły przy eksplozji samego działa, kiedy doszło do awarii — Francuzi, rozpaczliwie próbując oddać jeszcze jeden strzał, popełnili jakiś straszliwy błąd — a potem wszystko pogrążyło się w czerni.

Kiedy otworzył oczy, leżał na ziemi. Pamiętał, jak próbował się poruszyć, niewyobrażalny ból w nogach, a potem zobaczył Rufusa leżącego na boku, z połową głowy rozerwaną. Pozostałe oko jego konia było już zaszłe śmiercią, wpatrzone prosto w niego, a Tim szlochał, próbując się do niego doczołgać, by dać choć odrobinę pociechy zwierzęciu, które już nie żyło.

Uszy mu dzwoniły, okropny, wysoki pisk zagłuszał wszystkie inne dźwięki. Myślał, że krzyczy, ale nie słyszał własnego głosu.

— Straciłem słuch — powiedział nisko i chrapliwie. — Działo eksplodowało tuż przed nami i zabiło Rufusa na miejscu. Mnie zmiotło z siodła i obie nogi miałem połamane. Błony bębenkowe pękły i przez tygodnie nic nie słyszałem.

A nawet gdy znów zaczął słyszeć, to już nie było to samo. Z prawej strony nie słyszał w ogóle, a w uszach stale mu dzwoniło. Teraz ciszej, ale wciąż.

Molly milczała, a Tim nie potrafił na nią spojrzeć. Nie chciał już o tym mówić, nie chciał na nowo przeżywać tamtego bólu i przerażenia. Tego wstydu.

— Mój najlepszy przyjaciel mnie uratował. Podniósł mnie z krwi i błota, zarzucił przez siodło jak worek zboża i wyniósł stamtąd. Zostawiliśmy Rufusa leżącego tak po prostu. Pewnie na mięso dla Francuzów.

Nigdy się z tym nie pogodzi. Nigdy. I po blasku łez w oczach Molly widział, że czuje jego winę i rozpacz z powodu porzucenia konia, choć Rufus już nie żył.

— Potem odesłano mnie do Anglii. Zaliczonego do niezdolnych do służby. Nogi goiły się miesiącami i lekarze nie byli pewni, czy kiedykolwiek będę zdolny znów jeździć. W pewnym sensie mieli rację. — Wzruszył ramionami. — Po godzinie w siodle wciąż czuję kłucia. Nigdy nie będę jeździł tak dobrze jak wcześniej. A z moim słuchem... nie mogę znów dowodzić. Nie dosłyszę rozkazów i nie jestem w stanie sprawdzić, czy moi ludzie zrozumieli polecenia, które wydałem.

Głos Tima zgasł i westchnął, ramiona mu opadły. — Kiedy to działo nas wysadziło, nie chodziło tylko o śmierć Rufusa, nie tylko o utratę konia — powiedział cicho. — Straciłem wszystko. Karierę. Przyjaciół. — Wzruszył ramionami. — Nie jestem tym samym człowiekiem, którym byłem, zanim wyjechałem do Hiszpanii.

Tim nie wiedział, co jeszcze mógłby powiedzieć. Jak miał wytłumaczyć tej kobiecie, która pewnie nigdy nie opuściła komfortu i bezpieczeństwa Anglii, okropności wojny? Grozę codziennego stawania twarzą w twarz ze śmiercią i patrzenia, jak każdego dnia umierają przyjaciele? Winę tego, który ocalał, gdy tylu innych nie.

A jednak uświadomił sobie, że Rufus jest jednym z niewielu tematów, o których może z nią rozmawiać. Znała jego konia. Wyszkoliła go. Też go kochała, pomyślał, a twardy supeł napięcia w piersi odrobinę się rozluźnił.

Molly nic nie powiedziała, tylko jechała obok niego; jedynymi dźwiękami było miarowe dudnienie kopyt o darń, skrzypienie skóry, śpiew ptaka gdzieś niedaleko. Chłodny wietrzyk owiewał mu twarz i Tim wziął głęboki oddech, próbując się uspokoić.

Molly wyciągnęła rękę, w rękawiczce musnęła jego ramię. — Przykro mi — powiedziała miękko. — Nie powinnam była prosić Pana, żeby mi Pan o tym opowiadał. Nie chciałam Pana zasmucić.

— Nie, w porządku — powiedział szybko, licząc, że nie odjedzie i nie zostawi go samego z myślami. — Chyba dobrze od czasu do czasu o tym porozmawiać. Nigdy nikomu tego nie opowiadałem, wie Pani. Moja rodzina wie, że zostałem ranny, ale nie wie jak. I nie wie o Rufusie.

— Cieszę się, że mi Pan powiedział — odparła i widział, że mówi szczerze. — Wierzę, że ważne jest pamiętać o tych, których straciliśmy, prawda? A Rufus to coś, co nas łączy.

Tim skinął głową. — Chyba tak. Kochałem tego konia, wie Pani, bardziej niż cokolwiek. — Uśmiechnął się krzywo. — To pewnie brzmi żałośnie.

Molly pokręciła głową. — Wcale nie. Konie są wspaniałymi przyjaciółmi, prawda? Nie oceniają nas ani nie kłamią. Po prostu akceptują nas takimi, jacy jesteśmy.

— I nie mają wyboru, muszą iść tam, dokąd je prowadzimy, nawet w niebezpieczeństwo — powiedział gorzko Tim. — Rufus mi ufał, a ja doprowadziłem do jego śmierci.

Molly przez chwilę milczała, po czym rzekła: — Nie sądzę, żeby to była prawda. Rufus nigdy by Pana nie obwiniał. Jestem pewna, że poszedłby za Panem na koniec świata. Takie są konie, kiedy już zdobędzie się ich zaufanie. Wierne do samego końca.

Gardło Tima ścisnęło się ze wzruszenia. — Nawet gdy na to nie zasługujemy.

— Zwłaszcza gdy na to nie zasługujemy — powiedziała, a Tim znów musiał odwrócić wzrok.

Milczał długo, a Molly nie naciskała. Po prostu jechała obok niego, a on był wdzięczny za jej obecność. Kiedy dotarli na dziedziniec stajni, wreszcie znów się odezwał.

— Dziękuję — powiedział niezręcznie, gdy podeszło dwóch stajennych, by zabrać ich konie. — Że mnie Pani wysłuchała.

Uśmiechnęła się lekko. — W każdej chwili, Majorze.

Rozdział szósty

MOLLY LEKKO DRŻAŁY RĘCE, gdy poprawiała suknię, wygładzając miękką, błękitną wełnę i koronkę przy mankietach. Sięgnęła też do upięcia, choć wiedziała, że gęste, czarne loki były solidnie przypięte. Mimo to ruch ten koił nerwy i pozwalał się upewnić, że wygląda jak najlepiej, zanim przekroczy próg rezydencji Komendanta.

Był to okazały budynek. W holu wejściowym błyszczała posadzka z czarno-białych, ułożonych w romby marmurowych płyt, a z sufitu zwisał ogromny żyrandol. Wypolerowane, drewniane drzwi prowadziły do dużego salonu recepcyjnego, gdzie goście dzisiejszej kolacji już się gromadzili; przestrzeń wypełniał dźwięk stukających się kieliszków i cichy gwar rozmów.

Molly wzięła głęboki oddech i ruszyła naprzód, od razu stając się obiektem zaciekawionych spojrzeń.

— Panna Bell, jak miło znów panią widzieć.

Odwróciła się i ujrzała podchodzących pułkownika Darnella z małżonką. Dygnęła. — Pułkowniku Darnell, pani Darnell. Jak miło, że państwo mnie pamiętają.

— Ależ oczywiście — uśmiechnęła się pani Darnell. — Mam cudowne wspomnienia z naszej wizyty w Belle Haven w zeszłym roku. I muszę przyznać, że dziś wieczorem wygląda pani przepięknie.

Molly lekko spłonęła rumieńcem na ten komplement. Miała na sobie najlepszą suknię — błękitny aksamit z koronkowym wykończeniem — a całość dopełniał sznur maleńkich pereł pożyczony od Theresy. Jednak przy eleganckich toaletach pani Darnell i innych dam jej strój wydawał się doprawdy skromny.

Nauczyła się jednak dawno temu przyjmować komplementy z godnością, więc uśmiechnęła się. — Dziękuję, pani Darnell. Ogromnie cieszę się na dzisiejszą kolację.

— Mam nadzieję, że będzie to dla pani miłe doświadczenie — rzekł pułkownik Darnell, kiwając jej głową. — Proszę wybaczyć, widzę, że państwo Gordon machają do nas.

Odeszli, a Molly odetchnęła głębiej i rozejrzała się po sali w poszukiwaniu znajomych twarzy. Major Harrison z żoną, u których kwaterowała podczas pobytu w Sandhurst, rozmawiali z inną parą, lecz stali po drugiej stronie pokoju i Molly nie chciała im przerywać.

Pokój był piękny: białe ściany, wysoki sufit, na ścianach portrety, na suficie misterna sztukateria i kolejny żyrandol. Krążyła po sali, zatrzymując się tu i ówdzie, by zamienić słowo z gośćmi — z niektórymi znajomymi, z innymi nie. Dygnęła i powitała kilku oficerów, ich żony oraz dwóch księży, którzy okazali się kapelanami akademii.

Robiło się coraz cieplej, a pobrzękiwanie szkła i cichy gwar rozmów tworzyły przyjemne tło. Zapach wypolerowanego drewna mieszał się z wonią świeżych kwiatów stojących w wazonach na każdej konsoli i stoliku.

Gdziekolwiek podchodziła, spotykała się z uprzejmymi reakcjami; większość gości była wyraźnie jej ciekawa. Była jedyną niezamężną kobietą bez osoby towarzyszącej.

Czuła presję, by godnie reprezentować Belle Haven, więc wkładała dodatkowy wysiłek w to, by być uprzejmą i życzliwą nawet wobec tych, którzy nie bardzo wiedzieli, jak ją traktować, gdy wyjaśniała swoją rolę.

Przyjęła kieliszek wina z tacy podanej przez lokaja w liberii i w końcu przysunęła się do rogu sali, skąd mogła obserwować, nie będąc zanadto w centrum uwagi. Nie potrzebowała być w samym środku wydarzeń. Chciała tylko dobrze reprezentować Belle Haven i sir Richarda, by mógł być dumny, że powierzył jej to zadanie.

Upiła łyk wina, marszcząc lekko nos na jego mocny smak. Richard i Theresa rzadko pili alkohol i nie podawali go w Belle Haven, chyba że mieli gości. Jedynie na wizytach u przyjaciół w ich domach, albo w Sandhurst, zdarzało się, że sięgała po wino. Nigdy go nie polubiła.

Nastrój w sali nagle się odmienił i Molly, jak inni goście, odwróciła się, by zobaczyć przyczynę.

Do pokoju wszedł książę Yorku i dziewczyna zamrugała ze zdumienia, nie mając pojęcia, że książę przybył do Sandhurst.

Miał na sobie mundur — nienaganny, idealnie skrojony na jego szerokie ramiona. Złote epoletki lśniły na barkach, przez pierś biegła wstęga od orderu, którą zdobiły dziesiątki medali. Ciemne włosy miał krótko przycięte, bez peruki, w przeciwieństwie do wielu starszych panów obecnych w sali. Przenikliwe, niebieskie oczy omiatały wzrokiem pomieszczenie, gdy rozmawiał z Komendantem stojącym przy drzwiach.

To jednak jego postawa, bardziej niż cokolwiek innego, przykuwała uwagę. Chodził z pewnością człowieka znającego swoje miejsce w świecie, z prostymi plecami i wysoko uniesioną głową.

Rozmowy, przed chwilą głośne i ożywione, ucichły; głowy odwróciły się w stronę nowo przybyłego. Kilka osób, które siedziały, wstało; Molly dostrzegła, jak niektóre panie prostują spódnice i poprawiają fryzury.

Po chwili przez salę potoczył się cichy szmer, gdy rozmowy powróciły, lecz już ściszonymi głosami.

— ... książę Yorku...

— ... książę Fryderyk, syn króla Jerzego...

— ... naczelny wódz!

Wzrok księcia nadal omiatał salę, spotykając spojrzenia kilku osób, które skłaniały głowy z szacunkiem. W końcu jego spojrzenie zatrzymało się na niej.

Molly znieruchomiała, czując, jak serce na moment się potyka, gdy ich oczy się spotkały. Wzrok księcia zawisł na niej przez chwilę, po czym rozjaśnił twarz szerokim uśmiechem.

Molly rozszerzyły się oczy; zerknęła na boki, lecz w zasięgu kilku stóp nikogo nie było. Czyżby to do niej się uśmiechał? Przecież była nikim, najmniej ważną osobą w całym towarzystwie.

A jednak książę ruszył w jej stronę, nie odrywając od niej wzroku.

Gdy do niej dotarł, skłonił się lekko, a ona uświadomiła sobie, że musi dygnąć. Omal nie upuściła kieliszka, lecz w porę się opanowała, dygnęła i miała nadzieję, że wszystko robi jak należy.

— Panno Bell! Cóż za przyjemność widzieć panią ponownie — powiedział książę serdecznie.

— W-wasza Wysokość — wyjąkała.

— Tak się cieszę, że panią tu widzę! Myślałem, że będzie pani w Belle Haven.

Jej zdziwienie musiało malować się na twarzy, bo roześmiał się. — Mam konia z Belle Haven, wie pan — zwierzył się adiutantowi, który szedł za nim i stał teraz u jego ramienia, wyraźnie zbity z tropu. — Wspaniałego siwego ogiera o imieniu Thor. Sir Richard Bell podarował mi go. To jedno z najwspanialszych zwierząt, jakie kiedykolwiek miałem przyjemność dosiadać.

— Tak, Thor jest naprawdę wspaniały — przytaknęła Molly. — Cieszę się, że Wasza Wysokość jest z niego zadowolony.

Ktoś chrząknął w pobliżu i książę odwrócił się z uśmiechem do stojącego tam mężczyzny. — Tak? Cóż takiego?

Molly zamrugała i rozdziawiła usta, uświadomiwszy sobie, że to Tim. Wyglądał na równie zaskoczonego co ona.

— Wasza Wysokość — skłonił się nisko. — Zdaje się, że panna Bell nie została jeszcze Waszej Wysokości przedstawiona. Czy mogę mieć ten zaszczyt?

— Z panną Bell znamy się od dawna — zaśmiał się książę. — Właśnie mówiłem jej, jak zachwycony jestem moim koniem z Belle Haven.

Tim posłał Molly zdumione spojrzenie, a ona starała się zachować spokój. — Wasza Wysokość jest bardzo zadowolony z Thora — powiedziała.

— I owszem. W istocie chciałbym jeszcze jednego. Rozmawiałem o tym z sir Richardem, ale koniecznie muszę mieć przyszłoroczny wybór spośród jego młodych. Wie pani, on upiera się, by większość swoich koni kierować do Sandhurst. Podziwiam jego patriotyzm, ale trudno skłonić go, by oddał najlepsze sztuki.

Molly uśmiechnęła się. — Sir Richard stara się być sprawiedliwy, Wasza Wysokość.

— I rzeczywiście jest. Belle Haven wywarło na mnie ogromne wrażenie. Tamtejsze zaplecze jest najlepsze, jakie kiedykolwiek widziałem.

— Sir Richard doskonale rozumie konie i ich potrzeby — odparła Molly.

— Och, z pewnością — przytaknął książę. — Ale to pani je szkoli, moja droga. Widziałem panią w siodle na Thorze, gdy przybyłem go odebrać, i muszę przyznać — był to widok zapierający dech. Jest pani znakomitą amazonką.

Molly poczuła, jak policzki oblewa jej rumieniec. — Dziękuję, Wasza Wysokość.

Książę Yorku zwrócił się do Tima i Molly pojęła, że muszą się znać. — Proszę spróbować wyprosić zaproszenie do Belle Haven, majorze Blair-Fortescue — rzekł. — To fascynujące miejsce. Jestem wręcz zazdrosny, choć mam do dyspozycji królewskie stajnie!

Molly nie mogła powstrzymać uśmiechu na widok dobrego humoru księcia, choć Tim mruknął coś wymijająco.

— A pani, panno Bell, czy lubi pracę w Belle Haven? — Książę znów zwrócił się do niej.

— Och, tak, Wasza Wysokość. Bardzo — odparła. — Zawsze kochałam konie i to wielki zaszczyt pracować przy koniach sir Richarda.

— Wierzę. Nigdy nie widziałem równie wspaniałych zwierząt jak jego konie wierzchowe. Mam Thora, oczywiście, i jestem z niego niezwykle zadowolony, ale powiem szczerze — chętnie widziałbym jeszcze kilka sztuk z linii Belle Haven w mojej stajni.

Molly zamrugała z osłupieniem. — Jestem pewna, że sir Richard z radością omówiłby z Waszą Wysokością taką możliwość — wykrztusiła.

— Może zechciałaby pani poruszyć tę kwestię w moim imieniu, panno Bell — rzekł książę. — Mam wrażenie, że słucha pani uważniej niż mnie samego.

Molly znów poczuła gorąco na policzkach. — Nie śmiałabym wypowiadać się w imieniu sir Richarda, Wasza Wysokość — odparła. — Obawiam się, że on nikogo nie słucha poza sobą.

Książę odchylił głowę i roześmiał się, a Molly też się uśmiechnęła. — Ma pani całkowitą rację, panno Bell — rzekł. — Sir Richard stanowi prawo sam dla siebie.

Znów parsknął śmiechem, a Molly spuściła wzrok, nie chcąc, by książę wyczytał z jej twarzy myśl, że nie tylko do sir Richarda można by tę charakterystykę zastosować. — To bardzo dobry i życzliwy człowiek — dodała.

— Tak, to prawda — potwierdził książę. — Proszę wybaczyć, panno Bell; obawiam się, że wprawiłem panią w zakłopotanie. Nasza rozmowa ściągnęła na panią uwagę.

— Ależ skąd — odparła Molly, choć czuła, jak policzki płoną, a dłoń nieco jej drży, gdy poprawiała uchwyt na kieliszku. — Jest mi... bardzo miło z powodu zainteresowania Waszej Wysokości.

Śmiech księcia rozległ się po całej sali, przyciągając wszystkie spojrzenia. Głowy odwróciły się ku niemu i Molly, szelest sukien zawtórował, gdy panie zmieniały pozycję, by widzieć ich lepiej. Pani Darnell wyszeptała coś mężowi z rozszerzonymi oczami, a pułkownik Darnell usiłował zachować kamienną twarz. Dwaj kapelani wymienili porozumiewawcze spojrzenia, unosząc brwi z ciekawością. Cichy gwar rozmów narastał, gdy oficerowie z małżonkami poczęli szeptać między sobą, głosy przyciszone, ale pełne intrygi.

Policzki Molly płonęły, gdy uświadomiła sobie, że patrzą na nią niemal wszyscy. Miała ochotę przykleić się do ściany i zniknąć, lecz nie mogła — nie wtedy, gdy książę Yorku zaszczycił ją rozmową. Nie wiedziała, czemu ją wybrał, mogła tylko mieć nadzieję, że wkrótce ktoś inny odciągnie jego uwagę.

Rzut oka po sali wystarczył, by stwierdzić, że nikt nie odważy się im przerwać. Goście zadowalali się szeptami i dyskretnym obserwowaniem rozmowy księcia z nikim znikąd, który jakimś cudem zwrócił jego uwagę.

Tim stał przy wejściu do salonu, niechętny, by wchodzić głębiej. Nie przepadał za byciem w towarzystwie i wolałby w ogóle tu nie być. Darnellowie przechwycili go i przywiedli ze sobą, a on już żałował decyzji, by przyjść na kolację. Było jednak za późno na usprawiedliwienia i powrót do pokoju, a obrazić Komendanta nie śmiał.

Stał więc, czując się niezręcznie i nieswojo. Wystawne wnętrza rezydencji Komendanta, z kosztownymi meblami i bogatymi tkaninami, boleśnie uświadamiały mu, że jedyną przyczyną zaproszenia był tytuł jego ojca. Sam teraz był nikim — złamaną skorupą człowieka, który nie mógł już służyć Królowi i Ojczyźnie — i nie miał tu miejsca pośród oficerów wciąż silnych i sprawnych.

Coś poruszyło się w polu widzenia i odwrócił głowę, by zobaczyć wchodzącą do sali Molly Bell. Patrzył, zafascynowany, jak wygładza spódnicę i dotyka upięcia — gesty zdradzające nerwy dla wprawnego oka. Wydawała się taka pewna siebie, gdy się spotkali, i dziś w stajniach również; tu jednak, wśród wysokich rangą oficerów armii brytyjskiej i ich żon, wyraźnie była poza swoim żywiołem.

Widział, jak nabiera głębokiego oddechu i wyraźnie prostuje kręgosłup. Podziwiał jej odwagę, gdy ruszyła w krąg, uprzejmie witając oficerów i uśmiechając się do ich małżonek.

Miała bardzo ładny uśmiech, pomyślał — o wiele bardziej szczery niż te wdzięczne grymasy, do których przywykł w salach balowych. Oczy jej błyszczały i uświadomił sobie, że się gapi; speszony odwrócił wzrok. Pułkownik Darnell mu się przyglądał i uśmiechnął się znacząco; Tim poczerwieniał, pewien, że tamten dostrzegł jego zainteresowanie panną Bell.

Zdeterminowany, by znów nie dać się przyłapać, śledził wzrokiem, jak Molly krąży po sali. Zatrzymała się przy pułkowniku Darnellu i jego żonie, wymieniła uprzejmości, potem podeszła do kapelanów. Wyraźnie starała się być grzeczna, ale widział, jak bardzo jest spięta — ściskała kieliszek, jakby miała ochotę wychylić go jednym haustem.

To mogłoby być drobnym błędem, pomyślał rozbawiony, gdy uniosła kieliszek i upiła mały, delikatny łyk. Kąciki jej ust opadły w lekkim grymasie niesmaku, nim zmusiła się do uśmiechu i skinęła na coś, co powiedzieli kapelani.

Była zagadką, ta panna Bell. Dobrze ubrana i niewątpliwie wykształcona, a jednak najwyraźniej bez upodobania do salonowych rozrywek. To, jak bawiła się suknią, jak piła wino, nawet sposób, w jaki się tu nosiła — jakby w każdej chwili oczekiwała, że ktoś powie jej, iż nie pasuje do tego miejsca.

Wejście księcia Yorku przykuło jego uwagę i wyprostował się jak struna, jak każdy mężczyzna w sali. Książę uśmiechnął się i pomachał dłonią na powitanie, idąc ku Komendantowi, a Tim odetchnął nieco.

Gdy znów spojrzał na Molly, stała pod ścianą, szeroko otwartymi oczami wpatrzona w księcia, ściskając kieliszek w obu dłoniach. Wyglądało, jakby chciała stać się niewidzialna, i Tim zastanowił się, czy nie podejść i nie zagadnąć.

Nie zdążył jednak, bo książę odwrócił się od Komendanta i jego spojrzenie padło na Molly. Tim patrzył osłupiały, jak książę przecina salę, skłania się i z wyraźną przyjemnością całuje ją w dłoń.

Molly płonęła purpurą, gdy książę zaczął mówić, ale Tim był zbyt daleko, by dosłyszeć słowa. Mógł tylko patrzeć, oszołomiony, jak książę Yorku prowadzi ożywioną rozmowę z dziewczyną, którą Tim brał za niewiele więcej niż służącą — mimo jej nienagannych manier i umiejętności pracy z końmi.

Tim nie mógł uwierzyć własnym oczom. Poszerzyły mu się źrenice, a brwi ściągnęły, kiedy obserwował, jak książę Yorku i Molly Bell gawędzą jak starzy znajomi. O czym do licha mogli rozmawiać?

Wyraz twarzy księcia był ożywiony, kiedy mówił, a Tim dostrzegł uśmiech Molly, poruszające się w odpowiedzi usta. Nie słyszał słów, ale książę znów się zaśmiał i odezwał, a uśmiech Molly jeszcze się rozszerzył.

Skąd, u diabła, ona zna księcia Yorku? Pytanie paliło go od środka i aż musnął dłonią rękojeść szpady paradnej, jakby mógł ją dobyć i rozciąć powietrze, by wydobyć odpowiedź.

Była tajemnicą, panna Molly Bell — piękną zagadką spowitą w enigmę. W tym towarzystwie wyraźnie nie na miejscu, a jednak w stajniach czuła się jak u siebie.

Doskonale ułożona, świetnie wychowana; suknia modna, włosy uczesane wedle najnowszej mody — a jednak w rezydencji Komendanta była skrępowana. A przynajmniej do chwili, gdy zjawił się książę Yorku i przywitał ją jak dawną znajomą.

Tim zesztywniał, po czym zmusił się, by rozluźnić ramiona. Był zagubiony jak dziecko we mgle i ani trochę mu się to nie podobało. Zwęził oczy i zrobił krok naprzód, postanowiwszy dojść do sedna.

Przemknął przez salę, pewien, że książę nie będzie miał za złe przerwania rozmowy. Książę i jego ojciec byli dobrymi przyjaciółmi; Tim znał go dobrze, a goście pomyślą po prostu, że ciekawi go temat rozmowy księcia.

W prawdzie ciekawych względu na pannę Bell było wielu. Tim posuwał się wolno, dając wszystkim dość czasu, by zauważyli, dokąd i do kogo zmierza. Nie zdziwił się, gdy za plecami rozległy się szepty.

Oczy Molly mignęły w jego stronę i zobaczył, jak jej brązowe tęczówki nieznacznie się rozszerzają, gdy się zbliżał. Była zdecydowanie bardziej świadoma otoczenia niż przeciętna panna z towarzystwa, która całą uwagę skupiłaby na księciu.

Tim chrząknął z szacunkiem, a książę zwrócił się do niego.

— Wasza Wysokość — rzekł Tim, skłoniwszy się nisko. — Zdaje się, że panna Bell nie została jeszcze Waszej Wysokości przedstawiona. Czy mogę mieć ten zaszczyt?

— Z panną Bell znamy się od dawna — odparł książę ze śmiechem. — Właśnie mówiłem jej, jak zadowolony jestem z mojego konia z Belle Haven.

Tim był pewien, że wygląda tak ogłupiale, jak się czuł, nie potrafiąc ukryć gwałtownie rozszerzonych oczu.

Molly wyglądała, jakby nie bardzo wiedziała, gdzie się podziać, podczas gdy książę mówił dalej.

— Wie pani, naprawdę dość mnie zaniepokoiło, gdy Thor zrzucił podkowę tuż przed paradą w zeszłym miesiącu — zagadnął swobodnie książę Yorku. — Ale sir Richard zapewniał mnie, że wszystko będzie dobrze, i faktycznie kowal zdążył ją nabić. Proszę mi powiedzieć, panno Bell, jak pani go nauczyła podawać nogę, zanim jeszcze padnie prośba? To doprawdy niezwykłe.

— Obawiam się, że nie mogę przypisać sobie całej zasługi, Wasza Wysokość. — Molly uśmiechnęła się i dygnęła lekko. — To techniki sir Richarda.

Książę uśmiechnął się do niej ciepło. — Taka skromność, panno Bell, ale wiem, że sir Richard ma o pani najwyższe mniemanie. Nie oddałby mi Thora, gdyby nie był wyszkolony wedle pani standardów.

Thor. Koń księcia. Tim wreszcie połączył fakty. Widział tego konia — pięknego siwego ogiera — wielokrotnie pod księciem na rozmaitych uroczystościach. To był jeden z najlepszych koni kawaleryjskich, jakie Tim kiedykolwiek widział.

Tim nie mógł oderwać oczu od Molly, gdy rozmawiała z księciem Yorku. Książę słynął z miłości do koni i strategii wojskowej oraz z niefortunnej skłonności do mówienia bez zastanowienia, przez co często niechcący kogoś urażał. Molly Bell jednak wyglądała na znacznie mniej speszoną, niż można by oczekiwać po młodej damie w takiej sytuacji.

Spoglądała księciu prosto w oczy, odpowiadając bezbłędnie i rzeczowo. Nie mizdrzyła się ani nie chichotała, jak czyniło wiele panien, choć czasem się rumieniła, zwłaszcza gdy książę ją chwalił.

To jest dama, uświadomił sobie Tim nagle. Może nie urodzona w arystokracji, ale dama w najprawdziwszym tego słowa znaczeniu. Jej postura, ogłada, gracja — miała wszystkie przymioty kobiety urodzonej do najwyższych sfer. Wcześniej tego nie dostrzegał, ale teraz, gdy na to patrzył, widział to w każdym jej geście. W każdym dygnięciu, w każdym kroku, nawet w ułożeniu głowy, gdy słuchała księcia.

Ona jest damą, a ja jestem głupcem. Myśl przemknęła Timowi i nie mógł nie roześmiać się z siebie w duchu.

— Konie z Belle Haven są naprawdę bezkonkurencyjne, panno Bell. Thor to wspaniałe zwierzę. Nie wiem, jak sir Richard potrafi hodować tak znakomite konie — powiedział książę, kręcąc z niedowierzaniem głową.

Molly spotkała się wzrokiem z Timem i pojął, że jest rozpaczliwie skrępowana. Pół sali ich obserwowało, ale kiedy książę pragnie rozmawiać, nie ma od tego ucieczki. Tim mógł tylko stać obok i milcząco ją wspierać, aż Jego Wysokość zechce skierować uwagę gdzie indziej.

— Wciąż pamiętam dzień, gdy sir Richard podarował mi Thora — ciągnął książę. — Powiedział, że to najlepszy koń, jakiego wyhodował, i nie mogę się z nim spierać. Ot, choćby przed kilkoma dniami jechałem wierzchem i natrafiliśmy na powalone drzewo tarasujące drogę. Już myślałem, że trzeba zawrócić, a Thor po prostu przeskoczył je, jakby to było nic! Nigdy nie jeździłem konia o takiej mocy i gracji.

Właśnie tak opisałbym Rufusa — pomyślał Tim z nagłym ukłuciem straty.

Książę wciąż mówił. — Nigdy nie spotkałem konia podobnego do niego i wątpię, bym kiedykolwiek spotkał. Sir Richard to geniusz hodowli i jestem mu ogromnie wdzięczny za to, że podarował mi Thora.

Molly uśmiechała się dyplomatycznie. — Jestem pewna, że sir Richard byłby zachwycony, słysząc takie słowa, Wasza Wysokość — powiedziała. — Bardzo dba o wszystkie swoje konie, ale wierzę, że Thora uważał za wyjątkowego.

— Och, z pewnością, z pewnością. — Książę energicznie skinął głową. — Będę musiał napisać do sir Richarda, by mu to powiedzieć i raz jeszcze podziękować za hojność. I za pani wkład, oczywiście, panno Bell. Jestem przekonany, że bez pani szkolenia Thor nie byłby tym, czym jest.

Molly znów dygnęła. — Dziękuję, Wasza Wysokość. — Ucieszyło mnie, że jest Wasza Wysokość z niego zadowolony.

— Jest mi bardzo drogi — zapewnił ją książę. — Zastanawiałem się, czy mógłbym prosić panią o przysługę, panno Bell.

— Przysługę, Wasza Wysokość?

— Istotnie. Byłbym zainteresowany kryciem Thora niektórymi z najlepszych klaczy Belle Haven. Jestem prawie pewien, że potomstwo byłoby wyjątkowe, a za takie źrebięta chętnie zapłacę niemało.

Usta Molly rozwarły się zdumione, a Tim z trudem powstrzymał parsknięcie. To był zupełnie nieodpowiedni temat do poruszania z damą przy kolacji. Książę najwyraźniej nie miał pojęcia, jak niestosownie to zabrzmiało, ale Tima i tak to rozbawiło. W oczach starszego mężczyzny błysnęła iskierka, cień uśmiechu, i Tim pojął, że książę jednak wie — zapewne zorientował się w gafie, gdy tylko wypowiedział słowa.

Spotkawszy spojrzenie Molly, zobaczył podobny wyraz na jej twarzy. Usta miała ściśnięte, a kącik drgał.

Molly szybko się opanowała, choć policzki były o kilka tonów ciemniejsze. Gdyby miała jaśniejszą karnację, Tim był pewien, że spłonęłaby szkarłatnym rumieńcem.

— Jestem pewna, że sir Richard z radością omówiłby to z Waszą Wysokością.

Książę szeroko się uśmiechnął. — Doskonale. Napiszę do niego jutro. Dziękuję pani, panno Bell, za pomoc. Proszę mi powiedzieć, jak długo pani zostanie w Sandhurst?

— Kilka tygodni, Wasza Wysokość. Pomagam wprowadzić tegoroczną dostawę koni z Belle Haven w ręce nowych kadetów. — Molly znów dygnęła.

— Wasza Wysokość, czy mógłbym słowo?

Książę odwrócił się na to wtrącenie, a Tim niemal westchnął z ulgą, gdy Komendant Akademii skłonił się. — Oczywiście, generale Warde. Proszę wybaczyć, panno Bell, majorze. — Skinął im i podążył za Komendantem.

Tim spojrzał na Molly i zobaczył, że już patrzy na niego. Wesołość w jej spojrzeniu była zaraźliwa. Skinął głową w stronę drzwi, zaczekał na jej potwierdzenie i oboje ruszyli prędko.

Wymknęli się z sali do korytarza, a Tim podał Molly ramię. Ujęła je i szybkim krokiem skierowali się do holu wejściowego, po czym wyszli z domu i udali się do ogrodu.

Chłodne nocne powietrze było wybawieniem po zatłoczonym salonie. Skręcili za róg i oparli się o ścianę domu, oboje dysząc. Tim odwrócił się do niej, a w tej samej chwili ona do niego. Jednocześnie wybuchnęli śmiechem. Tim próbował go zdusić dłonią przy ustach, ale na próżno. Zgiął się wpół, ściskając brzuch, i śmiał się, aż zabrakło mu tchu. Obok Molly robiła to samo, z oczu ciekły jej łzy, gdy chichotała niepowstrzymanie.

— O mój Boże — wydyszała Molly, gdy wreszcie mogła mówić. — To było... och, nawet nie wiem, co powiedzieć!

Tim wyprostował się i nabrał głęboko chłodnego powietrza. — Myślę, że najlepiej nie mówić nic — odparł. — Książę Yorku to w końcu książę Yorku. Jemu wolno powiedzieć wszystko.

— Nawet damom? — Molly pokręciła głową. — Znam swoje miejsce, kapitanie. Nie jestem żadną damą. A jednak nie spodziewałam się... Cóż.

— Ja też nie — przyznał szczerze. — Nie miałem pojęcia, że zna pani księcia Yorku.

— Nie znam! To znaczy, nie tak, nie tak, jak można by sądzić po tym, co zasugerował. — Oczy Molly rozszerzyły się. — Widziałam go wcześniej dwa razy w Belle Haven, ale nie spodziewałam się, że mnie zapamięta, ani że odezwie się do mnie w tak publicznej sytuacji. Mam nadzieję, że nikogo nie uraziłam.

— Przeciwnie. Obstawiam, że będzie pani ozdobą Akademii do końca pobytu. — Tim uśmiechnął się do niej. — Mnie na pewno bardzo zależy, by lepiej panią poznać, panno Bell.

Zarumieniona, odwróciła wzrok. — Dziękuję, majorze. Jest pan zapewne bardzo zajęty.

— Nic nie jest ważniejsze niż spędzić trochę czasu z ulubioną trenerką koni księcia.

— Och, proszę tak nie mówić! — zaprotestowała. — Nie jestem nikim takim, zapewniam pana. Książę po prostu bardzo lubi konie z Belle Haven.

— I panią, jak sądzę. Nigdy nie widziałem, by poświęcił tyle uwagi jakiejkolwiek damie. — Tim skłonił się. — Jestem zaszczycony pani towarzystwem, panno Bell.

Uśmiechnęła się i dygnęła. — Dziękuję, majorze.

— Poza tym — dodał z figlarnym uśmiechem. — Muszę się wkupić w pani łaski. Rozpaczliwie pragnę zdobyć to zaproszenie do Belle Haven!

Oboje znów wybuchnęli śmiechem i minęło kilka minut, zanim Molly, ocierając łzy, pokręciła na niego głową.

— Majorze, będzie pan zawsze mile widziany w Belle Haven, kiedy tylko zechce pan nas odwiedzić, ale teraz lepiej wróćmy, zanim ktoś zauważy nasze zniknięcie. Poza tym jestem głodna i jestem pewna, że zaraz podadzą kolację.

Uklonił się i podał jej ramię, a Molly wsunęła dłoń pod jego łokieć. Wracając do rezydencji Komendanta, Tim po raz pierwszy poczuł zupełną harmonię z Molly Bell.

Rozdział siódmy

Ubrana w ciemnozieloną wełnianą amazonkę, Molly z lekkością dosiadła swojej klaczy i skinęła głową Timowi, gdy on również wskoczył w siodło. To był dobry dzień na przejażdżkę, pomyślała, słońce świeciło jasno, a niebo miało olśniewający błękit. Cieszyła się na myśl o odwiedzeniu pobliskiego miasteczka, bo dotąd nie miała ku temu sposobności.

Droga liczyła zaledwie kilka mil i galopowali przez przyjemny, jesienny poranek w milczeniu, a jedynymi dźwiękami były uderzenia końskich kopyt o gościniec i od czasu do czasu śpiew ptaków. Krajobraz był malowniczy, falujące wzgórza upstrzone niskimi żywopłotami i tu i ówdzie kępami drzew. Zapowiadał się ciepły dzień, lecz wciąż było wcześnie i przyjemna bryza na razie ich chłodziła.

Miasteczko, choć niewielkie, miało swój urok: brukowane uliczki i zadbane zabudowania. Zatrzymali się przed zajazdem o nazwie King's Arms i oddali konie pod opiekę stajennego chłopaka, który obiecał, że dobrze się nimi zajmie. Molly przez chwilę rozglądała się dookoła, chłonąc widok schludnego podwórza i zadbanych budynków gospody. Wszędzie panował porządek i czystość, a zapach siana i skóry mieszał się z ciepłą wonią świeżo pieczonego chleba z pobliskiej piekarni.

Rymarz, zapewniał Tim, był o zaledwie kilka kroków stąd, więc Molly dostosowała krok do jego.

Promienie słońca połyskiwały na kocich łbach i bielonych ścianach domów, lśniąc na szklanych szybach. Molly doszły z oddali uderzenia młota kowala. Zdawało się, że miasteczko właśnie budzi się do życia.

Cieszyła się na wizytę u rymarza, który cieszył się dobrą opinią, i na omówienie z nim ich potrzeb.

— Czy sądzi Pani, że będzie miał wszystko, czego Pani potrzeba? — zapytał Tim, gdy szli.

— Mam nadzieję — odparła Molly. — Wierzę, że robi dobrą robotę, ale nie pierwszy raz zdarzyłoby mi się udzielić rymarzowi paru wskazówek. — Uśmiechnęła się do siebie na wspomnienie jednego rymarza, który początkowo był wielce oburzony, nim w końcu przyznał jej rację.

Tim parsknął śmiechem. — Jestem pewien, że doceni Pani rady.

Główna ulica wiła się przez środek miasteczka, wzdłuż sklepów i domów. Molly podziwiała schludne skrzynki z jesiennymi kwiatami i zadbane fasady sklepów z szyldami kołyszącymi się na wietrze. Minęli piekarnię, skąd przez otwarte drzwi wylewał się kuszący zapach pieczonego chleba, i Molly zauważyła, że Tim tęsknym wzrokiem zerknął w tamtą stronę. Zachichotała.

— Może wstąpimy tam w drodze powrotnej — zaproponowała, a on posłał jej szeroki uśmiech.

— Znakomity pomysł, Panno Bell.

Jego uśmiech miał w sobie coś niezwykle pociągającego, pomyślała; białe zęby odcinały się od opalonej skóry, a oczy marszczyły mu się w kącikach. Zrozumiała, że to bardzo przystojny mężczyzna: jasne włosy, błękitne oczy, a do tego smukła, silna sylwetka.

Pokręciła głową nad własną głupotą. Co z tego, czy był przystojny? Był synem hrabiego, a ona córką indyjskiego robotnika portowego, który umarł w nędzy. Dzieliły ich całe światy i dobrze byłoby, gdyby o tym pamiętała.

Sklep rymarza mieścił się w schludnym, zadbanym budynku, nad którego drzwiami wisiał szyld z wizerunkiem siodła. Okna były czyste, a przez szybę widać było ekspozycję wyrobów z pięknej skóry. Do Molly dotarła ciepła, bogata woń garbowanej skóry, gdy zbliżała się do drzwi i wyciągała rękę, by je otworzyć.

Jej wzrok przyciągnął skrawek papieru przypięty do drzwi; zmrużyła oczy, by odczytać staranny zapis. — Wracam za godzinę — przeczytała na głos, po czym westchnęła. — O, niech to.

Tim zachichotał. — Wygląda na to, że jesteśmy zbyt punktualni jak na miejscowych rzemieślników.

Molly nie zdołała się powstrzymać i roześmiała się. — Na to wygląda. Co Pan proponuje, żeby zabić czas?

— Minęliśmy małą herbaciarnię kawałek dalej, jeśli Pani nie ma nic przeciwko filiżance herbaty i może kawałkowi ciasta? — zaproponował Tim.

Brzmiało to bardzo zachęcająco. — Z przyjemnością napiję się herbaty. Proszę prowadzić, Panie Majorze.

Obok przebiegły bawiące się dzieci, śmiejąc się i pokrzykując do siebie, a ulicą potoczył się wóz mleczarza. Tim zaprowadził ją do niewielkiej herbaciarni z zachęcającym napisem w oknie i przytrzymał drzwi, by weszła pierwsza.

Molly zatrzymała się tuż za progiem, oszołomiona wspaniałymi aromatami. Zapach świeżo zaparzonej herbaty mieszał się z bogatą wonią świeżych wypieków, a na widok tacy z ciastkami na ladzie napłynęła jej ślinka.

Herbaciarnia była mała, lecz przytulna, z kilkoma stolikami rozsianymi po sali. Ściany pomalowano na radosny żółty kolor i udekorowano obrazami wiejskich pejzaży, a krzesła obite były ładną, błękitną tkaniną w kwiaty.

Spod lady wyszła kobieta, uśmiechając się serdecznie. — Dzień dobry! Proszę usiąść, gdzie Państwu wygodnie, już podchodzę.

— Dziękuję — odparł Tim, a Molly zauważyła, że zaczekał, aż to ona wybierze stolik, zanim podążył za nią.

Właścicielka podeszła żwawym krokiem. — Co mogę Państwu podać, proszę Pana? Proszę Pani?

— Dzbanek herbaty dla dwojga, poproszę, oraz trochę tych znakomitych ciastek — powiedział Tim. — Cokolwiek jest dziś świeżo upieczone.

— Oczywiście, proszę Pana! — Kobieta rozpromieniła się i pośpieszyła z powrotem, a Molly uśmiechnęła się do Tima.

— Dziękuję. To z Pana wielka uprzejmość.

— Sama przyjemność — odparł Tim. — Mam nadzieję, że będzie Pani smakować.

W kominku obok nich trzaskał ogień, a Molly oparła się wygodnie w krześle, rozluźniając się. Kiedy po raz pierwszy poznała majora Blair-Fortescue, uważała go za zimnego i aroganckiego, lecz zaczynała myśleć, że go źle oceniła. Dziś był dla niej niezmiennie uprzejmy, a jego uśmiech był nader ujmujący.

Nie pozwoli sobie jednak myśleć o nim jak o przystojnym. Nic dobrego by z tego nie wynikło. Był synem hrabiego, majorem w armii Jego Królewskiej Mości, a ona sierotą, podrzutkiem przygarniętym przez Bellów z dobroci serca. Nie mogła zapominać o ich odmiennych pozycjach społecznych.

Wróciła właścicielka z dzbankiem herbaty i talerzem wypieków, przerywając ponure rozmyślania Molly, i zarówno Tim, jak i Molly pochwalili przysmaki. Kobieta rozpromieniła się i znowu uwinęła za ladą.

Tim napełnił im filiżanki, po czym odchylił się na krześle z zamyślonym wyrazem twarzy. — Panno Bell, czy mógłbym zadać Pani kilka osobistych pytań? — zapytał, a Molly uśmiechnęła się.

— Może mnie Pan o wszystko zapytać, Panie Majorze, a ja zdecyduję, czy zechcę odpowiedzieć.

Roześmiał się. — Słusznie. No dobrze. Zastanawiałem się... jak to się stało, że kobieta o oczywiście indyjskich korzeniach nosi tak angielskie imię jak Molly Bell?

Molly uśmiechnęła się z lekkim smutkiem, myślami wracając do dawnych dni, które ledwie pamiętała.

— Moi rodzice byli Indusami — powiedziała w końcu. — Urodziłam się jednak w Anglii. Kiedy byłam bardzo mała, wybuchła epidemia szkarlatyny. Oboje zmarli, a ja trafiłam do sierocińca.

Palcem obrysowała brzeg filiżanki, gdy wspominała, patrząc nieobecnym wzrokiem. — Niewiele o nich pamiętam — przyznała. — Tyle, że matka była bardzo piękna i dobra, a ojciec miał najgłośniejszy śmiech.

Jeśli miała być ze sobą całkiem szczera, nie pamiętała nawet tego. Ale tak mówiła innym dzieciom w sierocińcu już od najmłodszych lat. To była jedyna „prawda" o jej rodzicach, której mogła się trzymać.

W herbaciarni było ciepło i przytulnie, w kominku trzaskał ogień, a powietrze przesycał zapach wypieków. Drzwi otworzyły się z brzękiem dzwoneczka i weszła grupka dam, śmiejąc się i gwarząc. Molly uśmiechnęła się do nich, gdy przechodziły, po czym znów skupiła uwagę na Timie.

— Powiedziano mi, że moje prawdziwe imię to Maalai Patel, lecz w sierocińcu zangielszczono je na Molly. Każdemu dziecku trafiającemu do sierocińca nadawano nazwisko na cześć głównego sponsora w danym roku. W moim wypadku był to Lord Tate. — Wzruszyła ramionami. — Byłam Molly Tate, dopóki nie trafiłam do Belle

Haven i Sir Richard z Lady Bell formalnie mnie nie adoptowali. Z dumą noszę nazwisko Bell.

Tim odchylił się na krześle z zamyślonym wyrazem twarzy. — Cóż, przynajmniej łatwiej i szybciej je powiedzieć i napisać niż Blair-Fortescue — stwierdził po chwili, a Molly wybuchła śmiechem.

— To prawda — przyznała. — A co z Pańską rodziną, Panie Majorze? — spytała, uznając, że uczciwie będzie zamienić się rolami. Skoro on mógł pytać o sprawy osobiste, ona również!

Twarz Tima przybrała nieco ostrożny wyraz. — Nie jestem pewien, czy uznałaby Pani to za interesujące — odrzekł. — Arystokracja bywa bardzo nudna, wie Pani.

— Och, nie sądzę — odparła Molly z uśmiechem. — A chciałabym wiedzieć o Panu więcej, Panie Majorze. W końcu powierzam Panu przyszłość koni Belle Haven. Muszę wiedzieć, że będzie Pan tak oddany ich dobru jak ja.

Tim się roześmiał. — No dobrze. Mój ojciec jest hrabią Bridgnorth, jak Pani wie. Jestem młodszym synem, co jest dla mnie korzystne, bo nie muszę się troszczyć o wydanie na świat dziedzica tytułu.

Molly spojrzała na niego z ciekawością. — Cieszy to Pana?

— Tak — odparł Tim i nie sposób było nie dosłyszeć ulgi w jego tonie. — Byłbym fatalnym hrabią. Jestem żołnierzem, widzi Pani. Zawsze chciałem nim być, odkąd byłem dzieckiem. Myślę, że ojciec załamywał nade mną ręce.

— Dlaczego? — zapytała Molly. — Wydaje mi się, że kariera wojskowa to bardzo godne zajęcie dla młodszego syna.

Tim się uśmiechnął. — Też by się tak wydawało, prawda? Ale mój ojciec miał inne plany. Chciał, żebym został duchownym. Może Pani to sobie wyobrazić?

Molly pokręciła głową. — Nie potrafię — przyznała szczerze. — Byłby Pan bardzo marnym duchownym, Panie Majorze.

Tim roześmiał się. — Też tak sądzę. Na szczęście ojciec w końcu zrozumiał, że nie da się mnie odwieść od wybranej drogi, i pozwolił mi wstąpić do wojska. Choć wciąż tli się w nim nadzieja, że zmienię zdanie i przyjmę święcenia.

Molly się uśmiechnęła. — Pański ojciec musi być z Pana bardzo dumny — powiedziała. — W armii zaszedł Pan wysoko. Major w Pana wieku to, jak sądzę, niemałe osiągnięcie.

— Dziękuję — odparł Tim. — Choć wątpię, by ojciec się zgodził. Nie jest... powiedzmy, że w wielu sprawach patrzymy na świat inaczej.

— A reszta rodziny? — spytała Molly. — Ma Pan rodzeństwo?

— Jednego brata — powiedział Tim. — Choć nie jesteśmy blisko.

Molly skinęła głową ze współczuciem, choć nie do końca to rozumiała. — Nie wyobrażam sobie nie być blisko z siostrami — rzekła. — Mam ich pięć, wszystkie młodsze ode mnie. Uwielbiam je, choć czasem się sprzeczamy.

Tim się uśmiechnął, ale jego wyraz twarzy nacechowany był lekkim smutkiem. — Ma Pani wiele szczęścia, Panno Bell. Jestem pewien, że one też Panią uwielbiają.

Czułość w głosie Tima sprawiła, że policzki Molly zapłonęły. — Jestem pewna, że tak — odparła, uśmiechając się na myśl o siostrach. — Przykro mi, że nie jest Pan blisko z bratem.

— Jest, jak jest — wzruszył ramionami. — Bardzo się różnimy i mamy zupełnie inne zainteresowania. On pewnie powiedziałby to samo o mnie.

Molly skinęła głową. — Jestem pewna, że znajdzie Pan kogoś, z kim będzie Pan mógł być naprawdę blisko, Panie Majorze — powiedziała życzliwie.

Uśmiechnął się do niej. — Dziękuję, Panno Bell. Też mam taką nadzieję.

Wyszli z herbaciarni, przespacerowali się przez skwer przez kilka minut, rozkoszując się przyjemnym dniem, po czym ruszyli z powrotem do sklepu rymarza. Po wejściu powitał ich zapach skóry, zmieszany z wonią oleju i pasty. Wzdłuż jednej ściany stał stół roboczy, zawalony kawałkami skóry, sprzączkami i różnymi drobiazgami.

Sam rymarz był krzepkim mężczyzną z gęstą, czarną brodą. Pochylał się nad skórą zaciśniętą w imadle, szyjąc ją szybkimi, pewnymi ruchami, lecz uniósł wzrok, gdy weszli Molly i Tim.

— W czym mogę pomóc? — zapytał.

Molly wystąpiła naprzód, czując na sobie spojrzenie Tima. — Mam nadzieję, że w wielu rzeczach — odparła. — Potrzebuję specjalnego napierśnika dla jednego z koni w Sandhurst.

Brwi rymarza powędrowały w górę. — Napierśnika? — powtórzył. — Niewiele dam w ogóle wie, co to takiego.

Molly się uśmiechnęła. — Nie jestem jak większość dam — rzekła. — Koń, o którym mowa, ma dość pękatą budowę i siodło ma tendencję do zjeżdżania. Potrzebuję dopasowanego do niego napierśnika, żeby utrzymać siodło na miejscu.

Sięgnęła do retikulek i wyjęła kartkę, którą podała rymarzowi. Szkic był szczegółowy i precyzyjny, każdą linię narysowano starannie i jasno opisano.

Rymarz wziął kartkę i przyjrzał się jej, unosząc brew. — Sama to Pani narysowała? — zapytał z wyraźną nutą sceptycyzmu w głosie.

— Tak — odparła Molly. — Tu są wymiary klatki piersiowej konia. — Stuknęła lekko palcem w szkic.

— Yyy... — Rymarz wyglądał na skonsternowanego. — A ten element to co? — Wskazał na fragment rysunku.

— To elastyczne skórzane łączenie, które przeplecie się wokół popręgu i zapnie z przodu — wyjaśniła Molly. — Powinno być wykonane z najmiększej, najbardziej giętkiej skóry, jaką Pan ma. Musi być dość mocne, by trzymać, a jednocześnie poruszać się z ciałem konia, gdy ten biegnie.

Rymarz zmrużył oczy, wpatrując się w szkic, po czym powoli skinął głową. — Chyba rozumiem. Ale czy mogę zapytać, czemu po prostu nie użyć podogonia? Zwykle takie robię.

Uśmiech Molly był niemal zbyt słodki. — Podogonie, choć skuteczne, nie należy do najwygodniejszych dla konia. Napierśnik jest znacznie łagodniejszym rozwiązaniem, choć wymaga trochę więcej pracy przy wyrobie.

Rymarz jeszcze przez chwilę studiował szkic, po czym znów skinął głową. — Dobrze — rzekł. — Dzień albo dwa wystarczą. Wykonam dokładnie taki element, jak Pani narysowała. Potem może Pani przyprowadzić konia, a ja dokonam ostatecznego dopasowania.

— Dziękuję — powiedziała Molly, a jej uśmiech stał się szczerze wdzięczny. — Doceniam Pańską gotowość do współpracy.

Rymarz przytaknął, a Molly i Tim pożegnali się i wyszli.

Opuściwszy sklep rymarza, wrócili do gospody, gdzie zostawili konie. Molly była zadowolona z dotychczasowego przebiegu dnia. Tim okazał się miłym towarzyszem i przyjemnie się z nim rozmawiało. Zdołała nawet nie myśleć zbyt dużo o tym, jaki jest przystojny, choć musiała przyznać, że zerknęła na niego częściej, niż zapewne wypadało.

Przestań, zganiła się w duchu. *On jest synem hrabiego, na miłość boską. Daleko poza twoim zasięgiem.*

To była prawda, rzecz jasna. Bez względu na to, jak bardzo mogła lubić i podziwiać majora Blair-Fortescue, pod względem pozycji społecznej stał daleko ponad nią. Była tylko dziewczyną z sierocińca przy Duke Street, choćby nawet Richard Bell i jego rodzina ją przyjęli. Lepiej będzie, jeśli o tym nie zapomni i szczelnie zamknie swoje serce.

Nawet jeśli ma najpiękniejszy uśmiech — pomyślała z tęsknotą, rzucając mu jeszcze jedno, ostatnie spojrzenie, nim znów skupiła wzrok na drodze przed sobą.

Gdy dotarli do gospody i odebrali konie, Molly postanowiła, że odtąd będzie traktować swoje uczucia do

Tima Blair-Fortescue wyłącznie zawodowo. Tylko to miało sens.

Stajenny wyprowadził ich konie, a Molly chwyciła wodze, by zaprowadzić swoją klacz do podestu do wsiadania. Zanim jednak zdążyła zrobić krok, poczuła dłoń na łokciu i uniosła wzrok. Tim stał tuż obok, uśmiechnięty, i zanim zdołała zaprotestować, uniósł ją, obejmując w talii, i posadził w siodle.

Wykonał to tak płynnym ruchem, że ledwie zdążyła zaczerpnąć tchu, a już siedziała, z prawą nogą nad karkiem konia i lewą stopą szukającą strzemienia. Dłoń Tima ujęła jej but i naprowadziła na miejsce, a Molly skinęła mu z uśmiechem i cicho podziękowała.

Odwdzięczył się uśmiechem, po czym dosiadł własnego konia: lewa stopa trafiła w strzemię, a prawa płynnie przełożyła się nad grzbietem. Przez moment siedział spokojnie, poprawiając wodze, i Molly nie mogła powstrzymać się od podziwu dla widoku, jaki przedstawiał. Siedział w siodle wzorowo, pomyślała; każdy widziałby, że to świetny jeździec.

Wzrokiem podążyła za szerokimi ramionami pod mundurową kurtką i musiała szybko odwrócić spojrzenie, czując, jak policzki jej płoną. Był uderzająco przystojny — nie dało się temu zaprzeczyć — a z każdym dniem wydawał się jej bardziej pociągający, im lepiej go poznawała i odkrywała, że za początkową szorstkością kryje się wiele życzliwości.

Musiała z tym skończyć! Dzieliły ich całe światy, a ona była głupia, rozmarzając się nad nim jak zakochana podlotka.

To był nadzwyczaj przyjemny dzień, pomyślała, gdy ruszyli w drogę powrotną do Sandhurst, lecz nie wolno jej zapominać, że przepaść między nimi jest nie do przebycia.

Powrót do Sandhurst minął spokojnie i bez przeszkód, a ich podróży towarzyszył miarowy rytm końskich kroków po wyjeżdżonej ścieżce. Słońce, teraz wyżej na niebie, złociło pola wzdłuż trasy, a każda źdźbina trawy migotała, jakby obsypana diamentowym pyłem.

Molly zerkała ukradkiem na Tima, gdy jechali ramię w ramię, półzatopiona w myślach. On również zdawał się pogrążony w rozważaniach, a na jego silnych rysach odmalowywało się zamyślenie. Czasem lekko odwracał głowę, ich spojrzenia się spotykały, a ona czym prędzej udawała, że całkowicie pochłaniają ją rozciągające się dokoła widoki.

— Proszę mi powiedzieć — odezwał się nagle Tim, przerywając kojące milczenie — jak wyobraża sobie Pani swoją przyszłość w Belle Haven?

Molly rozważyła pytanie, a serce ogrzała myśl o ukochanym domu. — Chciałabym kontynuować wspaniałe dzieło, które już rozpoczął Sir Richard — odparła szczerze. — Szkoląc nasze konie, by były najlepsze w kraju, i łącząc je z młodymi oficerami w Sandhurst.

Tim skinął głową, a w jego oczach błysnął szacunek. — Ma Pani pasję — rzekł. — To godne podziwu.

— Miałam szczęście trafić na wspaniałych mentorów — przyznała z pokorą. — Sir Richard i Lady Bell nauczyli mnie bardzo wiele.

Słowa Molly urwały się, gdy zauważyła, że Tim uważnie się jej przygląda. Jego błękitne oczy zdawały się przenikać ją na wskroś, jakby próbował rozwikłać zagadkę, którą była. Poczuła, jak pod jego spojrzeniem rumieniec pnie się jej po szyi.

— Jest Pani naprawdę niezwykła, Panno Bell — powiedział łagodnie Tim. — Nigdy nie spotkałem nikogo takiego jak Pani.

Molly wstrzymała oddech. Szukała słów, niepewna, jak przyjąć jego wypowiedź. — J-ja... dziękuję, Panie Majorze. To bardzo uprzejme.

— Nie uprzejme — pokręcił głową Tim. — Po prostu spostrzegawcze. Ma Pani rzadkie połączenie umiejętności, inteligencji i współczucia. To... odświeżające.

Jego komplementy, wypowiedziane tak szczerze, sprawiły, że serce Molly zdradliwie zadrżało. Wiedziała, że powinna zbyć to żartem albo zmienić temat, ale porwało ją ciepło w spojrzeniu Tima.

— Cieszę się, że ma Pan o mnie takie zdanie — zdołała powiedzieć. — Mam nadzieję, że będziemy dobrze współpracować podczas mojego pobytu w Sandhurst.

— Nie mam co do tego wątpliwości — uśmiechnął się Tim.

Znów zapadło milczenie, ale powietrze między nimi jakby zgęstniało od nowej energii. Molly była nad wyraz świadoma obecności Tima u swego boku, każdego jego ruchu w siodle. Próbowała skupić się na krajobrazie, na czuciu swojej klaczy pod sobą, na wszystkim, byle nie na przystojnym mężczyźnie jadącym obok.

Gdy zbliżali się do bram Sandhurst, Tim chrząknął. — Panno Bell, zastanawiam się, czy mógłbym prosić Panią o przysługę?

Molly zwróciła ku niemu wzrok, zaciekawiona. — Oczywiście, Panie Majorze. W czym mogę pomóc?

— Miałem nadzieję, że zechce mi Pani wkrótce towarzyszyć w jeszcze jednym wypadzie — powiedział, tonem niby niedbałym, lecz z uważnym spojrzeniem. — Może piknik, jeśli pogoda dopisze? Chciałbym omówić kilka pomysłów na ulepszenie programu szkolenia kawalerii i ceniłbym Pani zdanie.

Serce Molly zabiło szybciej. Czy to była czysto zawodowa prośba, czy jednak coś więcej? Zawahała się, rozdarta między rosnącym uczuciem do Tima a postanowieniem, by zachować właściwe granice.

— J-ja... brzmiałoby to uroczo, Panie Majorze — odparła w końcu, starając się, by głos jej nie zadrżał. — Z chęcią podzielę się wszelkimi spostrzeżeniami, jakie mogę. Może umówilibyśmy się na koniec tygodnia?

Twarz Tima rozjaśnił ciepły uśmiech. — Doskonale. Zorganizuję wszystko i wkrótce przekażę szczegóły.

Przejechali przez bramy Sandhurst, a znajome zabudowania wyłoniły się przed nimi. Gdy zbliżali się do stajni, Molly czuła mieszankę ekscytacji i niepokoju na myśl o spędzeniu z Timem większej ilości czasu sam na sam. Wiedziała, że musi uważać na swoje serce, a jednak mimo zastrzeżeń wypatrywała ich kolejnego spotkania.

Gdy dotarli do stajni, Tim zsiadł pierwszy, po czym podszedł, by pomóc Molly. Jego dłonie były ciepłe i silne, gdy ujęły ją w talii, pomagając zsunąć się z konia. Przez krótką chwilę, gdy jej stopy dotknęły ziemi, stali bardzo blisko, a jego ręce zwlekały przy jej bokach. Oddech Molly zatrzymał się, gdy spojrzała w błękitne oczy Tima i ujrzała w nich coś tak intensywnego, że przyspieszyło jej tętno.

Chwilę przerwało nadejście stajennego. Tim cofnął się i chrząknął. — Dziękuję za miłą przejażdżkę, Panno Bell — powiedział oficjalnie. — Do zobaczenia rano, podczas pierwszej oceny oddziałów.

Rozdział ósmy

Tim stał z rękami złożonymi z tyłu, obserwując rekrutów, gdy dosiadali koni. Brzęk wędzideł i tupot kopyt docierał do niego przytłumiony, ale widział napięcie w zarysach ramion młodzieńców, sposób, w jaki zerkali na innych oficerów, którzy ich obserwowali.

Presja ciążyła nie tylko na rekrutach, ale również na nim i na Molly. Tim wiedział, że od czasu kontuzji jego reputacja mocno ucierpiała. Był zdeterminowany, by się wykazać, udowodnić, że wciąż jest sprawnym oficerem, nawet jeśli nie słyszał już świata wokół tak dobrze, jak by sobie życzył. A Molly... cóż, ona miała do udowodnienia najwięcej. Kobieta w męskim świecie, i do tego plebejskiego pochodzenia — musiała być dwa razy lepsza od każdego mężczyzny, by uznano ją za w połowie tak dobrą.

Rzucił na nią okiem, stojącą u jego boku. Miała na sobie prosty, szary amazoński strój, a czepek był mocno zawiązany pod brodą. Wyglądała na opanowaną i spokojną, ale dostrzegał napięcie w jej szczęce, sposób, w jaki palce nerwowo bębniły o spódnicę. Złapała jego spojrzenie i skinęła lekko głową, jakby mówiąc: *Dam(y) sobie radę.*

Tim odwzajemnił skinienie, po czym znów skupił uwagę na rekrutach. Byli już w siodłach, czekali na jego rozkaz. Podniósł rękę, po czym opuścił ją ostrym gestem, dając sygnał do ruszenia.

Rekruci ruszyli stępa w szeregu, potem zawrócili i wrócili w szyku, dwójkami. Tim obserwował krytycznie, zauważając, jak niektóre konie podrzucały głowami albo próbowały wybić się z kłusa. Rekruci starali się jak mogli, ale część koni była jeszcze surowa. To był dowód umiejętności Molly, że szło im tak dobrze, jak szło.

Następnie kazał im jechać po okręgu, potem podzielić się na dwie grupy i cwałem skierować się ku sobie, mijając się pośrodku. Był to manewr mający sprawdzić ich panowanie i posłuszeństwo koni, i ucieszyło go, że wykonali go dobrze.

Ale ocena jeszcze się nie skończyła. Tim znów skupił uwagę na rekrutach, patrząc, jak na powrót ustawiają się w szyku, czekając na jego rozkaz do wykonania następnego manewru. Czuł na sobie spojrzenia innych oficerów i wiedział, że czekają, aż się potknie.

Nie da im tej satysfakcji.

Kolejne ćwiczenie należało do najtrudniejszych, jakie trenowali, i Tim wahał się, czy włączyć je do oceny. Ale Molly nalegała i w końcu przyznał jej rację. Jeśli rekruci podołają, będzie to widowiskowy pokaz ich umiejętności oraz jeździectwa, którego nauczyli się pod jej okiem.

Wziąwszy głęboki oddech, Tim uniósł rękę. Przytrzymał ją przez moment, po czym gwałtownie opuścił.

Rekruci popędzili konie, galopując przez plac. Tim patrzył, jak jadą w szyku, kopyta ich koni dudnią o ziemię. Widząc skupienie na twarzach kadetów, sposób, w jaki pochylali się nisko nad końskimi szyjami, popychając je do przodu w doskonale skoordynowanym szarżu, czuł dumę.

Gdy zbliżali się do drugiego końca placu, jeden z rekrutów, kadet Llewellyn, pochylił się i zgarnął z ziemi drewniany manekin. Miał on udawać jeźdźca, który spadł z konia, a zadaniem było podnieść go w galopie i dostarczyć z powrotem na linię startu.

Llewellyn zrobił to bezbłędnie, jego koń niemal nie zwolnił, gdy podniósł manekina i ułożył go w poprzek siodła. Tim widział dumę na twarzy Llewellyna, gdy wracał w stronę pozostałych rekrutów, z manekinem pewnie umocowanym.

To był trudny manewr, wymagający doskonałego wyczucia czasu i zgrania konia z jeźdźcem. Tim wiedział, że to świadectwo szkolenia Molly, iż kadet Llewellyn wykonał go tak dobrze. Wyciskała z rekrutów siódme poty, ucząc ich ufać koniom i pracować jak zgrany zespół.

Tim patrzył, jak rekruci wracają do punktu wyjścia, kopyta ich koni wybijają z ziemi grudy darni. Widział satysfakcję na ich twarzach, dumę z osiągnięcia. Spisali się dobrze i był z nich dumny.

Kiedy rekruci ściągnęli wodze, by zatrzymać konie, bystre oczy Tima wychwyciły jednak kadeta Watsona, który wyglądał na szczególnie spiętego w siodle Apolla. Żywiołowy kasztan był rozedrgany; Tim widział białkówki jego oczu i sposób, w jaki uszy nerwowo wędrowały to w przód, to w tył, koń podrygiwał w miejscu zamiast stać spokojnie, jak powinien.

Porywisty podmuch wiatru przeciął plac, a Apollo uskoczył, szarpnąwszy głową do góry. Dłonie Watsona zacisnęły się na wodzach i Tim skrzywił się. Watson powinien już wiedzieć, że Apollo nie znosi, kiedy się go szarpie. Jak można się było spodziewać, koń skoczył do przodu, po czym stanął dęba.

Twarz Watsona pobladła ze strachu, usta otworzyły się w niemym krzyku. Kurczowo trzymał się wodzy, jego dosiad się sypał, gdy Apollo rąbał kopytami powietrze. Koń opadł na cztery nogi, po czym znów się wspiął, tym razem wyżej. Chwyt Watsona puścił i wypadł z siodła, uderzając o ziemię z przerażającym łoskotem.

Tim już był w ruchu, wołając do pozostałych, by trzymali się z daleka. W kilka sekund dopadł do Watsona, padł na kolana przy powalonym kadecie. Watson był nieprzytomny, ramię wykręcone pod nienaturalnym kątem. Tim wyczuł puls i odetchnął z ulgą, gdy okazał się mocny i równy.

— Odstąpić! — krzyknął do rekrutów, którzy się tłoczyli. — Dajcie mu powietrza!

Molly była już na miejscu, blada na twarzy. — Ja zajmę się Apollem — powiedziała, a Tim skinął, wdzięczny za jej przytomność umysłu. Kasztan wciąż nerwowo paradował, przewracając oczami, a Tim nie chciał, by spłoszył się i narobił jeszcze większego zamieszania.

Skupił uwagę z powrotem na Watsonie, który jęknął i mruganiem powiek wrócił do świadomości. — Spokojnie, chłopcze — powiedział Tim łagodnie. — Miał pan paskudny upadek. Proszę leżeć bez ruchu.

Watson skupił na nim wzrok i słabo skinął głową. Tim trzymał dłoń na jego ramieniu, starając się go uspokoić.

Molly wydała dziwny, trójtonowy gwizd, którego Tim jeszcze u niej nie słyszał, i każdy koń z Belle Haven na placu treningowym zastygł w miejscu, włącznie z Apollem. Wielki kasztan znieruchomiał jak posąg, gdy Molly spokojnie podeszła i ujęła jego wodze.

Tim patrzył osłupiały. Będzie musiał poprosić Molly, by nauczyła go tego gwizdu, choć rozumiał, czemu nie nauczyła go wszystkich rekrutów. Zbyt wielka pokusa do psot!

Pozostali rekruci wciąż się tłoczyli, niepewni. Tim podniósł głos. — Wrócić na linię startu, wszyscy! Dokończymy ćwiczenie, gdy kadet Watson zostanie opatrzony.

Posłuchali, choć widział na ich twarzach niechęć. Martwili się o towarzysza — i słusznie. Watson bardzo cierpiał, twarz miał bladą i zlaną potem. Tim życzył sobie mieć dla niego trochę laudanum, ale nie pozostawało nic innego, jak czekać na chirurga.

Rozległy się ciężkie kroki w butach i Tim wzdrygnął się w duchu, gdy uniósł wzrok i zobaczył jednego z wyższych rangą oficerów, patrzącego na niego z dezaprobatą. — To nie pierwszy raz, kiedy ten koń zrzuca jeźdźca, prawda? — ton podpułkownika Forebury'ego był łagodny, ale sugestia jasna.

Szczęka Tima stwardniała. — Nie, panie pułkowniku — przyznał.

Oczy Forebury'ego zmrużyły się. — Rozumiem. I jakie kroki pan podjął, by to skorygować?

Tim zerknął na Molly, która stała wyprostowana, z zaciśniętymi pięściami. Wyglądała, jakby była gotowa spierać się z podpułkownikiem, i Tim jej się nie dziwił. Sam czuł się w defensywie.

— Kadet Watson nie jest najlepszym jeźdźcem — powiedziała Molly napiętym głosem. — Apollo to trudny koń, ale bardzo się poprawił, odkąd zaczęliśmy z nim pracować. Widział pan przed chwilą występ kadeta Llewellyna na Osirisie, sir. To doskonały przykład tego, co można osiągnąć cierpliwością i zrozumieniem.

Wargi Forebury'ego ścisnęły się. — Rozumiem. Czyli uważa pani, że rozpieszczanie koni to najlepsza droga do ich tresury?

Oczy Molly rozbłysły. — Uważam, że zrozumienie ich potrzeb i praca z nimi, a nie przeciw nim, to najlepsza metoda szkolenia, sir.

Tim widział, jak twarz Forebury'ego pociemniała, i szybko wkroczył. — Sądzę, że panna Bell chce powiedzieć, sir, iż odkąd zaczęła z nimi pracować, widzimy znaczące postępy w zachowaniu i wynikach koni. Kadet Llewellyn i Osiris są tego znakomitym przykładem. Będą wielkim atutem dla pułku.

Wyraz twarzy Forebury'ego się nie zmienił. — Rozumiem. Cóż, przekonamy się, czy pańskie metody zadziałają w dłuższej perspektywie, majorze. Tymczasem przejmę szkolenie tego konia — oznajmił oschle.

Reakcja Molly na słowa Forebury'ego była natychmiastowa. Tim zobaczył, jak zaciska dłonie na wodzach Apolla, aż pobielały jej kostki, a szczękę ściska tak mocno, że pomyślał, iż może sobie pęknięciem zęba przypłacić. W oczach błysnęła ledwo poskramiana wściekłość i Tim rozumiał jej furię. Włożyła w szkolenie Apolla mnóstwo pracy, a teraz Forebury chciał go jej odebrać.

— Sir, muszę zaprotestować — powiedział Tim, próbując wstawić się za Molly. — Panna Bell doskonale radzi sobie z Apollem i wierzę, że będzie dalej robił postępy pod jej opieką.

Oczy Forebury'ego zwęziły się. — Podważa pan moją władzę, majorze?

Szczęka Tima znów się napięła. — Nie, panie pułkowniku — wyrzekł przez zaciśnięte zęby.

— Dobrze. — Ton Forebury'ego był lekceważący. — Proszę kontynuować ćwiczenie, majorze.

Tim skinął, wiedząc, że dalsza dyskusja nie ma sensu. Nie miał tu jeszcze żadnych uprawnień. Ale tego afrontu wobec Molly nie zapomni i zrobi wszystko, co w jego mocy, by odzyskać Apolla.

— Ale... — zaczęła Molly, a Tim pospiesznie pokręcił do niej głową. Rzuciła mu wściekłe spojrzenie i pomyślał, że zaraz zacznie się wykłócać.

— Nie teraz! — wymówił bezgłośnie, modląc się, by go posłuchała. Forebury miał wszelką władzę, by rozkazać jej opuścić teren Sandhurst i zakazać powrotu, a Tim nic nie mógłby na to poradzić.

— Dziękuję, panno Bell — powiedział Forebury tonem jawnie odprawiającym ją i zabrał jej z ręki wodze Apolla.

Ciemne oczy Molly zwęziły się. Otworzyła usta, by coś powiedzieć, i Tim wyprostował się, zostawiając na moment Watsona samego, po czym pospieszył do Molly, stając między nią a Foreburym.

Tim ujął łokieć Molly — delikatnie, lecz stanowczo — i odprowadził ją kilka kroków od rekrutów. Wciąż słyszał ich pomruki, brzęk rzędu, gdy czekali na ciąg dalszy ćwiczenia, ale byli już poza zasięgiem słuchu.

— Molly — powiedział niskim, naglącym tonem — wiem, że jesteś wściekła, ale teraz nic na to nie poradzimy. Musimy dokończyć ćwiczenie, a potem pójdziemy do komendanta i przedstawimy nasze argumenty, żeby odzyskać Apolla.

Szczęka Molly ścisnęła się tak mocno, że Tim znów pomyślał o pękającym zębie, a pięści miała zaciśnięte u boków, gdy patrzyła na Forebury'ego odprowadzającego Apolla. Widział walkę w jej oczach — chęć kłótni, walki. Ale była praktyczna i wiedziała, że ma rację.

— Dobrze — powiedziała w końcu, głosem napiętym od tłumionego gniewu. — Zaprowadzę kadeta Watsona do kancelarii chirurga. Pan dokończy ćwiczenie.

Tim skinął, wdzięczny, że była skłonna posłuchać rozsądku. — Dziękuję — powiedział cicho. — Obiecuję, zrobię wszystko, żeby odzyskać Apolla.

Oczy Molly na moment spotkały się z jego i zobaczył w nich szacunek, uznanie, że stara się jak może w trudnej sytuacji. Potem odwróciła się, wciąż poruszając się sztywno z gniewu, i podeszła do Watsona, który wciąż siedział na ziemi, tuląc kontuzjowane ramię.

Molly uklękła przy Watsonie, przemówiła do niego cicho, a potem pomogła mu wstać. Ruszyli powoli w stronę kancelarii chirurga.

Tim patrzył za nimi, czując ukłucie winy. Wiedział, że Molly jest na niego zła, i nie mógł jej się dziwić. Ale musiał myśleć szerzej — o rekrutach i ich szkoleniu. Nie mógł pozwolić, by osobiste uczucia stanęły mu na drodze.

Biorąc głęboki oddech, zwrócił się znów do rekrutów. — Panowie — powiedział, podnosząc głos ponad pomruki. — Wracamy do pracy. Ustawić się i przygotować do następnego ćwiczenia.

Rekruci ruszyli, by wykonać rozkaz, a Tim uważnie obserwował, jak ustawiają się parami. Widział na ich twarzach nerwowość, napięcie w ruchach. Ale widział też determinację — pragnienie, by się wykazać.

Gdy patrzył, jak zaczynają następne ćwiczenie, ogarnęła go wdzięczność. Niedawny chaos z Apollem wydawał się teraz odległym wspomnieniem, bieżące ćwiczenie szło gładko. Wiedział, że to dzięki Molly. Gdyby go nie posłuchała, gdyby nie zgodziła się, by później spróbował odzyskać Apolla, musiałby zmagać się z jej gniewem i rozczarowaniem, a to by go rozproszyło — nie mógłby w pełni skupić się na rekrutach.

A jego kadeci zasługiwali na całą jego uwagę — pojął, gdy ich obserwował. Wpływ Molly był widoczny w sposobie, w jaki jeździli: sylwetki proste i pewne, ręce lekkie na wodzach. Prowadzili konie subtelnymi ruchami, a zwierzęta natychmiast odpowiadały na ich sygnały.

Tim patrzył, jak kadet Llewellyn wykonuje perfekcyjny zwrot, kopyta Osirisa ledwie muskają ziemię, gdy ten obraca się na zadzie. Równowaga Llewellyna była nienaganna, dosiad pewny, i Tim wiedział, że to efekt szkolenia Molly. Wymagała od rekrutów bezlitośnie, nalegając na idealną formę, i to było widać w ich jeździe.

Inny rekrut, kadet Harris, wykonał trudny manewr z łatwością — jego koń przeskoczył niski płotek i miękko wylądował. Harris nie trzymał nawet wodzy; nogi mocno i pewnie obejmowały koński tułów, a obie ręce miał na karabinie, imitując strzał, i Tim wiedział, że to również zasługa Molly. Nauczyła rekrutów ufać koniom, pracować z nimi w partnerstwie, i było to widoczne w każdym ruchu.

Tim poczuł ukłucie winy, gdy patrzył na rekrutów. Był tak skupiony na własnych metodach, na swoim sposobie działania, że nie oddał Molly dość zasług za wykonaną pracę. Nauczył się od niej bardzo wiele, obserwując, jak obcuje z końmi i rekrutami. Miała dar rozumienia jednych i drugich, wydobywania z nich tego, co najlepsze.

W miarę jak ćwiczenie trwało, Tim czuł, jak opanowuje go spokój. Rekruci pracowali dobrze, poruszali się płynnie i pewnie, i wiedział, że to zasługa ciężkiej pracy Molly. Włożyła w ich szkolenie serce i duszę i było to widoczne w każdym ich kroku.

Kiedy ćwiczenie dobiegło końca, Tim zatrzymał rekrutów i podszedł, by im pogratulować. — Dobra robota, panowie — powiedział, klepiąc Llewellyna po ramieniu. — Wszyscy zrobiliście ogromne postępy. Tak trzymać.

Rekruci rozpromienili się na jego pochwałę, a Tim poczuł przypływ dumy.

— Odprowadzić konie do stajni i przygotować je na noc — rozkazał. — Rozpocznijcie spoczynek.

Powietrze wypełnił stuk kopyt o ubity piach placu, brzęk uprzęży i szelest mundurów, gdy rekruci odprowadzali swoje wierzchowce. Tim patrzył, jak odchodzą, z zamyślonym wyrazem twarzy.

Mylił się co do Molly — uświadomił sobie. Była o wiele więcej niż stajenna, więcej niż dziewczyna kochająca konie. Była świetną trenerką, nauczycielką, i wykonała z rekrutami niesamowitą pracę. Dzięki niej byli lepszymi jeźdźcami, lepszymi żołnierzami.

A on o mało co wszystkiego nie zaprzepaścił przez własną pychę, upór przy swoim. Tak był skupiony na własnych metodach, że nie oddał Molly należytego uznania za to, co zrobiła. Nauczył się od niej wiele, widząc, jak pracuje z końmi i z rekrutami. Miała dar rozumienia jednych i drugich, wydobywania z nich tego, co najlepsze.

Cóż, będzie musiał dopilnować, by otrzymała zasługi, na które zasłużyła — zdecydował, zawracając w stronę kancelarii chirurga. Porozmawia z komendantem, jeśli zajdzie potrzeba, i upewni się, że wszyscy wiedzą, jak ogromny wkład wniosła Molly w sukces programu szkoleniowego. A Apolla jej odzyska, bo ognisty kasztan zasługiwał na kogoś lepszego niż Forebury — człowieka, który próbowałby złamać końskiego ducha zamiast go okiełznać.

Kancelaria chirurga mieściła się w spokojniejszej części akademii, z dala od zgiełku placów treningowych i koszar.

Był to niewielki, niepozorny budynek z prostym szyldem nad drzwiami, oznaczającym siedzibę oficera medycznego akademii.

Gdy podchodził, Tim zobaczył Molly czekającą na zewnątrz, spiętą w postawie. Podniosła wzrok, gdy się zbliżył, i dostrzegł w jej oczach niepokój. Dołączył do niej, opierając plecy o ścianę. Stali razem w milczeniu, czekając, a Tim łapał ją kątem oka. Była napięta, ramiona sztywne, dłonie zaciśnięte w pięści u boków.

Chciał do niej wyciągnąć rękę, pocieszyć, ale nie wiedział jak. Nie był pewien, czy w ogóle przyjęłaby jego dotyk. Więc po prostu stał, czując się niezręcznie i bezużytecznie, aż drzwi się otworzyły i wyszedł chirurg.

Chirurg był mężczyzną w średnim wieku, o siwiejących włosach i spokojnym, rzeczowym sposobie bycia. Miał na sobie kamizelkę na koszuli i bryczesach, a Tim zauważył na pobliskim stoliku tacę z narzędziami, błyszczącymi w świetle z okna.

— Majorze Blair-Fortescue, panno Bell — przywitał ich chirurg z lekkim skinieniem głowy. — Kadet Watson odpoczywa. Jego ramię jest złamane, ale to proste złamanie. Założyłem szynę i powinien całkowicie wyzdrowieć.

Tim poczuł, jak ogarnia go fala ulgi. — Dziękuję — powiedział, głos mu nieco zadrżał. — Cieszę się, że to nic gorszego.

Molly była bardziej praktyczna. — Jak długo potrwa, zanim znów będzie mógł jeździć? — zapytała.

Chirurg zamyślił się na moment. — Co najmniej kilka tygodni. Musi oszczędzać rękę i pozwolić jej dobrze się zrosnąć. Ale jest młody i zdrowy; nie widzę powodów, by nie miał całkowicie wrócić do formy.

Ramiona Molly odrobinę się rozluźniły, a Tim poczuł przypływ wdzięczności. To ona pomyślała o praktycznej stronie, zadała pytania, które jemu nawet nie przyszły do głowy. Był wdzięczny za jej obecność, za to, że go równoważy.

— Dziękuję — powiedział jeszcze raz, skłaniając głowę. — Czy możemy go zobaczyć?

— Oczywiście — odparł chirurg, uchylając się, by przepuścić ich do środka.

Pomieszczenie było małe i słabo oświetlone, jedyne światło wpadało przez wysoko umieszczone okno. Na pobliskim stoliku błyszczała taca z narzędziami — surowe przypomnienie powagi, klinicznej atmosfery. Tim wszedł pierwszy, oczy szybko przyzwyczaiły mu się do półmroku, i dostrzegł Watsona leżącego na wąskim pryczy, z usztywnionym ramieniem spoczywającym na piersi.

Twarz młodzieńca była blada; uniósł wzrok, gdy Tim podszedł, a oczy rozszerzyły mu się ze zdziwienia. — Majorze — powiedział, głosem lekko drżącym. — N-nie spodziewałem się pana tutaj.

Wyraz twarzy Tima złagodniał z ulgą, gdy zobaczył, że Watson nie jest w ciężkim stanie. — Chciałem się upewnić, że wszystko w porządku, Watson — powiedział cicho, uspokajająco. — Porządnie nas pan tam nastraszył.

Watson spłonął rumieńcem, spoglądając na usztywnione ramię. — Przepraszam, sir — wyszeptał. — Nie chciałem robić kłopotu.

— Dajmy spokój — odparł stanowczo Tim. — To był wypadek, nic więcej. Najważniejsze, że uraz jest względnie niegroźny. Złamane ramię to kłopot, ale się zagoi.

Watson spojrzał na niego, oczy miał szerokie i nieco zalęknione. — A co z Sandhurst, sir? Czy stracę miejsce?

Tim pokręcił głową i poklepał Watsona po zdrowym ramieniu. — Wcale nie — powiedział. — Nowi rekruci dołączają cały czas, a nowe grupy zaczynają szkolenie co kilka tygodni. Dołączy pan do następnej, kiedy ręka się zrośnie. Będzie pan mógł wprowadzić ich w realia.

Ramiona Watsona opadły w geście ulgi i skinął głową, cień uśmiechu drgnął mu na ustach. — Dziękuję, sir — powiedział. — Postaram się.

Tim uważnie mu się przyglądał, zauważając, jak oczy młodzieńca błądzą po pokoju, jak nerwowo skubie krawędź usztywnienia. Coś wyraźnie go trapiło i Tim przeczuwał, że to coś więcej niż ból złamanej ręki.

Tim pochylił się, mówiąc łagodnie: — Czy jest coś, o czym chce pan porozmawiać, Watson? Wygląda pan, jakby coś leżało panu na sercu.

Watson zawahał się, rzucając okiem na Molly, która stała cicho przy drzwiach. Skinęła mu zachęcająco i nabrał głęboko powietrza.

— N-nie wiem, czy powinienem to mówić, sir — wyszeptał. — Nie chcę wyjść na niewdzięcznego.

Serce Tima ścisnęło się na widok młodzieńca. Doskonale pamiętał strach i niepewność, które czuł, kiedy jako ledwie chłopak wstępował do armii. Miał szczęście trafić na dobrych oficerów, którzy wzięli go pod skrzydła, ale wiedział, że nie każdy ma tyle szczęścia.

— Cokolwiek to jest, może mi pan powiedzieć — rzekł miękko. — Obiecuję, że nie będę myślał o panu gorzej.

Oczy Watsona zaszkliły się łzami i odwrócił wzrok, głos mu zadrżał. — N-nie wiem, czy dam radę, sir — powiedział. — Iść na wojnę, mam na myśli. Myślałem, że potrafię, ale teraz... nie jestem już taki pewien.

Tim usiadł obok Watsona, poruszając się powoli i spokojnie, by go nie spłoszyć. — Nie będę pana okłamywał, Watson — powiedział cicho. — Wojna to straszna rzecz. To nieustanny terror, każda chwila dnia i nocy. Ale nie ma w tym nic wstydliwego, że się jej pan boi. Powiedziałbym wręcz, że kto się nie boi, jest albo głupcem, albo kłamcą.

Oczy Watsona się rozszerzyły i spojrzał na Tima z czymś na kształt podziwu. — Pan się bał, sir?

— Codziennie — odparł szczerze Tim. — Każdego jednego dnia. I czasem wciąż się boję. Miewam koszmary, budzę się zlany potem, przekonany, że znów tam jestem. Ale nauczyłem się z tym żyć i zrozumiałem, że nie ma wstydu w przyznaniu się do swoich lęków.

Watson powoli skinął głową, zamyślony. — Chyba ma pan rację, sir. Tylko... nie chcę nikogo zawieść.

— Nie zawiedzie pan — zapewnił go Tim. — W gruncie rzeczy potrzeba wiele odwagi, by przyznać się do lęków i działać zgodnie z nimi. Jeśli woli pan służyć w innej roli, nie ma w tym nic wstydliwego. Przeciwnie, uważam, że to bardzo rozsądne, znać własne granice.

Watson znów skinął głową, cień uśmiechu pojawił się na jego ustach. — Dziękuję, sir. Porozmawiam może z ojcem. Zna kilku wyższych oficerów w Horse Guards.

— Dobrze — powiedział Tim, wstając. — A teraz proszę odpocząć i pozwolić ręce się zrosnąć. Porozmawiamy o tym jeszcze później, dobrze?

— Tak jest, sir — odparł Watson, a uśmiech mu się poszerzył. — Dziękuję, sir.

Tim skinął, ściskając uspokajająco jego zdrowe ramię, po czym odwrócił się do wyjścia. Molly ruszyła za nim, z zamyślonym wyrazem twarzy.

Zostawiwszy Watsona drzemiącego w oparach laudanum, Tim i Molly wyszli na zewnątrz. Napięcie ostatniej godziny jakby z nich spłynęło, gdy drzwi zamknęły się za nimi.

Tim wziął głęboki oddech, czując, jak ramiona mu nieco odpuszczają.

— Majorze?

Głos Molly był miękki, niemal nieśmiały, a on odwrócił się i zobaczył, że spogląda na niego z zaciekawieniem. — Tak, panno Bell?

— Czy naprawdę wierzy pan w to, co powiedział Watsonowi? — zapytała łagodnie. — Że nie ma wstydu w tym, by nie chcieć iść na wojnę?

Tim zawahał się, rozważając odpowiedź. Molly była wobec niego zawsze pełna szacunku i profesjonalna, ale widział ogień w jej oczach, gdy spierała się z podpułkownikiem o Apolla. Nie była kobietą, z którą można igrać, i podejrzewał, że nie doceniłaby pustych, gładkich słówek.

— Uważam, że to było słuszne, by tak powiedzieć Watsonowi — odrzekł powoli, dobierając słowa z rozwagą. — Cóż by dało, gdybym nazwał go tchórzem prosto w oczy?

Gdyby stracił nerwy w ogniu walki, tylko naraziłby siebie i swoich towarzyszy. Lepiej, żeby do tego nie doszło.

Molly skinęła głową, zamyślona. — Myśli pan, że jego ojciec zdoła uchronić go przed wysyłką na wojnę?

— Myślę, że ojciec załatwi mu miłą, bezpieczną posadkę biurową w Horse Guards — powiedział Tim sucho. — A jeśli tego właśnie chce Watson, niech tak będzie. Nie każdy jest stworzony do pola bitwy.

Wargi Molly drgnęły w ledwie widocznym uśmiechu. — A pan był?

Usta Tima skrzywiły się. — Byłem głupcem, panno Bell. Każdego dnia byłem przerażony, ale wciąż wracałem. Gdy straciłem słuch, próbowałem wszystkiego, co przyszło mi do głowy, żeby znów wysłano mnie na pierwszą linię. Dopiero gdy zrozumiałem, że jestem ciężarem dla swoich ludzi, przyjąłem to przydzielenie.

Molly milczała przez dłuższą chwilę, patrząc mu prosto w twarz. — Uważam, że jest pan bohaterem, majorze — powiedziała cicho. — I cieszę się, że jest pan tutaj, by pomagać szkolić następne pokolenie żołnierzy.

W sercu Tima rozlało się ciepło na jej słowa i skinął głową w milczącym podziękowaniu. — Dziękuję, panno Bell. Cieszę się, że tu jestem.

I po raz pierwszy, uświadomił sobie Tim, mówił to szczerze. Pogodził się ze swoimi ograniczeniami i nie będzie potępiał innego mężczyzny za to samo. Lepiej uznać własne słabości i działać mimo nich, niż udawać, że nie istnieją, i ryzykować katastrofę. Tim mógł być potrzebny tutaj, w Sandhurst — teraz to widział — przygotowując tych młodych mężczyzn na to, co czeka ich na polu bitwy...

i rozpoznając tych, którzy się do tego nie nadają. Watson dostanie miłą, bezpieczną posadę w Horse Guards, a ludzie, którym mógłby zawieść w boju, będą dzięki temu bezpieczniejsi.

Rozdział dziewiąty

MOLLY SZŁA ZDECYDOWANYM KROKIEM u boku Tima w stronę gabinetu komendanta. Nie mogła zasnąć, myśląc o Apollo, i teraz była zdeterminowana, by odzyskać konia.

Akademia w Sandhurst była imponującym budynkiem, z okazałą fasadą i szerokim hallem wejściowym. Ich kroki odbijały się echem od wypolerowanych posadzek, gdy szli korytarzem, a poranne słońce rzucało długie cienie przez wysokie okna. Powietrze było chłodne i rześkie, a Molly czuła delikatną woń pasty do mebli. Poruszyła palcami w rękawiczkach do jazdy, czując miękką skórę na skórze.

Belle Haven nie należało do niej, wiedziała o tym. Ale była tam, odkąd była niewiele większa od dziecka, i kochała to miejsce jak własny dom. A konie... konie były całym jej życiem. Była przy narodzinach Apollo, pomagała go szkolić. Znała go lepiej niż ktokolwiek inny i wiedziała, że nie jest koniem dla byle kogo. Był zbyt ognisty, zbyt uparty. Potrzebował stanowczej ręki i delikatnego dotyku.

Nie pozwoli, by go krzywdzono.

Zacisnęła szczękę na myśl o podpułkowniku Foreburym, który przywłaszczył sobie Apollo, gdy kadet Watson spadł z siodła. Wtedy nie zdołała zaprotestować, ale teraz tak. Zażąda, by komendant nakazał Forebury'emu zwrócić jej Apollo.

Nie była wysoką kobietą i wiedziała, że przy Timie i komendancie będzie wyglądała niepozornie, ale nie zamierzała się tym przejmować. Była silna — silniejsza niż wielu mężczyzn — dzięki pracy z końmi. Nie da się zastraszyć.

Rzuciła okiem na Tima, który szedł obok niej z marsową miną. Był dla niej dobry, wiedziała o tym, i była wdzięczna za jego wsparcie. Ale nie pozwoli mu powstrzymać się od powiedzenia tego, co myśli.

Dotarli do gabinetu komendanta, a Tim zapukał do drzwi. Molly wzięła głęboki oddech, szykując się na czekające ją starcie.

— Proszę wejść — dobiegł głos, i weszli.

Molly wbiła wzrok w komendanta siedzącego za biurkiem, choć ten, zobaczywszy ją, uprzejmie podniósł się z miejsca. Był to dystyngowany dżentelmen po pięćdziesiątce, o bujnych, siwych włosach i starannie przyciętej brodzie. Jego mundur był nienaganny, czerwony kurtka zdobiona złotymi sznurami i guzikami, a na końcu nosa spoczywały okulary.

— Komendancie — powiedział Tim, kłaniając się. — Dziękuję, że zechciał nas pan przyjąć.

— Pan Blair-Fortescue. — Komendant skinął głową, przenosząc spojrzenie na Molly. — I panna Bell. Proszę, usiądźcie. W czym mogę pomóc?

— Dziękuję, sir. — Tim zajął miejsce, gestem zapraszając Molly, by zrobiła to samo. Usiadła, nerwowo przysiadając na brzegu krzesła. — Przychodzimy prosić o pomoc w sprawie dość pilnej.

— Ach tak? W jakiej?

Molly zaczerpnęła powietrza, raz i drugi. Tim spojrzał na nią, a ona skinęła głową, dając mu przyzwolenie, by mówił w jej imieniu. — Panna Bell ma zastrzeżenia co do dysponowania jednym z jej koni — powiedział. — Wie pan, sir, podpułkownik Forebury uznał jeden z koni z Belle Haven za swój własny.

Komendant zmarszczył brwi. — Rozumiem. Który to koń?

— Ma na imię Apollo — powiedziała Molly, jej głos nieznacznie zadrżał. — Kasztanowaty ogier z białą strzałką. Przydzielono go kadetowi Watsonowi, ale podczas wczorajszych ćwiczeń Watson spadł i niestety złamał rękę.

— Tak, pamiętam — odparł komendant, kiwając głową. — Żywiołowa bestia, o ile sobie przypominam.

— Tak jest, sir — odrzekła Molly. — Apollo jest bardzo porywczy. To nie jest łatwy koń do jazdy.

Zmarszczka na czole komendanta pogłębiła się. — Rozumiem. I chce pani, bym nakazał zwrócenie konia pani?

— Tak jest, sir — powiedziała Molly. — Proszę wybaczyć, jeśli mówię nie w porę, sir, ale muszę prosić o pańską wyrozumiałość w tej sprawie.

Komendant skinął głową, jego oczy za szkłami nieco się zwęziły, gdy jej słuchał.

— Apollo to nie jest byle jaki koń — powiedziała, a jej głos, mimo burzy w środku, brzmiał pewnie. — Urodził się i był szkolony w Belle Haven, a ja sama go prowadziłam od chwili narodzin. On jest... trudny w prowadzeniu, nawet dla mnie. Ale mi ufa i wiem, jak sobie z nim radzić. Obawiam się, że jeśli nie będzie traktowany właściwie, może stać się niebezpieczny.

Komendant znów skinął głową, tym razem z większą zadumą. — Rozumiem. I uważa pani, że podpułkownik Forebury nie poradzi sobie z tym koniem?

Molly wciągnęła powietrze, starannie dobierając słowa. — Kadet Watson spadł z Apollo podczas ćwiczeń. Został zrzucony; widziałam to na własne oczy. Apollo jest ognisty i wymaga ostrożnego prowadzenia. Watson, jak sądzę, nie sprostał zadaniu, i obawiam się, że Forebury także może nie sprostać. Jest... nie tak młody jak kiedyś, i ma tylko jedną rękę.

Brwi komendanta uniosły się. — Podpułkownik Forebury stracił rękę w akcji, panno Bell. To wysoce odznaczony oficer.

— Rozumiem to, sir, i nie mam zamiaru umniejszać jego zasług ani umiejętności. Ale Apollo to koń wyjątkowy.

Jeśli nie będzie prowadzony właściwie, może stać się niebezpieczny. I muszę zaznaczyć, że to ogier, pozostawiony w tym stanie, ponieważ sir Richard uznał go za odpowiedni materiał hodowlany. Belle Haven zachowuje interes w tym koniu.

Komendant odchylił się w fotelu, zadumany. — Rozumiem — powtórzył. — I życzy sobie pani, bym nakazał podpułkownikowi Forebury'emu zwrócić konia?

— Tak jest, sir — powiedziała Molly, a jej głos znów lekko zadrżał. — Do dalszego szkolenia. Byłabym niezmiernie wdzięczna.

Komendant westchnął. — Obawiam się, że nie mogę tego uczynić, panno Bell. Podpułkownik Forebury jest odznaczonym oficerem i znakomitym jeźdźcem. Jeśli postanowił przyjąć konia jako swojego, zapewne miał ku temu dobry powód. Skoro ręka kadeta Watsona jest złamana, koń zostałby przeznaczony do ponownego przydziału, a Forebury w pełni mieści się w swoich uprawnieniach, by przydzielić konia sobie. Zwłaszcza jeśli, jak pani mówi, nie jest to koń łatwy pod siodłem. Forebury dobrze dokończy jego szkolenie, jestem tego pewien. A jeśli armia nie będzie miała dalszego użytku z ogiera, wróci on do Belle Haven do programu hodowlanego, zgodnie z zapisami umowy sprzedaży.

— Ale sir...

— Panno Bell. — Głos komendanta był stanowczy. — Nie będę w tę sprawę ingerował.

Usta Molly zacisnęły się, gdy pojęła, że nie poruszy go jej prośby. — Jak pan sobie życzy, sir. Dziękuję za poświęcony czas.

Wstała, a Tim uczynił to samo. — Dziękuję, sir — powiedział.

Komendant skinął głową, dając im odprawę. — Dzień dobry państwu.

Molly czuła na plecach wzrok komendanta, gdy odchodziła, ale nic ją to nie obchodziło. Spodziewała się, że jej odmówi, ale rzeczywistość okazała się trudniejsza do przyjęcia, niż sądziła. Dłonie miała zaciśnięte w pięści tak mocno, że paznokcie wbijały się w skórę, i zmusiła się, by je rozluźnić.

Tim dogonił ją, gdy chwytała za klamkę i szarpnięciem otwierała drzwi. — Molly — powiedział łagodnie, dotykając jej ramienia. — Daj spokój. Zrobiłaś wszystko, co mogłaś.

Wpatrzyła się w niego, w współczucie w jego oczach, i przez chwilę poczuła absurdalną potrzebę, by się rozpłakać. Miał rację. Zrobiła wszystko, co mogła. Powinna odpuścić.

Powinna.

Nie potrafiła.

— Sir! — Odwróciła się z powrotem ku biurku komendanta, przy którym starszy oficer sięgał po pióro. Podniósł wzrok, unosząc brwi, jakby zdziwiony, że wciąż tam stoi. — Proszę wybaczyć, że znów przeszkadzam, sir, ale muszę raz jeszcze prosić o pańską wyrozumiałość.

Oczy komendanta nieco się zwęziły za szkłami. — Tak, panno Bell? — zapytał po chwili, odkładając pióro.

Molly wzięła głęboki oddech, a jej dłonie znów zacisnęły się w pięści. — Rozumiem pańskie stanowisko, sir — powiedziała. — Rozumiem, że podpułkownik Forebury ma pełne prawo wziąć Apollo dla siebie. Ale muszę zaprotestować! Proszę mi wybaczyć, ale muszę! Nie mogę stać bezczynnie i patrzeć, jak krzywdzi się konia, którego szkoliłam. — Przez moment obraz przed oczami jej się zamglił i musiała gwałtownie mrugnąć, gardło ścisnęło się ze wzruszenia. — Apollo to dobry koń. Wspaniały. Mógłby być wielki. Mógłby być najlepszym koniem, jaki Sandhurst kiedykolwiek widziało, ale tylko wtedy, gdy będzie traktowany właściwie!

Wiedziała, że podnosi głos, i zobaczyła, jak oczy Tima rozszerzają się, gdy na nią patrzy. Komendant również zmarszczył brwi. Musiała się uspokoić. Ręce jej drżały; zmusiła się, by je rozłączyć, zmusiła się do spokoju. Zaczerpnęła powietrza raz i drugi. Komendant wciąż na nią patrzył, więc zmusiła się mówić dalej, modulując ton.

— Proszę, sir, wybaczyć, że mówię nie w porę. Ale muszę prosić, by zechciał pan to jeszcze raz rozważyć.

— Pani pasja i troska o podopiecznych zasługują na uznanie, panno Bell — powiedział w końcu komendant, ale z jego wyrazu twarzy widziała, że tylko ją zbywa. Nie zamierzał zmieniać zdania. Gorące łzy zapiekły ją pod powiekami, gdy ciągnął dalej: — Ale obawiam się, że decyzja zapadła.

— Dziękuję, sir — rzekł cicho Tim i położył dłoń w krzyżu Molly.

Jakimś cudem ten drobny gest dodał jej siły, której sama nie potrafiła w sobie znaleźć — siły, by powiedzieć: — Jak pan sobie życzy, sir. Dziękuję za poświęcony czas — i skłonić głowę w akceptacji.

Komendant skinął. — Dzień dobry.

Odwrócili się równocześnie do wyjścia, a Molly musiała zmusić się, by iść miarowym krokiem, nie wybiec, jak miała ochotę. Wiedziała, że powinna być wdzięczna komendantowi, iż poświęcił im tyle czasu. Musiała odpuścić. Na razie.

Tuż gdy sięgnęła po klamkę, rozległ się za nią głos komendanta. — Panie Blair-Fortescue, zamierzałem dziś rano posłać po pana. Czy mógłby mi pan poświęcić kilka chwil?

Molly zesztywniała z ręką na klamce i spojrzała na Tima, który także wyciągnął rękę, jakby chciał otworzyć jej drzwi. Powoli ją opuścił i odwrócił się z powrotem do komendanta.

— Sir? — zapytał z wahaniem.

Komendant, stojący za biurkiem, chrząknął. — Wieści, które mam dla majora, panno Bell, są natury prywatnej. Dotyczą jego poprzedniej służby frontowej.

Och. Molly zamrugała, po czym skinęła głową, powoli, raz. — Rozumiem, sir. Poczekam na zewnątrz. Jestem pewna, że nie zatrzyma się pan długo, Majorze.

Z cichym kliknięciem Molly zamknęła drzwi gabinetu komendanta. Nie będzie podsłuchiwać prywatnych spraw Tima, powiedziała sobie. Ale zaczeka na niego. Zawahała się i zerknęła na drzwi. Czy zostałać tuż pod nimi? A może przejść się kawałek korytarzem? Nie odejdzie daleko, zdecydowała. Na pewno nie potrwa to długo.

W niszy kawałek dalej stała tapicerowana ławka, więc Molly usiadła, ale była zbyt roztrzęsiona, by usiedzieć, i zaraz znów zerwała się na nogi.

Apollo. Kipiała w milczeniu, przechadzając się powoli w górę i w dół korytarza, zbyt wściekła, by usiedzieć. Jak śmiał ten człowiek zabrać Apollo? Każdy z koni, które przywiozła do Sandhurst, był częścią jej rodziny. Wszystkie szkoliła od źrebięcia. I osobiście dosiadała każdego z nich podczas selekcji, biorąc je na trudne przeszkody krosowe w Belle Haven w zawrotnym tempie, wystawiając na próbę ich odwagę i posłuszeństwo. Serce wciąż biło jej szybciej na wspomnienie tej dzikiej, upajającej jazdy. Wszystkie były wspaniałe, ale Apollo... Apollo był wyjątkowy.

Gniew kierowała nie tylko na komendanta, ale i na siebie. Zrobiła wszystko, by konie trafiły do odpowiednich kadetów, ale nie zdołała ochronić Apollo. Komendant miał rację: konie należały do armii i każdego kadeta można było w każdej chwili przenieść do innego wierzchowca. Nie spodziewała się jednak, że Forebury po prostu go sprzątnie, jak tylko Watson doznał kontuzji. Forebury musiał pożądać koni z Belle Haven, tylko czekał na okazję, by zabrać jakiegoś nieprzydzielonego.

Do diabła z nim. Odzyska Apollo. Jakoś. Tim pomoże, wiedziała o tym.

Myśli wróciły do Tima i zmarszczyła brwi, zerkając z powrotem w stronę drzwi. Jakie wieści mógł mieć dla niego komendant? Ubytek słuchu Tima oznaczał, że nigdy nie wróci na front; jego stałym przydziałem było teraz Sandhurst, więc to nie mogły być nowe rozkazy.

Kiedy Molly wyszła z pokoju, Tim nie odwrócił się, by popatrzeć, jak odchodzi, ale usłyszał cichy klik drzwi, gdy domknęła je za sobą. Stał sztywno, a cisza w pokoju ciążyła, gdy czekał, z głową lekko przekrzywioną, starając się wychwycić słowa komendanta.

To był bardzo ładny gabinet, zauważył mimochodem, urządzony ciemną boazerią, z grubym dywanem na podłodze i dużym, połyskującym biurkiem z orzecha. Ściany zdobiły obrazy scen bitewnych i oprawione w ramki odznaczenia, a fotel, do którego zaproszono go wcześniej, był wygodnie tapicerowany ciemnozieloną skórą.

Nie zamierzał jednak ponownie siadać, a komendant go do tego nie nakłaniał. Zamiast tego starszy mężczyzna patrzył na niego przez kilka chwil uważnie, z nieodgadnionym wyrazem twarzy, nim wreszcie przemówił.

— Majorze, z przykrością przynoszę złe wieści. W porannych depeszach znalazł się meldunek o znaczącej bitwie z udziałem 14. pułku. Kilku pańskich kolegów oficerów wymieniono wśród poległych...

Tim momentalnie zesztywniał, jakby oblał go zimny pot. — Kto — wyszeptał, po czym odchrząknął. — Jeśli wolno zapytać, sir — kto?

Komendant wyjął arkusz papieru ze skórzanej teczki leżącej na biurku i spojrzał na niego z góry. — Kapitan Edward Hazelrigg.

Tim wydał z siebie bezdźwięczny jęk bólu. *Ned. Boże, nie, tylko nie Ned!* Imię przyjaciela strąciło go w lodowitą, czarną otchłań; zacisnął dłonie w pięści tak mocno, że poczuł, jak paznokcie wbijają mu się w skórę.

— Kapitan Edward Hazelrigg zginął w akcji trzy tygodnie temu. Przykro mi z powodu pańskiej straty. Rozumiem, że byli panowie blisko związani.

Słowa komendanta odbijały mu się echem w głowie, raz po raz.

Zginął w akcji...

Zginął...

Zabity...

Stojąc sztywno na baczność, Tim zwrócił się twarzą do komendanta. Widział, jak starszy mężczyzna porusza ustami, wyliczając kolejne nazwiska, ale nie słyszał słów. Zresztą już go to nie obchodziło — wciąż oszołomiony był wieścią, którą właśnie mu przekazano.

Ned... *nie żyje*. Martwy. Zginął w akcji.

Ned, jego najlepszy przyjaciel, odkąd wstąpił do wojska. Ned, który wyciągnął go spod zwłok Rufusa i zaniesł Tima w bezpieczne miejsce, gdy ten był ciężko ranny. Gdyby nie Ned, nie byłby dziś żywy. A teraz Ned nie żył.

Poczuł, jak kołnierz zaczyna go dusić, gardło mu puchnie, więc zmusił się, by skinąć głową do komendanta, który zamilkł i patrzył na niego z wyrazem głębokiego współczucia.

— Dziękuję, sir — wydusił spierzchniętymi wargami, ochrypłym, nierównym głosem. — Doceniam, że poinformował mnie pan osobiście, sir.

Komendant nieznacznie skłonił głowę na znak uznania, a Tim odwrócił się, z podniesionym podbródkiem. Nie splami się tutaj, przed komendantem, wybuchem rozpaczy.

Każdy krok w stronę drzwi stawiał wolno i z namysłem, jakby jego stopy obciążał ołów. Miał wrażenie, że porusza się pod wodą, a każdy ruch jest zmaganiem się z miażdżącym naporem żałoby, która groziła, że go pochłonie. Zacisnął szczękę, postanawiając wytrzymać, dopóki nie wyjdzie z gabinetu komendanta.

Światło za drzwiami było tak jasne w porównaniu z przygaszonym wnętrzem, że obraz mu pociemniał i się zamazał. Zatoczył się i wyciągnął rękę do ściany; opuszki palców musnęły chłodną powierzchnię i odnalazły w niej kojący, twardy punkt oparcia.

W końcu puścił, łapiąc wielkie hausty powietrza, oddech rwał mu się w szarpanych spazmach. Gdy otworzył oczy, odetchnął z ulgą, widząc, że w korytarzu nie ma nikogo, kto byłby świadkiem jego rozpaczy. Nie chciał, nie mógł powstrzymać łez spływających mu z oczu — jego żal był świeżą raną o postrzępionych brzegach.

Klata unosiła mu się ciężko, gdy próbował dusić szlochy, aż w końcu skapitulował i pozwolił im wybrzmieć; ugięły mu się kolana i osunął się na podłogę w mało zgrabną kupkę. Nie dbał o to. I tak nie miał już w sobie za grosz godności, skoro odmówiono mu możliwości powrotu na Półwysep, by walczyć, by spróbować pomścić śmierć Neda.

Korytarz był pusty i cichy, prócz dźwięku jego łkań, odbijających się echem od ciemnej, drewnianej boazerii.

Zadrżał, chwytając znów za ścianę, szukając czegokolwiek, czego mógłby się uczepić, jakiejś kotwicy wśród sztormu emocji, który nim miotał.

Boże, nie płakał od lat, odkąd był małym chłopcem. Ojciec szybko nauczył go, że łzy są nie do przyjęcia, i Tim wziął sobie tę lekcję do serca. Teraz jednak płynęły jak potop, strumieniem spływając po policzkach.

Ned nie żyje!

Myśl o śmierci przyjaciela przecięła go jak nóż i znów trząsł się od siły szlochu, kuląc się przy ścianie, jakby to mogło go osłonić przed bólem. Na próżno. Ból był w środku, w sercu, i nie było nic, co mogłoby go ukoić.

Molly przemierzała korytarz w tę i z powrotem, aż do drzwi i z powrotem, a myśli kipiały w niej frustracją i gniewem. Nie rozumiała, dlaczego komendant odmówił interwencji, dlaczego ppłk Forebury sądził, że ma prawo rościć sobie pretensje do konia, który nie należał do niego. To było doprawdy doprowadzające do szału! Zawróciła na pięcie i ruszyła z powrotem, zaciśnięte pięści zwisały jej przy bokach.

Gdy znów zobaczyła drzwi do gabinetu komendanta, dostrzegła, jak wychodzi z nich Tim, i otworzyła usta, by coś powiedzieć, ale słowa uwięzły jej w gardle na widok jego twarzy. Wyglądał, jakby ujrzał ducha: z twarzy odpłynęła mu cała krew, oczy miał szeroko otwarte, nieruchome. Krok mu się zachwiał i podeprł się o ścianę, tak jak już wcześniej widziała, lecz tym razem nie odzyskał równowagi. Ugięły mu się kolana i osunął się po ścianie, siadając na podłodze, jakby nie był w stanie dłużej się utrzymać.

Sięgnął dłonią do twarzy, ocierając ją, i Molly zobaczyła połysk łez na jego policzkach. Cały jej gniew zniknął w jednej chwili, zastąpiony troską. — Tim? — wyszeptała, ale on jej nie usłyszał. Dyszał ciężko, kręcił głową, jakby coś wypierał, a ona nie wiedziała, co zrobić.

Odezwał się instynkt. Najpierw był jej przyjacielem, dopiero potem przełożonym, i zrobi wszystko, czego będzie mu trzeba. Pospieszyła do niego, z wyciągniętymi dłońmi, gotowa dać taki komfort, jaki zdoła.

Oparł głowę o ścianę i tępo wpatrywał się w podłogę, a serce Molly ścisnęło się na ten widok. Łzy na jego policzkach mieniły się w świetle padającym z okna na końcu korytarza; podeszła do niego odruchowo, uklękła obok i położyła mu dłoń na ramieniu. Drgnął pod jej dotykiem i prawie ją to powstrzymało, ale on potrzebował kogoś, a ona była tu jedyna.

Drżenie jego szlochów wstrząsało i nią, dłoń na jego ramieniu czuła każdy wstrząs. Mundur był szorstki pod jej palcami, sukno drapało w skórę. Głaskała go delikatnie po ramieniu, tak jak uspokaja się spłoszonego konia, licząc, że ten dotyk go ukoi.

Korytarz był cichy, słychać było tylko gdzieś w oddali pojedyncze podniesione głosy z zewnątrz. Plac apelowy znajdował się po drugiej stronie budynku, daleko od gabinetu komendanta. Starsi oficerowie, pomyślała, woleli nie mieć pod oknami ciągłego rozgardiaszu kadetów. Cieszyła się z tej ciszy, bo dodała jej odwagi, by przemówić. — Tim. Och, Tim, tak mi przykro. Nie wiedziała, co on opłakuje, ale jego rozpacz była tak wielka, że musiało chodzić o coś strasznego.

Podniósł gwałtownie głowę i spojrzał na nią, jakby zobaczył ją po raz pierwszy. — M-Molly?

— Jestem tutaj, Tim — zapewniła go najłagodniejszym głosem, na jaki było ją stać. — Jestem. Nie jesteś sam. Jestem przy tobie i nigdzie się stąd nie ruszam.

Ścisnęła mu ramię, nie potrafiąc wymyślić nic innego. Nigdy nie była dobra w słowach, a poza tym wciąż nie wiedziała, co on opłakuje. To nie miało znaczenia. Była tu i zostanie, jak powiedziała, dając mu takie wsparcie, na jakie ją stać.

Stopniowo, jak po przejściu burzy, dzikość jego żałoby zaczęła ustępować. Ramiona przestały się trząść, oddech się wyrównał. Molly wzięła głęboki oddech, potem drugi, mając nadzieję, że on wyczuje jej spokój i znajdzie w nim otuchę. Jego dłoń spoczywała na podłodze obok, zaciśnięta w twardą pięść; sięgnęła i musnęła ją koniuszkami palców, kładąc je na jego kostkach. Musiała uważać — on był gentlemanem, a ona nikim. A jednak chciała, by wiedział, że tu jest, że nie jest sam.

Jego dłoń powoli się rozluźniła; obrócił ją wnętrzem do góry, a palce musnęły jej palce. Nie wiedziała, czy zrobił to celowo, ale nie cofnęła ręki, pozwalając mu czerpać pociechę z dotyku. Cisza w korytarzu jakby zgęstniała, a przestrzeń między nimi wypełniły niewypowiedziane słowa. Serce Molly bolało na jego widok i rozpaczliwie pragnęła ulżyć mu w cierpieniu.

Za oknem zaćwierkał ptak i ten dźwięk jakby przełamał czar. Tim uniósł głowę i spojrzał na nią, a jego ciemnoniebieskie oczy były pełne żalu. — Dziękuję — powiedział zachrypniętym głosem. Podniósł rękę, chcąc zetrzeć łzy z policzków, ale zatrzymał się, gdy ujęła go za ramię.

— Pozwól — szepnęła i wyjęła z kieszeni chusteczkę. Na szczęście była czysta; delikatnie osuszyła jego policzki, wycierając łzy. Jego skóra była ciepła pod jej palcami i musiała się pilnować, by pamiętać o oddychaniu.

Przy drżącym wdechu Tim wreszcie zdołał mówić. — Ned był moim przyjacielem — zaczął, głosem ściśniętym. — Moim najlepszym przyjacielem. Byliśmy... byliśmy zawsze razem. A potem wysłano nas do Hiszpanii. To było piekło, latami, bez chwili wytchnienia, ale dopóki mieliśmy siebie, zawsze znajdowaliśmy jakiś promień jasności. Coś, z czego można się było pośmiać. A potem... bitwa, po której już się nie podniosłem. — Zaczerpnął kolejny oddech, wpatrzony w podłogę, gdy mówił.

— Hałas — powiedział cicho. — Zapach. Proch, gryzący w powietrzu. Krzyki rannych i konających. I konie, ich kopyta dudniące o ziemię, grzmot galopu. Mój koń, Rufus — był dobrym koniem, świetnie wyszkolonym. Nigdy nie sprawiał wrażenia przestraszonego, a jego odwaga dodawała mi mojej.

— Pamiętam pierwszy wystrzał. Trzask muszkietu, a potem krzyk trafionego. To był jak sygnał — nagle ogień poszedł wszędzie, powietrze zgęstniało od dymu, cierpki posmak prochu szczypał w nozdrza. Prawie nic nie widziałem, ale słyszałem: grzmot armat, krzyki rannych i konających. Zapach krwi. Nie wiedziałem, że krew ma zapach, dopóki nie poszedłem na wojnę.

Molly patrzyła w milczeniu. Nie mogła zrobić ani powiedzieć nic poza tym, by słuchać — być świadkiem, gdy Tim na nowo przeżywał mroczne, straszne wspomnienia.

— To przytłaczało. Chciałem się odwrócić i uciec, ale nie mogłem. Musiałem stać na pozycji, utrzymać linię. Wciąż od nowa, bitwa po bitwie, dni, tygodnie. Lata. A potem... — Przełknął z trudem ślinę, a wspomnienie tamtej chwili było wciąż świeże, jakby wydarzyło się wczoraj. — Nasze szczęście się wyczerpało.

— Działo eksplodowało tuż obok nas. Rufus nie miał żadnych szans. Zaryczał — taki to był straszny dźwięk — i runęliśmy na ziemię. Mnie odrzuciło, ale źle upadłem. Chyba uderzyłem się w głowę. Niewiele pamiętam. Tylko tę ciszę. Nagłą, wstrząsającą ciszę. I Rufusa... martwego. Jego oko, wpatrzone we mnie.

Uniósł dłoń do ucha, przywołując ból. — Nie mogłem się ruszyć. Wrzeszczałem na Rufusa, żeby wstał — nogę miałem uwięzioną pod nim, nie mogłem drgnąć. On był martwy, a ja też miałem zginąć. A potem — wtedy go zobaczyłem. Neda. Był tam, wyciągał mnie spod Rufusa, wrzeszczał, żebym się podniósł, żebym się ruszył. Nie słyszałem go, ale widziałem, jak poruszają mu się usta, jak strach wykrzywia mu twarz. O mnie. Ryzykował życie, żeby mnie uratować.

Oczy znów napłynęły mu łzami i odwrócił wzrok, nie mogąc spotkać spojrzenia Molly. — Wciągnął mnie na swojego konia i wywiózł nas obu z pola bitwy. Zapewnił mi bezpieczeństwo. A teraz jego nie ma, a ja... ja wciąż tu jestem.

— Tak mi przykro — wyszeptała Molly w ciszę, która potem zapadła. Jej słowa wydawały się nic nieznaczące, boleśnie niewystarczające wobec ogromu Timowej straty, ale tylko to mogła mu ofiarować.

Słyszała oddech Tima — nierówny, rozhuśtany — lecz stopniowo się uspokajał. Jej własny oddech był cichym westchnieniem w tej ciszy. Był tak blisko, czuła ciepło jego ciała, a zarazem był tak daleko. Chciała go pocieszyć, dać mu oparcie, ale nie wiedziała jak. Więc po prostu siedziała przy nim, z dłonią na jego dłoni, i czekała.

Siedzieli tak razem długo, bez słów, trzymając się za ręce. Molly poczuła, jak spływa na nią spokój, cichą pogodę ducha, której dawno nie znała. Z nagła uświadomiła sobie, że jest szczęśliwa. Szczęśliwa, że tu jest, z Timem, nawet pośród jego żałoby. To było najdziwniejsze uczucie, ale nie miała teraz czasu, by się nad nim zastanawiać. Nie chciała myśleć o niczym innym, prócz tego, by ulżyć Timowi w tym skrajnym bólu.

Oddech Tima stopniowo się wyrównał i poczuła, jak napięcie powoli z niego schodzi. Nie spojrzała na niego, ale czuła jego wzrok na sobie — jakby ją studiował. Zastanawiała się, co widzi.

Gdy w końcu przemówił, jego głos był niski i spokojny. — Nie byłbym dziś żywy, gdyby nie Ned. Wszystko mu zawdzięczam, a teraz jego nie ma.

Molly delikatnie ścisnęła mu dłoń. — A jeśli i ty miałbyś umrzeć, co znaczyłaby jego ofiara? Musisz żyć, Tim, i żyć dobrze. Uczcij jego pamięć, prowadząc najlepsze życie, jakie potrafisz. Tego by właśnie chciał, prawda?

— Tak — odparł cicho. — Tak, dokładnie tego by chciał. Dziękuję, Molly. Ty zawsze umiesz znaleźć właściwe słowa.

Spuściła głowę, zawstydzona pochwałą. — Nie jestem pewna, czy umiem — przyznała. — Po prostu mówię to, co sama chciałabym usłyszeć, gdybym była na twoim miejscu.

Ścisnął jej dłoń po raz wtóry — niemy znak zrozumienia — i posiedzieli jeszcze chwilę razem, zanim wreszcie wypuścił jej rękę i podniósł się z podłogi. Z lekkim ukłonem podał jej ramię, a ona je przyjęła i wstała z gracją.

— Dziękuję — powiedział raz jeszcze, gdy ruszyli korytarzem ramię w ramię. — Bardzo mi pomogłaś, Molly. Naprawdę. Chciałbym móc pomóc z Apollem, ale...

Skinęła głową, nie ufając głosowi. Nigdy wcześniej tak nie czuła względem nikogo — tej głębokiej więzi, która wykraczała poza przyjaźń, poza miłość. Biorąc pod uwagę, że ich znajomość zaczęła się od otwartego konfliktu, Molly nie pojmowała, jak doszli do tego miejsca, ale wiedziała, że jakoś Tim stał się dla niej najważniejszą osobą na świecie poza rodziną z Belle Haven.

— Dasz sobie radę? — zapytała niezręcznie, gdy wyszli z budynku i stanęli w ostrym słońcu.

— Tak. — Tim wyprostował ramiona i uniósł podbródek, znów stając się stoickim żołnierzem. — Mam dziś wieczorem listy do napisania. Zobaczymy się jutro, panno Bell?

Skinęła głową. — Mogę zajrzeć do kadeta Watsona.

— Dziękuję. — Skinął krótko głową, z twarzą znów zamkniętą, odległą.

Kiedy wyszli na zewnątrz, Tim jakby się wycofał, oddalił, i Molly poczuła, że opłakuje utratę tej nici porozumienia. Puściła jego ramię, gdy wykonał grzeczny ukłon, ale nie zdołała powstrzymać się, by nie patrzeć, jak się odwraca i zdecydowanym krokiem odchodzi.

Rozdział dziesiąty

Tim wpatrywał się przez okno swojego pokoju; falujące wzgórza Sandhurst rozciągały się przed nim w odcieniach zieleni, które dopiero zaczynały przechodzić w złoto jesiennych barw. W oddali kolumna kadetów maszerowała w szyku, a ich szkarłatne mundury były jaskrawą plamą na tle krajobrazu. Westchnął, przeczesując dłonią włosy. Śmierć Neda wciąż ciążyła mu na sercu; początkowy wstrząs ustąpił co prawda miejsca tępej, nieustającej boleści w dniach, odkąd komendant przekazał mu tę wiadomość.

— Wiedziałeś, że to się stanie, stary druhu — mruknął do siebie. — To był tylko kwestia czasu, skoro tak pchał się w sam środek zawieruchy.

Wspomnienia przemykały mu przed oczami bez zaproszenia — łobuzerski uśmiech Neda, gdy jechali ramię w ramię w bój, błysk słońca na jego szabli, kiedy wyrywał do przodu. Tim zawsze podziwiał odwagę przyjaciela, choć jednocześnie upominał go, by okiełznał ją odrobiną rozwagi. Lecz Ned nie należał do ostrożnych — wolał pędzić przez życie cwałem.

Pukanie do drzwi wyrwało Tima z zadumy. Odwrócił się i ujrzał w progu porucznika Spurlinga, swego adiutanta.

— Dzień dobry, sir — powiedział Spurling, salutując żwawo i uśmiechając się radośnie. — Gotów do drogi, sir?

Tim skinął głową, prostując kurtkę mundurową. — Bardzo dobrze, Spurling. Zaraz będę.

Idąc za Spurlingiem korytarzem, Tim nie mógł się powstrzymać od zastanawiania, jakie nowe wyzwanie na niego czeka. Po śmierci Neda czuł się zagubiony, niepewny swego miejsca w świecie. Wyprostował jednak plecy, postanawiając robić, co do niego należy. Tego przecież chciałby Ned — żeby walczył dalej, niezależnie od przeciwności.

Gdy Tim wraz ze Spurlingiem zmierzał ku stajniom, dostrzegł idącą przodem Molly, jak zawsze nienagannie ubraną w amazonkę, z ciemnymi włosami wymykającymi się spod bonetu. Była pogrążona w rozmowie z grupą kadetów, którzy odnosili się do niej z wielkim szacunkiem i uważnie słuchali każdego jej słowa.

Serce Tima ścisnęło się boleśnie. Od śmierci Neda coraz częściej łapał się na tym, że ciągnie go do Molly — podziwiał jej siłę, współczucie, i to, jak potrafiła uspokoić nawet najbardziej narowiste konie.

— Rzadki okaz, prawda, sir? — zauważył Spurling, a jego yorkshire'owski akcent pobrzmiewał szczerym podziwem. — Jak ona sobie z tymi bestiami radzi, to jak czary.

Tim mruknął wymijająco, usiłując skupić się na drodze przed sobą. Zbyt intensywne myślenie o Molly było niebezpieczne, a i tak sypiał ostatnio za krótko.

Nagle przenikliwy krzyk rozdarł powietrze, po czym rozległ się trzask pękającego drewna. Głowa Tima poderwała się, wzrok natychmiast spoczął na stajni na końcu dziedzińca. Obok niego Spurling zesztywniał, a jego dłoń opadła na rękojeść szabli.

— To z boksu Apollo — zawołał Tim, rzucając się biegiem i widząc, że Molly już pędzi przed nim. Serce dudniło mu w uszach, gdy dopadał do stajni; w żołądku zaciskała się lodowata kula lęku. Cokolwiek się stało, nie mogło być dobre — a Molly pędziła prosto w sam środek, nie bacząc na własne bezpieczeństwo!

Tim dogonił Molly w chwili, gdy szarpnęła za drzwi stajni; jej drobna sylwetka wydawała się niczym przy chaosie, który ujrzeli. Apollo wierzgał i nurkował, jego oczy bielały dziko, gdy szarpał się przeciw linom, które go krępowały. Na środku boksu stał podpułkownik Forebury, ściskając w jedynej ręce długi bicz.

— Ty parszywa bestio! — warknął Forebury, smagając biczem po zadzie Apollo z obrzydliwym trzaskiem. Ostry trzask poniósł się echem po stajni, a potem rozbrzmiał pełen bólu ryk Apolla. Serce Tima aż się skręciło na ten dźwięk, dostrzegł też, jak z twarzy Molly odpływa krew. Ramię Forebury'ego unosiło się i opadało, a rzemień wgryzał się w bok Apollo z brutalną precyzją; na rudozłotej maści ogiera pojawiły się smugi krwi. Krzyki ogiera stawały się coraz bardziej rozpaczliwe, jego potężne ciało wiło się i skręcało, gdy usiłował wyrwać się z grubych pęt wiodących od postronków.

— Przestań! — krzyknęła Molly, głos miała zachrypnięty od emocji. — Nie widzi pan, że go pan rani?

Forebury ją zignorował, twarz wykrzywił w okrutnym uporze. Bicz opadł raz jeszcze — i tym razem rozpaczliwe zmagania Apollo sięgnęły zenitu. Jednym potężnym szarpnięciem ogier wyrwał żelazny pierścień z drewnianej ściany, a drzazgi posypały się wokół, gdy wyzwolił się z więzów.

Oczy Tima rozszerzyły się z przerażenia, kiedy Apollo stanął dęba, a jego kopyta wymierzyły cios w Forebury'ego. — Uważaj! — zawołał, rzucając się do przodu. Było jednak za późno. Przednia noga ogiera trafiła Forebury'ego w pierś i cisnęła nim o ścianę stajni.

Przez moment Tim obawiał się najgorszego. Forebury leżał bez ruchu, twarz miał skurczoną bólem. Po chwili jednak poruszył się; jęk wyrwał mu się z ust, gdy usiłował usiąść.

Tymczasem Apollo wciąż szalał — oczy mu bielały, parskał i tańczył nerwowo. Serce Tima waliło, gdy patrzył, jak ogier raz jeszcze staje dęba, a kopyta spadają niebezpiecznie blisko bezwładnej sylwetki Forebury'ego. Jeśli nie zareagują natychmiast, człowiek może zostać stratowany.

— Molly, zrób coś! — ponaglił Tim, głosem napiętym ze strachu. — Zanim go zabije!

Wyraz twarzy Molly świadczył, że uważa, iż taki los byłby dla Forebury'ego w pewnym sensie zasłużony, ale — co trzeba jej oddać — nie zawahała się. Złożyła wargi i zagwizdała — tym trójdźwiękowym sygnałem, na który każdy koń z Belle Haven reagował natychmiast — a czyste nuty przecięły stajenny zamęt.

W jednej chwili uszy Apollo nastawiły się czujnie, a łeb odwrócił się ku Molly. Dzikość w jego oczach jakby rozwiała się, ustępując miejsca rozpoznaniu i ufności. Powoli ogier się uspokoił; wciąż był niespokojny, ale trzymał kopyta na ziemi.

— No już — wyszeptała Molly łagodnie, miękko, podchodząc do konia. — Już dobrze, Apollo. Jesteś bezpieczny. — Wyciągnęła dłoń i zaczęła delikatnie głaskać chrapy ogiera, a on wtulił pysk w jej dłoń.

Tim patrzył z podziwem, zdumiony więzią między koniem a jego trenerką. Było oczywiste, że Molly łączy z Apollo coś szczególnego — ufność, która sięgała głęboko i była niezachwiana.

Chwilę tę przerwał jednak wściekły ryk Forebury'ego. — Ty! — warknął, dźwigając się na nogi i wytykając Molly oskarżycielsko palcem. — To wszystko twoja wina! Ta bestia to zakała, a to przez twoją nieudolność jako trenerki!

Molly zesztywniała, a jej oczy błysnęły oburzeniem. — Proszę wybaczyć, sir, ale Apollo nie jest żadną zakałą. Tylko bronił się przed pańskim okrucieństwem.

— Okrucieństwem? — prychnął Forebury, a jego twarz poczerwieniała z wściekłości. — Próbowałem nauczyć bydlę manier. Czego, jak widać, pani nie zdołała zrobić, panno Bell.

Tim aż się jeżył na tę butę, zacisnął pięści wzdłuż ciała. Jak śmiał Forebury w taki sposób zwracać się do Molly, po tym jak właśnie ocaliła mu życie?

Molly jednak nie ustąpiła; uniosła podbródek i śmiało spotkała spojrzenie Forebury'ego. — Apollo to znakomity koń o łagodnej naturze i chętnym sercu. To nie jego wina, że sprowokował go pański sposób traktowania.

— Sposób traktowania? — wycharczał Forebury, a oczy aż mu wyszły z orbit. — Bezczelna dziewucho! Pragnę panią poinformować, że jestem szanowanym oficerem w Armii Jego Królewskiej Mości i nie będę tolerował takiego braku szacunku ze strony zwykłej stajennej!

Krew zagotowała się w Timie na te słowa i zrobił krok do przodu, ustawiając się między Molly a Foreburym. — Dość tego, sir — powiedział lodowato, z wyczuwalną groźbą w głosie. — Panna Bell nie jest żadną „zwykłą stajenną" i nie będę stał bezczynnie, gdy znieważa pan jej honor.

Oczy Forebury'ego zwęziły się, gdy zwrócił uwagę na Tima, a wargę wykrzywił pogardliwy uśmieszek. — Proszę nie wtrącać się, Blair-Fortescue. To pana nie dotyczy.

Szczęka Tima stwardniała, a spojrzenie nabrało niezłomności. — Przeciwnie, sir, dotyczy mnie to jak najbardziej. Panna Bell jest szanowaną współpracownicą tej akademii i nie pozwolę, by był pan wobec niej bezpodstawnie oszczerczy i obelżywy.

Chrapy Forebury'ego rozszerzyły się, a twarz przybrała paskudny, purpurowy odcień. — Zapomina się pan, majorze. Mam wyższy stopień i nie pozwolę, by podrzędny oficer tak się do mnie odzywał.

Tim nie ustąpił ani o cal, stał prosto i twardo. — Z całym szacunkiem, sir, stopnie nie mają tu nic do rzeczy. Liczy się prawda, a prawda jest taka, że panna Bell wykazała się wielką odwagą i kunsztem, zapobiegając dziś tragedii.

Forebury prychnął, wodząc wzrokiem między Timem a Molly z ledwie skrywaną pogardą. — Odwagą i kunsztem? Raczej brawurą i niesubordynacją. Ten koń to zakała i dopilnuję, by został zabity za swoje czyny.

Molly sapnęła z przerażeniem, zasłaniając usta dłonią. Serce Tima ścisnęło się na myśl o straceniu Apollo; myśli pędziły gorączkowo, szukając sposobu, by powstrzymać Forebury'ego przed spełnieniem groźby.

Forebury wyczuł słabość i przycisnął autorytetem. — A pani, panno Bell, nie ma tu więcej czego szukać. W Armii Jego Królewskiej Mości nie ma kobiet, a osobiście widziałem, że pani pieszczotliwe metody szkoleniowe przynoszą więcej szkody niż pożytku, tworząc niebezpieczne konie! Opuści pani Sandhurst dziś, albo każę panią usunąć.

Żołądek Tima zapadł się na samą myśl, że Molly miałaby wyjechać, jednak ona wydawała się niezrażona groźbą Forebury'ego.

— Pozwolę sobie nie zgodzić się, sir. Zdaje się, że zapomina pan o mojej osobistej przyjaźni z księciem Yorku?

— Nie obchodzi mnie, dla kogo pani rozkłada nogi, dziewczyno — syknął Forebury, a Timowi pociemniało ze złości przed oczami.

— Natychmiast pan przeprosi i odwoła ten oszczerczy zarzut, sir — powiedział głosem lodowatym jak lód.

— Zapomina pan, z kim rozmawia, majorze! — napęczniał Forebury, a jego twarz sczerwieniała jeszcze bardziej.

— Rozmawiam z oficerem, który właśnie przejawia zatrważający brak honoru — odparł Tim spokojnie. — Nie mam wątpliwości, że moja relacja i relacja panny Bell z dzisiejszych wydarzeń znalazłyby potwierdzenie u kadetów, którzy byli świadkami pańskich czynów i słów. — Wskazał na otwarte drzwi stajni i pół tuzina młodzieńców, którzy stali tam z osłupieniem wypisanym na twarzach po tym, co zobaczyli.

Przez długą chwilę Forebury patrzył na Tima, a jego oczy tliły się ledwo powstrzymywaną wściekłością. Wreszcie, posyłając Molly ostatnie, jadowite spojrzenie, odwrócił się na pięcie i wypadł ze stajni, a echo jego butów rozniosło się głośno po bruku.

Gdy dźwięk kroków Forebury'ego ucichł, Tim odwrócił się do Molly; serce ściskało mu się na widok jej zaszokowanej twarzy. Pragnął objąć ją, dodać otuchy i zapewnić, że wszystko będzie dobrze, ale wiedział, że nie może. Nie tu, nie teraz, przy rzędzie zszokowanych kadetów wpatrujących się w nich szeroko otwartymi oczami.

Zamiast tego wyciągnął rękę i delikatnie dotknął jej ramienia, mówiąc cicho, szczerze: — Czy nic pani nie jest, panno Bell?

Molly skinęła głową, oczy miała pełne niewylanych łez.

— Tak, dziękuję, majorze. Nie wiem, co bym zrobiła, gdyby pana tu nie było.

Serce Tima wezbrało dumą i podziwem dla jej odwagi, choć poczuł też ukłucie winy, że nie zdołał bardziej jej ochronić. — Poradziłaby sobie pani z właściwą sobie gracją i odwagą, co do tego nie mam wątpliwości — powiedział ciepło, obdarzając ją małym, dodającym otuchy uśmiechem.

Molly odwzajemniła uśmiech, oczy miała łagodne i wdzięczne. Przez chwilę stali tak po prostu, patrząc na siebie w ciszy stajni, gdy napięcie po niedawnej scysji powoli opadało.

Jednak mimo ulgi Tim wiedział, że to jeszcze nie koniec. Forebury był człowiekiem dumnym i mściwym i tak łatwo nie odpuści. Tim będzie musiał mieć się na baczności, czuwać nad Molly i Apollo, i zadbać o ich bezpieczeństwo w nadchodzących dniach.

— Bardzo mi przykro, że odezwał się do pani w ten sposób. Nie zostawię tego, dopóki nie przeprosi — powiedział Tim, postanawiając, że nikt nie splami reputacji Molly.

Ona obdarzyła go zmęczonym, smutnym uśmiechem. — Myśli pan, że to pierwszy taki zarzut, jaki usłyszałam, majorze? Jestem kobietą, która toruje sobie drogę w męskim świecie, wykonując pracę, którą wielu uważa za zarezerwowaną dla mężczyzn — i wykonuję ją lepiej, niż większość z nich potrafiłaby. Słyszałam znacznie gorsze rzeczy.

— Pułkownik i tak nie ma prawa tak się do pani odzywać, panno Bell — odezwał się miękki, walijski akcent kade ta Llewellyna; wysoki młodzieniec aż poczerwieniał ze złości w obronie Molly. Obok niego inni kadeci kiwali głowami, a z ich gardeł wyrwał się pomruk gniewu, co Tima upewniło, że czuli to samo.

— Cieszę się, że tak chętnie broni pan mojego honoru, kadecie — odparła Molly z uśmiechem. — Ale proszę zostawić sprawę w rękach majora. Potraktujmy to jako lekcję! Rzadko mam sposobność pokazać wam najlepsze metody opatrywania urazów waszych koni poza codziennymi przypadłościami, jak stłuczenia po kamieniu. Chodźcie. — Skinęła na nich do boksu. — Te cięcia są dość podobne do ran po szabli... Pokażę wam, co robić, jeśli wasz koń odniesie takie rany w bitwie.

Tim odsunął się w milczeniu i z podziwem obserwował, jak Molly zabiera się do nauczania kadetów, posyłając jednego po skórzaną torbę z lekami, którą trzymała w paszarni. Wkrótce kazała im kolejno trzymać łeb Apollo i mówić do wstrząśniętego konia spokojnym głosem, podczas gdy innym pokazywała, jak opatrzyć krwawiące pręgi na jego bokach.

— Sir — odezwał się cichy głos tuż przy jego łokciu, a Tim obejrzał się i zobaczył porucznika Spurlinga o zatroskanym wyrazie twarzy. — Pana obecność jest wymagana w gabinecie komendanta. Natychmiast. Razem z panną Bell.

Molly musiała usłyszeć Spurlinga, bo odwróciła się od zajęcia i spojrzała Timowi w oczy; niepokój zmącił ich spojrzenie.

— Dobrze, Spurling — powiedział Tim. — Zaraz się stawimy.

Molly wyglądała na rozdarta, jakby nie chciała opuszczać Apollo, ale koń stał już spokojnie, skubiąc siano, które przyniósł mu jeden z kadetów. Kilkoma cichymi słowami skierowanymi do Llewellyna wcisnęła mu w dłonie swój słoiczek z maścią, otarła palce o szmatkę i dołączyła do Tima przy drzwiach.

— Z Apollo będzie wszystko w porządku? — upewnił się Tim.

— Fizycznie tak. Żadna z ran nie jest głęboka. A jego głowa? — Molly wzruszyła ramionami. — Konie przechodzą przez bitwy i znowu stają naprzeciw armat — są niezwykłe. To po prostu pierwsza bitwa Apollo. Zobaczymy.

Tim skinął głową i grzecznie podał Molly ramię. — Lepiej nie każmy komendantowi czekać.

Gdy zbliżali się do gabinetu komendanta, w głowie Tima kłębiły się domysły. Czy Forebury zdążył już złożyć skargę? Czy komendant zamierza stanąć po stronie mściwego podpułkownika? Zerknął na Molly, dostrzegając napięcie w zaciśniętej szczęce i zdecydowanie w linii ramion. Cokolwiek ich czekało, wiedział, że stawi temu czoło z taką samą odwagą i godnością, jaką okazała w stajni.

Spurling otworzył drzwi i wprowadził ich do gabinetu. Komendant siedział za biurkiem, twarz miał nieodgadnioną. A tam, przed nim, stał Forebury ze zadowolonym, tryumfującym uśmieszkiem.

— Ach, majorze Blair-Fortescue, panno Bell. Dziękuję, że państwo do nas dołączyli — odezwał się komendant, ton miał ostrożnie neutralny. — Podpułkownik Forebury zwrócił mi uwagę na dość poważną sprawę.

Forebury wystąpił naprzód, a jego oczy błysnęły złośliwie. — Ta bestia to zakała, panie komendancie. Zaatakowała mnie bez prowokacji i o mało nie zabiła. Żądam, by natychmiast ją odstrzelić.

Molly westchnęła rozpaczliwie, zasłaniając usta dłonią.
— Nie! Apollo tylko się bronił. Bił go pan bez litości i on…
— Cisza! — warknął Forebury, odwracając się do niej.
— To stworzenie zagraża wszystkim w Sandhurst. Nie ma tu dla niego miejsca — tak jak i dla pani!

Krew Tima zawrzała na tę obelgę, lecz zanim zdążył się odezwać, komendant uniósł dłoń. — Podpułkowniku Forebury, przypominam panu o obowiązku zachowania cywilizowanego tonu. Panna Bell jest gościem Sandhurst i będzie traktowana z szacunkiem.

Twarz Forebury'ego poczerwieniała, ale połknął ripostę. Komendant zwrócił się do Molly, a jego wyraz złagodniał. — Panno Bell, choć rozumiem pani przywiązanie do Apollo, obawy podpułkownika Forebury'ego nie są całkiem bezpodstawne. Koń, który atakuje jeźdźca, niezależnie od prowokacji, nie jest godny zaufania w warunkach wojskowych.

Serce Tima zamarło, gdy znów zobaczył, jak z twarzy Molly odpływa krew. Chciał ją wesprzeć, dodać otuchy, lecz wiedział, że tylko pogorszyłby sprawę. Zmusił się więc, by stać wyprostowany, wbijając wzrok w komendanta i w myślach błagając, by przemówił rozsądek.

Komendant westchnął, a ciężar decyzji widać było w opadniętych ramionach. — Przykro mi, panno Bell, ale obawiam się, że nie mam wyboru. Apollo musi zostać odrzucony jako koń armijny.

Oczy Molly rozszerzyły się, usta rozchyliły w niemym wdechu. Serce Tima biło jak młot, a powietrze w pokoju zgęstniało od napięcia.

Tryumf Forebury'ego był niemal namacalny; kąciki ust drgnęły mu w samozadowoleniu. — Mądra decyzja, panie komendancie. Ta bestia nie pasuje do naszych znakomitych koni.

Szczęka Tima zacisnęła się, dłonie zwinęły w pięści. Spojrzał na Molly, której oczy lśniły od niewylanych łez, a fala opiekuńczości zalała go od stóp do głów. Miał ochotę zetrzeć z twarzy Forebury'ego ten samospełniony uśmiech, lecz wiedział, że musi stąpać ostrożnie.

— Panie komendancie — zaczął Tim, głosem spokojnym mimo burzy w środku — z pewnością można znaleźć inne rozwiązanie. Apollo jest wyjątkowym koniem, jestem pewien, że pod dalszym okiem panny Bell...

Komendant pokręcił głową — wyraz miał współczujący, lecz stanowczy. — Przykro mi, majorze Blair-Fortescue, ale moja decyzja jest ostateczna. Bezpieczeństwo naszych ludzi i koni jest najważniejsze.

Ramiona Molly opadły, pochyliła głowę w geście porażki. Serce Tima ścisnęło się na widok jej bólu; wiedział, ile Apollo dla niej znaczy. Pragnął ją przed tym bólem ochronić, lecz nic nie mógł poradzić na rozkaz komendanta.

Uśmiech Forebury'ego jeszcze się poszerzył, w oczach zamigotał tryumf. — Sam zastrzelę to zwierzę, panie komendancie. Nie możemy pozwolić, by narowisty koń rozbijał nasze szkolenie.

Krew Tima zawrzała, ale ugryzł się w język. Wiedział, że kłótnia z Foreburym tylko pogorszy sytuację Molly. Skupił się więc na niej, pragnąc, by spojrzała na niego i dostrzegła w jego oczach ciche wsparcie.

— Ależ nie — odezwał się komendant, a oczy Tima natychmiast powędrowały ku siwowłosemu przełożonemu. — Obawiam się, panie Forebury, że to nie wchodzi w grę. Nie możemy uśmiercić Apollo.

— Ale... — zaczął Forebury, podniesionym, wzburzonym głosem. Komendant uniósł dłoń, uciszając go.

— Panna Bell przypomniała mi niedawno, że ogiery dostarczane armii przez Belle Haven objęte są osobną umową sprzedaży z klauzulą prawa powrotu. Jeśli kiedykolwiek konie okażą się zbędne, mają zostać zwrócone do programu hodowlanego Belle Haven. A Apollo jest ogierem, czyż nie?

W oczach komendanta błysnął porozumiewawczy ognik. Tim wreszcie mógł zaczerpnąć powietrza.

— Apollo jest istotnie ogierem, sir — potwierdził Tim. — Ostatnim synem Hermesa, jednego z najlepszych ogierów Belle Haven.

— W takim razie, panno Bell — rzekł komendant — jestem zobowiązany zwrócić Apollo do Belle Haven, zgodnie z warunkami umowy sprzedaży.

Ramiona Molly opadły z ulgą, a z ust wyrwał jej się drżący wydech. — Dziękuję, panie komendancie — wyszeptała, a wdzięczność pobrzmiewała w każdym słowie. — Nie zniosłabym myśli, że go stracę.

Dłoń Tima drgnęła przy boku — pragnął wyciągnąć rękę i ją wesprzeć — lecz powściągliwość zwyciężyła. Skupił się więc na kolejnych słowach komendanta, a myśli już biegły naprzód, szukając rozwiązań.

— Muszę prosić, by jak najszybciej zorganizowała pani wywiezienie Apollo z Sandhurst — ciągnął komendant tonem stanowczym, lecz nie nieprzychylnym. — Rozumiem, że to może być trudne, ale porządek i dyscyplina w akademii muszą zostać zachowane.

Molly skinęła głową, ciemne oczy znów zalśniły niewylanymi łzami. — Oczywiście, panie komendancie. Napiszę do sir Richarda i poproszę, by dopilnował, aby Apollo jak najszybciej wrócił do Belle Haven.

Podpułkownik Forebury, z twarzą wykrzywioną ledwie skrywaną wściekłością, gwałtownie się podniósł. — Jeśli pan pozwoli, panie komendancie — wysyczał sztywno. Skinął krótko głową — zaledwie tyle, ile wymagała etykieta — i wypadł z gabinetu, a echo jego kroków potoczyło się korytarzem.

Komendant westchnął, ramiona nieco mu opadły, gdy zwrócił się do Tima i Molly. — Wolni, kapitanie Blair-Fortescue, panno Bell. I proszę przyjąć moje przeprosiny za tę niefortunną sytuację.

— Dziękuję, sir — odparł Tim, wdzięczny, że komendant rozładował napięcie, nie skazując Apollo. — Doceniamy pańską wyrozumiałość i sprawiedliwość.

Molly, z oczami lśniącymi od niewylanych łez, zdobyła się na drobny uśmiech. — Tak, dziękuję, panie komendancie. Wiem, że sir Richard będzie wdzięczny za pańską powściągliwość.

— Wolni — powiedział komendant z półuśmiechem, a oni oboje złożyli ukłon/ukłon i pospiesznie opuścili gabinet.

Gdy tylko oddalili się na tyle, by nikt ich nie słyszał, Molly wypuściła z siebie drżący oddech. — Nie mogę w to uwierzyć. Apollo jedzie do domu. Jest bezpieczny.

Tim wyciągnął dłoń i ujął jej rękę w geście otuchy. — Udało ci się, Molly. Stanęłaś za nim murem i wygrałaś. Jestem z ciebie dumny.

Podniosła na niego wzrok, ciemne oczy szukały jego twarzy. — *Wy* wygraliście. Nie dałabym rady bez ciebie. Twoje wsparcie, twoja wiara we mnie... znaczy wszystko.

W tej chwili, stojąc razem w cichym korytarzu, Tim poczuł falę uczuć — pragnienie, by przyciągnąć ją do siebie i nigdy nie wypuścić. Zmusił się jednak do nieruchomości, wiedząc, że nie może zrobić tego, czego tak rozpaczliwie pragnie.

Zamiast tego tylko ścisnął jej dłoń — niemy znak, że ma w nim oparcie. — Chodź — powiedział łagodnie — napiszmy ten list do sir Richarda. Apollo czeka, by wrócić do domu.

Molly skinęła głową, a na jej ustach zadrgał uśmiech, kiedy pozwoliła Timowi poprowadzić się korytarzem. Gdy dotarli do kwatery Molly, zatrzymała się w drzwiach i odwróciła do niego. — Dziękuję ci, Tim — wyszeptała, a głos miała pełen emocji. — Za wszystko.

Uśmiechnął się, a serce wezbrało mu czułością. — Nigdy nie musisz mi dziękować, Molly. Zawsze będę cię wspierał, cokolwiek się stanie.

Sięgnęła w górę i musnęła jego policzek czułym gestem. — Wiem — szepnęła. — I ja też zawsze będę przy tobie.

Przez moment stali tak, zatraceni w swoim spojrzeniu, a świat wokół jakby zniknął. Potem Molly westchnęła cicho, cofnęła dłoń i opuściła ją wzdłuż ciała.

— Powinnam napisać ten list — powiedziała z nutą żalu. — Im szybciej Apollo wróci do Belle Haven, tym lepiej.

Tim skinął głową, rozumiejąc wagę zadania. — Oczywiście. Zostawię cię z tym.

Jeszcze jednym, długim spojrzeniem obdarzyła go i zniknęła w swoich pokojach, pozostawiając Tima samego na korytarzu — z sercem pełnym uczuć, których nie umiał nawet nazwać.

Rozdział jedenasty

MOLLY MUSKAŁA GOJĄCE SIĘ rany na boku Apolla, a jej dotyk był delikatny, gdy nakładała kojącą maść. Dumny ogier cicho zarżał, a jego ciemne oczy śledziły ją z bezgranicznym zaufaniem.

— Już, już — wyszeptała. — Ładnie się zrastasz, prawda?

Gdy pracowała, myśli Molly błądziły przy wydarzeniach minionych dni. Starcie z Foreburym wciąż paliło w jej pamięci, a w żołądku kotłowała się mieszanka złości i niepokoju. Pół spodziewała się, że podpułkownik jakoś spełni swoje groźby, ale jak dotąd nad Sandhurst opadł niespokojny spokój.

— Ciekawe, co powie Pa, kiedy o tym usłyszy — mruknęła, marszcząc brwi. Wysłała list do Richarda w Belle Haven, opisując incydent i prosząc, by zorganizował powrót Apolla, ale odpowiedź jeszcze nie nadeszła. Czekanie zaczynało jej działać na nerwy.

Apollo przeniósł ciężar ciała, a Molly odruchowo ustabilizowała go stanowczą dłonią. — Spokojnie, chłopcze. Wiem, że już przebierasz nogami, żeby wrócić do domu.

Dom. Słowo to przywołało obrazy rozległych pastwisk Belle Haven, życzliwego uśmiechu Richarda, czułych objęć Theresy i śmiechu sióstr. Przeszył ją nagły przypływ tęsknoty i Molly poczuła, że pragnie znów odnaleźć ukojenie w tamtejszych stajniach.

— Co ty na to, Apollo? — zapytała, przeciągając szczotkę po jego błyszczącej sierści. — Może by tak dać nogę? Zostawić to całe sandhurstowskie zamieszanie?

Koń prychnął, jakby się zgadzał, a Molly nie zdołała powstrzymać chichotu. — Wiem, wiem. Obowiązków jeszcze porzucić nie możemy.

Gdy kontynuowała swoje zabiegi, myśli Molly powędrowały ku Timowi. Jego niewzruszona obecność była balsamem w burzliwych dniach po groźbach Forebury'ego. Poczuła, jak w piersi rozlewa się ciepło na myśl o jego niezachwianym wsparciu.

— To dobry człowiek, prawda? — szepnęła do Apolla, który poruszył uchem w odpowiedzi. — Choć założę się, że byłby wstrząśnięty, słysząc, że się do tego przyznaję.

Drzwi stajni zaskrzypiały, wyrywając Molly z zadumy. Odwróciła się, w pół spodziewając się ujrzeć Tima, lecz to tylko stajenny przyszedł dostarczyć świeże siano.

— Czy są jakieś wieści z Belle Haven, panno? — zapytał młody chłopak, dźwigając balot.

Molly pokręciła głową, maskując zawód. — Jeszcze nie, Thomasie. Ale jestem pewna, że wkrótce coś będzie.

Gdy Thomas odszedł, Molly znów skupiła się na Apollo, a jej ruchy nabrały zniecierpliwienia. — Co powiesz na krótki przejazd później, hmm? Tylko żeby rozprostować nogi, rzecz jasna.

Apollo cicho zarżał, a Molly uśmiechnęła się, głaszcząc go po uszach, gdy opuścił łeb po pieszczotę. — Pojedziemy spokojnie, a siodło nie dotknie żadnej z tych ran, nie sądzę. Dobrze, chłopcze. Zaczekaj na mnie. Wrócę później.

Rześkie poranne powietrze iskrzyło od wyczekiwania, gdy Molly szła przez place ćwiczebne. Przestrzeń wypełniał miarowy stuk kopyt i brzęk rzędu, a co chwilę przecinały go okrzyki ekscytacji i nerwowe śmiechy. Dziś nie był to zwykły dzień w Sandhurst; podchorążowie przygotowywali się do symulowanego szarżowania, z hukiem armat włącznie.

Gdy Molly zbliżyła się do zbiórki koni i jeźdźców, jej wzrok padł na kadeta Llewellyna stojącego przy swoim wierzchowcu, Osirisie. Szczęka młodego Walijczyka była zaciśnięta — zdradliwy znak nerwów — choć ruchy miał precyzyjne, kiedy poprawiał ogłowie.

— Gotowy na dzisiejszą próbę, kadecie? — zawołała Molly, obdarzając go pokrzepiającym uśmiechem.

Llewellyn odwrócił się, a jego twarz nieco pojaśniała. — Tak gotowy, jak tylko mogę być, panno Bell. Choć przyznam, że sama myśl o tych armatnich wystrzałach ściska mi żołądek.

Molly zachichotała, klepiąc Osirisa po szyi. — Nie pan jeden tak ma, jestem pewna. Ale pamiętaj, Osiris jest stabilny jak mało który. Tworzycie razem zgrany duet.

— I owszem — zgodził się Llewellyn, a w jego głosie zabrzmiało ciepło dla końskiego partnera. Zerknął na kolegów, pogrążonych w różnych stadiach przygotowań. — Mam tylko nadzieję, że się nie skompromituję przed resztą.

Molly lekko zmarszczyła brwi. — Żadnych takich myśli. Ciężko pan ćwiczył na ten moment. Proszę zaufać sobie i Osirisowi.

Kiedy mówiła, dobiegł ją niski pomruk głosów. Odwróciwszy się, zobaczyła Tima, który szedł w ich stronę, a sama jego obecność natychmiast budziła respekt podchorążych. Molly poczuła trzepot w piersi, który prędko spróbowała zignorować.

— Panowie — zawołał Tim, a jego głos poniósł się po placu. — Dziś staniecie przed wyzwaniem, z jakim dotąd się nie mierzyliście. Pamiętajcie o szkoleniu, ufajcie instynktom i przede wszystkim stańcie się jednością ze swoim wierzchowcem.

Molly patrzyła, jak Llewellyn prostuje ramiona, a determinacja wypiera wcześniejszą nerwowość. Nie mogła powstrzymać przypływu dumy z młodego kadeta i tego, co osiągnął.

— Panno Bell — powiedział Tim, podchodząc do niej z skinieniem. — Mam nadzieję, że z Apollo dziś wszystko w porządku?

— Tak, całkiem dobrze — odparła Molly, aż nazbyt świadoma ciepła w jego spojrzeniu. — Choć ośmielę się powiedzieć, że trochę zazdrości tutejszych emocji.

Usta Tima drgnęły w półuśmiechu. — Tego nie możemy mu zrobić, prawda? Gdy już całkiem dojdzie do siebie, może urządzimy mu specjalny pokaz.

Rozmawiając, Molly nie mogła nie zauważyć, jak obecność Tima podnosi na duchu otaczających ich podchorążych. Wyraźnie było widać, że go podziwiają i pragną się wykazać pod jego czujnym okiem.

— No cóż — powiedziała Molly, nagle czując potrzebę zajęcia rąk — powinnam zostawić panom przygotowania. Powodzenia wszystkim, i pamiętajcie — pewna ręka i pewne serce.

Kadet Llewellyn podszedł do Osirisa sprężystym krokiem, ledwie kryjąc podekscytowanie czekającą go próbą. Gdy jednak sięgnął po siodło, zwykle potulny koń niespokojnie się poruszył, zarzucając łbem z cichym, niepewnym rżeniem.

— Spokojnie, chłopcze — mruknął Llewellyn, marszcząc brwi z niepokojem. Przejechał uspokajająco dłonią po szyi Osirisa, czując napięcie pod palcami. — Cóż cię gryzie?

Zaintrygowany, Llewellyn zaczął sprawdzać rząd, metodycznie przesuwając palce po skórzanych pasach i sprzączkach. Gdy uniósł siodło, w oko wpadł mu błysk metalu. Zmarszczył czoło, sięgnął pod spód i wyciągnął ostry, poszarpany kawałek żelaza.

— Co u licha? — wymamrotał, obracając przedmiot w dłoni. Twarz mu pobladła, gdy uświadomił sobie, jakie szkody mógłby wyrządzić, kiedy tylko jego ciężar spocząłby na grzbiecie Osirisa; metal wcisnąłby się w skórę i przeciął konia tuż nad kręgosłupem. — Któż mógłby zrobić coś takiego?

Po drugiej stronie dziedzińca bystre oczy Molly dostrzegły niepokój w postawie Llewellyna. Serce przyspieszyło, gdy ruszyła w jego stronę, a troska odmalowała się na jej twarzy.

— Czy wszystko w porządku, kadecie Llewellyn? — zapytała, zerkając to na młodzieńca, to na niespokojnego konia.

Llewellyn uniósł metalowy odłamek, a jego dłoń lekko drżała. — Znalazłem to pod siodłem Osirisa, panno Bell. Nie pojmuję, jak się tam znalazło.

Oczy Molly rozszerzyły się na widok tego okrutnego przedmiotu. — Mogę? — spytała, wyciągając dłoń. Gdy Llewellyn jej go podał, obróciła go, a jej myśli popędziły galopem. — To nie jest przypadek — powiedziała cicho, z trudem panując nad gniewem słyszalnym w napiętym głosie.

— Ale kto mógłby zrobić coś takiego? — zapytał Llewellyn, a w jego tonie mieszały się konsternacja i oburzenie.

Wzrok Molly spoczął na oddalającej się sylwetce podpułkownika Forebury'ego; jego charakterystyczny chód był nie do pomylenia, nawet z daleka. Zimna świadomość spłynęła na nią, gdy przypomniała sobie, że zaledwie chwilę wcześniej widziała go kręcącego się przy stajniach. Palce Molly zacisnęły się na poszarpanym metalu, którego ostre krawędzie wbiły się w jej dłoń.

— Proszę wybaczyć, kadecie Llewellyn — powiedziała Molly nisko, ale pewnie. — Sądzę, że wiem, kto za to odpowiada.

Nie czekając na odpowiedź, Molly przemierzyła dziedziniec sprężystym krokiem, a spódnice gniewnie szeleściły jej wokół kostek. Serce tłukło jej się w uszach, ale nie zamierzała pozwolić, by strach wziął górę. Gdy zbliżyła się do Forebury'ego, zawołała, a jej głos czysto i donośnie poniósł się po placu.

— Panie podpułkowniku Forebury! Słówko, proszę.

Forebury odwrócił się, a jego jedyne ramię zatoczyło łuk, gdy stawał do niej frontem. — Panno Bell — przyznał chłodno. — W czym mogę pomóc?

Molly uniosła metalowy odłamek, a jej ciemne oczy błysnęły oskarżeniem. — Może pan wyjaśnić, jak to znalazło się pod siodłem kadeta Llewellyna? Widziałam pana przy stajniach.

Oczy Forebury'ego zwęziły się, lecz Molly mówiła dalej, a jej głos drżał od tłumionego gniewu. — To mogło poważnie zranić i konia, i jeźdźca. Jakiż mógłby być powód dla tak nikczemnego czynu?

Twarz Forebury'ego wykrzywiła się, spleciona ze złości i frustracji. Jego sprawna ręka drgnęła u boku, jakby aż świerzbiła ją chęć uderzenia. — Jak śmie mnie pani o coś takiego oskarżać, panno Bell — warknął, niskim, groźnym tonem. — Zapomina pani o swoim miejscu. Jestem oficerem w Armii Jego Królewskiej Mości, a nie stajennym, którego może przesłuchiwać ktoś taki jak pani.

Molly nie ustąpiła, dumnie unosząc podbródek. Czuła, jak serce gna, ale nie zamierzała się cofnąć. — Śmiem, bo leży mi na sercu bezpieczeństwo tych podchorążych i ich koni, panie podpułkowniku. Pańska ranga nie stawia pana ponad podejrzeniem, gdy są jasne przesłanki nieczystej gry.

Oczy Forebury'ego zwęziły się, a usta wykrzywił okrutny uśmieszek. — Jasne przesłanki? — prychnął. — Widzę tylko histeryczną kobietę, która miota bezpodstawne oskarżenia. Może pani osąd mąci... inny interes.

Dreszcz przebiegł Molly po kręgosłupie na tę insynuację, lecz twarz zachowała niewzruszoną.

— Proszę mi powiedzieć, panno Bell — ciągnął Forebury z jadowitą pogardą — jak długo rozgrzewa pani łoże majora Blair-Fortescue? Czy tak właśnie zdobyła pani posadę tutaj? Ciekaw jestem, co komendant powiedziałby na takie niestosowności.

Molly poczuła się, jakby ją spoliczkowano. Policzki zapłonęły mieszaniną wstydu i oburzenia. Jak on śmiał? Sama myśl o Timie w takim kontekście sprawiła, że serce zabiło jej szybciej, lecz odsunęła to wrażenie, skupiając się na plugawym zarzucie.

— Posuwa się pan za daleko, sir — zdołała powiedzieć, choć głos jej zadrżał mimo wysiłków. — Porucznik Blair-Fortescue jest dżentelmenem, a ja jestem damą. Pańskie insynuacje są tak bezpodstawne, jak i obrzydliwe.

W środku myśli Molly wirowały. Czy naprawdę do takich podłości posunie się Forebury, by odwrócić od siebie podejrzenia? I jak mogłaby dowieść jego winy, nie narażając swojej — i Tima — reputacji?

Kadet Llewellyn wystąpił naprzód, a jego młoda twarz poczerwieniała od sprawiedliwego gniewu. — Sir, muszę zaprotestować przeciw pańskiemu traktowaniu panny Bell

— powiedział; głos mu nieco drżał, lecz z każdym słowem nabierał pewności. — Wykazuje się tutaj wyłącznie profesjonalizmem i fachowością. Pańskie oskarżenia są bezpodstawne i niegodne oficera.

Serce Molly wezbrało wdzięcznością dla dzielnego kadeta, choć jednocześnie ścisnął je strach. Oblicze Forebury'ego groźnie pociemniało, a jego sprawna ręka napięła się, gdy zwrócił się ku Llewellynowi.

— Śmiesz mnie pouczać, chłopcze? — warknął Forebury. — Może trzeba ci przypomnieć, gdzie twoje miejsce. Mogę ci kazać miesiącami czyścić stajnie gołymi rękami, a nawet, o wiele gorzej, wylać cię ze służby. Tego chcesz?

Llewellyn pobladł, lecz nie ustąpił. Palce Molly zacisnęły się w pięści po bokach, paznokcie wbiły się w dłonie, gdy walczyła z odruchem, by wkroczyć. Nie mogła pozwolić, by kadet ucierpiał za to, że stanął w jej obronie, ale każda jej interwencja mogła tylko pogorszyć sprawę.

Pomruk głosów przyciągnął jej uwagę. Ku jej zaskoczeniu, na skraju podwórza zebrała się mała gromadka rekrutów, a ich oczy lśniły od szoku i niedowierzania. Niektórzy szeptali do siebie gorączkowo, inni po prostu patrzyli, jak sparaliżowani rozgrywającą się sceną.

Serce Molly biło jak oszalałe. Ile usłyszeli? Czy uwierzą w plugawą insynuację Forebury'ego? Czy przejrzą jego desperackie próby zatuszowania własnych niegodziwości? Dostrzegła młodego Braithwaite'a — jego piegowata twarz była maską zagubienia i troski. Obok niego Wilkins wyglądał, jakby miał wpaść między nich z impetem, powstrzymywany jedynie przez rękę Carpentera, który trzymał go za ramię.

Napięcie dało się kroić nożem. Molly wiedziała, że musi działać, powiedzieć coś, zanim sytuacja całkiem wymknie się spod kontroli. Ale co mogła zrobić przeciwko starszemu stopniem oficerowi, zwłaszcza tak bezwzględnemu, jakim okazał się Forebury?

Nagle z tłumu rozległ się głos. — To nie w porządku, sir! — To był Braithwaite, a jego młoda twarz płonęła oburzeniem. — Panna Bell nigdy by czegoś takiego nie zrobiła!

Oddech Molly uwiązł jej w gardle, gdy do głosu dołączyły inne — z tłumu rekrutów uniósł się chór wsparcia.

— Zawsze jest wobec nas fair — dodał Wilkins, występując naprzód. — I zna się na koniach lepiej niż ktokolwiek tutaj.

Carpenter energicznie skinął głową. — To prawda, sir. Panna Bell była dla nas tylko pomocą. Jeśli mówi, że pan grzebał przy rzędzie Osirisa, to jej wierzę.

Ciepło rozlało się po piersi Molly, aż groziło, że ją zaleje. Kilka razy mrugnęła, powstrzymując łzy wdzięczności. Ci młodzi mężczyźni, w gruncie rzeczy ledwie chłopcy, ryzykowali własną pozycję, by stanąć w obronie jej honoru.

— To skandal! — wycharkał Forebury, a jego twarz splamiona była wściekłością. — Wpiszę was wszystkich do raportu za niesubordynację!

Zanim zdołał ciągnąć tyradę, znajomy głos przeciął zgiełk. — Co tu się dzieje?

Serce Molly podskoczyło, gdy w zasięgu wzroku pojawił się Tim, a jego wysoka sylwetka rzuciła długi cień na dziedziniec. Oczym ogarnął całe zajście: apoplektyczny wyraz twarzy Forebury'ego, butną postawę rekrutów, aż wreszcie spoczęły na samej Molly. W jego spojrzeniu nie było wątpliwości — troska zmieszana z zaciekłą determinacją, od której przyspieszyło jej tętno.

— Majorze — zaczął Forebury —, właśnie miałem...

Tim całkowicie zignorował swego przełożonego. — Panno Bell, nic Pani nie jest? Co się tu stało?

Molly przełknęła ślinę, świadoma, że wszystkie spojrzenia są skierowane na nią. Jak mogła to wyjaśnić, nie pogarszając sytuacji? A jednak, z Timem u boku poczuła nagle, że wszystko jest możliwe. Uniosła ostrą sztabkę metalu.

— Kadet Llewellyn znalazł to pod siodłem Osirisa. Obawiam się, że podpułkownik Forebury był jedyną osobą na tyle blisko, by móc to tam umieścić.

— Chłopak sam to tam włożył! — parsknął Forebury. — Żebrze o uwagę.

Twarz Llewellyna pobladła. — Nigdy bym... — zaczął przerażonym tonem. Tim uniósł dłoń, by powstrzymać jego potykające się zaprzeczenie.

— Wierzę panu, kadetcie Llewellyn — powiedział cicho Tim. — Spocznij. — Głos miał wciąż równy, gdy zwrócił się do Forebury'ego: — Panie podpułkowniku, słyszałem już dość, by zrozumieć sytuację. Zarzuty panny Bell są poważne i uważam, że wymagają natychmiastowego dochodzenia.

Serce Molly przyspieszyło, gdy Tim ciągnął dalej: — Zamierzam zgłosić tę sprawę bezpośrednio komendantowi. Manipulowanie przy ekwipunku kadeta to ciężkie przewinienie, które mogło się skończyć ciężkimi obrażeniami albo gorzej.

Forebury momentalnie pobladł, a wcześniejsza buta się rozsypała. — Proszę poczekać, Blair-Fortescue...

Zanim jednak skończył, kadet Llewellyn, ośmielony wsparciem Tima, wypalił: — Proszę pana, to nie wszystko. Pan podpułkownik... powiedział naprawdę plugawne rzeczy o pannie Bell i o panu. Insynuacje na temat waszej relacji, jakich dżentelmen by nie wypowiedział.

Molly w osłupieniu patrzyła, jak zmienia się wyraz twarzy Tima. Z oczu uszła krew, zastąpiła ją śmiertelna bladość, przez którą jego spojrzenie paliło zimną, intensywną furią. Zacisnął szczękę i przez moment wydawało jej się, że uderzy Forebury'ego tam, gdzie stał.

Zamiast tego głos Tima zabrzmiał nisko i niebezpiecznie, aż przeszedł Molly po plecach dreszcz. — Panie podpułkowniku Forebury, formalnie wyzywam pana na pojedynek. Pańskie słowa i czyny przekroczyły wszelkie granice przyzwoitości i honoru.

Wśród zgromadzonych kadetów rozległy się westchnienia. Dłoń Molly powędrowała do ust, myśli wirowały. Pojedynek? O nią? Ciężar sytuacji uderzył w nią jak fala, odbierając oddech i powodując drżenie całego ciała.

Pogardliwy grymas wykrzywił twarz Forebury'ego w brzydką maskę, a w oczach błysnęła złośliwość. — Pojedynek? Nie bądź absurdalny. Dobrze pan wie, że pojedynki są w Sandhurst surowo zabronione. Czyż zapomniał pan o regulaminie, którego przestrzegania pan przysięgał?

Napięcie w powietrzu dało się niemal kroić nożem. Serce Molly gnało, spojrzenie biegało między Timem a Foreburym. Widziała, jak pracuje żuchwa Tima, jak zesztywniały mu ramiona pod naporem ledwie trzymanej w ryzach wściekłości.

Kiedy Tim się odezwał, jego głos był zimny i ostry jak lodowe ostrze. — W takim razie, panie podpułkowniku, może pan wskazać miejsce i czas wedle uznania. Ale niech się pan nie łudzi — takich ciężkich zniewag pod adresem panny Bell nie mogę i nie zamierzam pozostawić bez odpowiedzi.

Oddech Molly uwiązł w gardle. Słowa Tima, jego niezachwiana obrona jej honoru wlały w pierś falę ciepła, choć serce ściskał lęk. Chciała się odezwać, wkroczyć między nich, ale jak wrośnięta w ziemię potrafiła tylko patrzeć, jak scena rozgrywa się przed jej oczami.

Oczy Tima nie odrywały się od twarzy Forebury'ego, gdy mówił dalej tonem, który nie dopuszczał sprzeciwu: — Pańskie zachowanie nie przystoi oficerowi ani dżentelmenowi. Proszę wybrać miejsce; ta sprawa zostanie rozstrzygnięta tak czy inaczej.

Kadeci poruszyli się nerwowo, wymieniając zaniepoko- jone spojrzenia. Myśli Molly pędziły. Jak to możliwe, że wszystko tak szybko zaszło za daleko?

Zmiana w Foreburym była natychmiastowa i uderza- jąca. Twarz, jeszcze przed chwilą purpurowa ze złości, całkiem pobladła. Oczy, dotąd zmrużone z pogardą, rozsz- erzyły się teraz w nieomylnym strachu, gdy pojął, że Tim mówi śmiertelnie serio. Molly patrzyła, jak dociera do niego powaga sytuacji; jego jabłko Adama drgnęło, gdy z trudem przełknął ślinę.

Tim stał nieruchomo, nie odrywając wzroku, emanując cichą, lecz zabójczą stanowczością. Powietrze aż iskrzyło od napięcia, a Molly zorientowała się, że wstrzymuje oddech, podczas gdy serce wali jej o żebra.

Głos Forebury'ego, gdy wreszcie się odezwał, niewiele miał wspólnego z wcześniejszym szyderczym tonem. — J-ja mogłem się zapomnieć — wyjąkał, nerwowo zerkając to na Tima, to na Molly. — Może da się to rozwiązać bez uciekania się do... skrajnych środków.

Molly ogarnęła mieszanina sprzecznych uczuć — ulga, że sytuację da się rozbroić, i dziwne rozczarowanie, że tak namiętna obrona ze strony Tima może pozostać bez finału. Odsunęła jednak to drugie uczucie, skupiając się na drżącym mężczyźnie przed sobą.

Forebury zwrócił się do niej, odmieniony nie do poznania. — Panno Bell — zaczął szeptem —, j-ja pragnę złożyć najszczersze przeprosiny za moje niegodne zachowanie i... niestosowne uwagi. Nie przystawały one dżentelmenowi i oficerowi.

Molly nie mogła zebrać myśli. Czy to ten sam człowiek, który przed chwilą był tak okrutny? Walczyła o głos, rozdarta między przyjęciem przeprosin a zachowaniem godności.

— Pańskie słowa rzeczywiście były bolesne, panie podpułkowniku — wydusiła wreszcie, choć głos miała pewniejszy, niż się czuła. — Ale doceniam pańskie przeprosiny.

Gdy mówiła, nie mogła powstrzymać ukradkowego spojrzenia na Tima, zastanawiając się, co sądzi o tej nagłej przemianie Forebury'ego. Czy to wystarczy, by zapobiec pojedynkowi? Sama myśl, że Tim mógłby ryzykować życie z jej powodu, wywołała dreszcz — mieszankę strachu i czegoś, czego nie śmiała nazwać.

Żuchwa Tima drgnęła, a w oczach błysnął ledwie poskromiony gniew. Wysunął się do przodu i wyjął z dłoni Molly postrzępiony kawał metalu, który kadet Llewellyn wydobył spod siodła Osirisa.

— Same przeprosiny to stanowczo za mało, Forebury — powiedział Tim niskim, niebezpiecznym tonem. Uniósł metalowy odłamek, pozwalając, by zabłysnął w słońcu. — Tu nie chodziło tylko o obelgi. Naraził pan życie — ludzkie i końskie. Zdaje pan sobie sprawę z konsekwencji, jeśli zgłoszę to komendantowi? Sąd wojskowy byłby najmniejszym z pańskich zmartwień.

Serce Molly gnało, gdy patrzyła, jak Tim stawia czoło Forebury'emu. Nigdy nie widziała go tak zawziętego, tak opiekuńczego. Obudziło to w niej coś, ciepło rozlewające się po piersi mimo napięcia sytuacji.

Twarz Forebury'ego, już i tak blada, poszarzała. Jedyna ręka zadrżała, gdy uniósł ją w pojednawczym geście. — No dobrze, Blair-Fortescue, na pewno możemy się jakoś porozumieć — wyjąkał, a jego dawna buta całkiem wyparowała. — Nie ma potrzeby wciągać komendanta w to... nieporozumienie.

Oczy Tima zwęziły się. — Nieporozumienie? Celowo naraził pan... —

— Złożę prośbę o przeniesienie! — wyrzucił z siebie Forebury, a głos mu się załamał. — Natychmiast, ze skutkiem od zaraz. Odejdę z Sandhurst. Nigdy więcej nie będzie musiał mnie pan oglądać.

Molly patrzyła, jak niegdyś groźny podpułkownik jakby skurczył się w jej oczach. Ramiona mu opadły, a na twarzy odmalowała się czysta klęska.

— Tak, to... to będzie najlepsze — mruknął Forebury bardziej do siebie niż do nich. Bez słowa więcej odwrócił się i pospiesznie odszedł, a jego nierówny krok zdradzał, jak bardzo pragnął umknąć z miejsca upokorzenia.

Wśród zgromadzonych przebiegła zbiorowa fala ulgi. Wzrok Molly błądził po twarzach, odczytując mieszaninę triumfu i niedowierzania. Rekruci, którzy przed chwilą zastygli w napięciu przed konfrontacją, teraz mieli miny oszołomionego zdumienia.

Ramiona Tima wyraźnie się rozluźniły, gdy odwrócił się do grupy. — Panowie — powiedział lżejszym tonem, choć wciąż pobrzmiewała w nim nuta władcza —, myślę, że jak na jeden poranek wrażeń wystarczy. Kadetcie Llewellyn, proszę zająć się Osirisem. Reszta — w siodła.

Gdy rekruci rzucili się do działania, Molly przyłapała Tima na spojrzeniu. Między nimi przemknęło milczące porozumienie, wspólna chwila zwycięstwa nad intrygami Forebury'ego. Jej serce napełniło się dumą — i czymś jeszcze, czemu nie śmiała nadać imienia.

Podszedł porucznik Spurling, a jego kule wybijały miarowy rytm na kocich łbach. — Niezła awanturka, co? — rzucił, a jego jorkszirska intonacja jeszcze bardziej rozładowała nastrój. — Mam odprowadzić chłopaków na plac ćwiczeń, sir?

Tim skinął. — Tak, dziękuję, Spurling. Proszę trzymać ich krótko, dobrze?

Gdy Spurling odprowadził rekrutów z końmi, Tim zwrócił się do Molly i podążył za nią, gdy odeszła do boksu Apollo, pragnąc chwili na zebranie się w sobie. — Nic Pani nie jest, panno Bell? — zapytał cicho.

Molly zmusiła się do uśmiechu, starając się okazać pewność, której wcale nie czuła. — Naprawdę nic mi nie jest. To nic, z czym bym sobie nie poradziła. — Wsuwając niesforny kosmyk pod czepek, poczuła, że palce lekko jej drżą.

Oczy Tima zwęziły się — najwyraźniej nie dał się zwieść jej dzielnej minie. Zrobił krok bliżej, a jego obecność była zarazem kojąca i niepokojąca. — Molly — powiedział miękko, wyjątkowo używając jej imienia —, nie musi Pani przede mną udawać.

Wstrzymała oddech, gdy położył dłonie łagodnie na jej ramionach; jego dotyk był ciepły nawet przez materiał sukni. Molly uniosła wzrok na jego twarz, uderzona intensywnością spojrzenia. Jego zwykle skryte, błękitne oczy teraz tliły się troską i czymś głębszym, od czego serce zaczęło jej bić szybciej.

Czas jakby zwolnił, a odgłosy stajni zbladły. Molly czuła wszystko aż do bólu wyraźnie — zapach siana i koni, ciepło dłoni Tima, rytm jego oddechu unoszący i opuszczający pierś. Przez myśl przelatywały jej tysiące obrazów: ich rozmowy, rosnące napięcie między nimi, które tak usilnie próbowała ignorować.

Wyraz Tima złagodniał; na moment zsunął spojrzenie na jej usta, po czym znów spotkał się z jej oczami. Molly poczuła, jak pochyla się ku niemu, pociągana niewidzialną siłą, której nie potrafiła się oprzeć. Przymknęła powieki, gdy Tim skrócił dzielący ich dystans, a jego usta dotknęły jej ust — pocałunkiem zarazem czułym i pełnym niewypowiedzianej tęsknoty.

Świat odpłynął i przez chwilę był tylko Tim oraz delikatny nacisk jego warg. Dłonie Molly, jakby niezależne od woli, spoczęły na jego piersi, gdy odwzajemniała pocałunek, a serce dudniło tak głośno, że była pewna, iż on też je słyszy.

Błogi moment pękł, gdy Tim nagle drgnął i odsunął się, przerywając pocałunek. Oczy mu się rozszerzyły; mignęły w nich zaskoczenie i żal.

— J-ja przepraszam, panno Bell — wychrypiał. — To było... niestosowne z mojej strony. Proszę wybaczyć moją zuchwałość.

Zanim Molly zdołała odpowiedzieć, Tim odwrócił się na pięcie i pospiesznie odszedł, a stukot jego butów poniósł się po podłodze stajni, gdy pędził, by dogonić rekrutów.

Molly stała nieruchomo, bezwiednie dotykając palcami ust, które jeszcze przed chwilą pieściły usta Tima. Stajnia nagle wydała jej się zbyt wielka, zbyt pusta bez jego obecności. Oparła się o najbliższą ścianę, czując, jak miękną jej kolana.

— Co się właśnie stało? — szepnęła do siebie, z mętlikiem w głowie.

Znajome parsknięcie pobliskiego konia przywróciło ją do rzeczywistości i Molly wzięła głęboki oddech, wciągając kojący zapach siana i skóry. Przymknęła oczy, próbując poukładać burzę emocji buzującą w środku.

— Och, Apollo — mruknęła do konia w boksie za plecami —, chyba wpadłam w kłopoty, prawda?

Serce biło jej szybciej, gdy w myślach wracała do pocałunku. Czułość jego dotyku, ciepło warg, to, jak jej ciało instynktownie odpowiedziało na jego bliskość. To było wszystko, o czym po cichu śniła, a jednak...

— On tego żałuje — uświadomiła sobie Molly, a przez pierś przeszył ją ostry ból. — Oczywiście, że tak. Jestem nikim. O czym ja myślałam?

Odepchnęła się od ściany i zaczęła przemierzać stajnię w tę i z powrotem, zmagając się z uczuciami. — Ale przecież mnie pocałował — upierała się w duchu. — Musi coś czuć, prawda?

Rozsądna część umysłu ripostowała, przypominając o przepaści między ich pozycjami. Tim był oficerem, dżentelmenem, synem hrabiego, na miłość boską! Ona — sierota, dziewczyna niepewnego pochodzenia, która wywalczyła sobie miejsce w Belle Haven czystą determinacją i odrobiną szczęścia.

— To nie może się udać — wyszeptała, a głos jej zadrżał. — Nawet jeśli mu na mnie zależy, jak mogłoby to być czymś więcej niż tą skradzioną chwilą?

Molly pogłaskała aksamitny chrap Apollo, a myśli wciąż pędziły. Koń cicho zarżał, wyczuwając jej niepokój.

— Nie mogę tu zostać — mruknęła, a to postanowienie osiadło w niej ciężarem kamienia. — Jeśli zostanę, zakocham się jeszcze mocniej, a ból będzie nie do zniesienia.

Wyprostowała się i ściągnęła ramiona, jakby zakładała pancerz nowego postanowienia. — Muszę wrócić do Belle Haven. To jedyne wyjście.

Na samą myśl o opuszczeniu Sandhurst, o rozstaniu z Timem, ścisnęło ją w piersi. Ale alternatywa — patrzeć, jak idzie dalej, może żeni się z kimś „odpowiedniejszym" — byłaby jeszcze gorsza.

Przytaknęła sobie, pozwalając, by osiadła w niej mieszanina determinacji i smutku. — Tak będzie najlepiej — wyszeptała, próbując się przekonać. — Trzeba to uciąć teraz, zanim będzie za późno.

Apollo skubnął jej palce, a Molly zarzuciła ramiona na szyję wielkiego kasztana, wtulając twarz w jego grzywę, by ukryć łzy, których nie umiała powstrzymać. — Przynajmniej mam pretekst, żeby odwieźć cię do domu — wymamrotała. — Przynajmniej tyle.

Rozdział dwunasty

TBLADY BLASKPALE LIGHT blady brzask pełzł nad horyzontem, gdy Molly po cichu ruszyła do stajni i zabrała Apollo. Nie pożegnała się z nikim poza niezbędnymi gospodarzami, u których zostawiła list do komendanta z wyjaśnieniem, że skoro Sir Richard nie poczynił jeszcze starań, by odebrać Apollo, to ona odprowadzi go do domu sama; oraz podobną notatkę do Tima. Kartka wydawała się rozpaczliwie niewystarczająca, ale nie miała siły żegnać się twarzą w twarz. Mogłaby się rozkleić i rozpłakać, a tego nie zniosłaby.

— Chodź, Apollo — szepnęła, sprawnie zakładając na gniadosza rząd, po czym wyprowadziła go na mglisty dziedziniec i podprowadziła do stopnia do wsiadania.

Molly wygładziła dłonią lśniącą sierść Apollo, czerpiąc otuchę z jego solidnej obecności. Z wprawą wskoczyła bokiem na siodło, poprawiła amazonkę i usadowiła się wygodnie. Cmoknęła, a Apollo ruszył żwawym kłusem.

Gdy mijali bramy Sandhurst, Molly pozwoliła sobie na ostatnie spojrzenie za siebie. Majestatyczne kamienne gmachy skąpane były w miękkiej poświacie wschodzącego słońca — widok, który przez ostatnie tygodnie stał się jej tak bliski. Teraz czuła, jakby to był słodko-gorzki sen, który właśnie się rozmywa.

— Wracamy do domu, chłopcze — wyszeptała do Apollo, a głos jej zadrżał. — Do Belle Haven.

Uszy ogiera drgnęły na dźwięk jej głosu, a on zarżał cicho w odpowiedzi. Molly z trudem zdobyła się na wilgotny uśmiech, wdzięczna za jego towarzystwo w tej samotnej podróży. Powinna była zabrać ze sobą stajennego, przyznała w duchu, ale to byłoby kolejne kłopotanie ludzi, a na tak dobrym koniu jak Apollo mogła pokonać trasę w jeden dzień. Z jabłkami i kawałkiem sera w sakwach, a także z krótkimi postojami, by Apollo mógł paść się i napić przy strumieniach, dotrze do domu przed zmrokiem.

Gdy jechali wiejską drogą, myśli Molly popłynęły ku Timowi. Czy zrozumie, czemu musiała wyjechać? A może będzie miała mu za złe, że zniknęła bez porządnego pożegnania? Niepewność drążyła ją jak kornik.

— Tak będzie najlepiej — powiedziała sobie twardo, choć łzy napłynęły jej do oczu. — Dżentelmen taki jak Tim nigdy by... my nigdy byśmy...

Urwała, niezdolna dokończyć myśli. Zamiast tego skupiła się na miarowym stukocie kopyt Apollo po ubitej ziemi, pozwalając, by ten znajomy dźwięk ukoił rozbiegane myśli.

Słońce pięło się wyżej, przepędzając poranne mgły. Molly zmrużyła oczy od blasku, zdając sobie sprawę, że ma mokre policzki. Z poirytowaniem starła łzy wierzchem rękawiczki.

— Dość tego — zganiła się. — Już nie takie rzeczy przetrwałaś, Molly Bell. I to też przetrwasz.

Wyprostowała plecy, uniosła podbródek i zagalopowała Apollo skrajem trawy. Wiatr szarpał troczki kapelusika, a ona rozkoszowała się uczuciem wolności, które dawała jazda. Przez chwilę mogła niemal zapomnieć o bólu w piersi.

Gdy wjechali na szczyt wzgórza, Molly dostrzegła przydrożny słupek milowy. Znajome cyfry przyniosły nową falę wzruszenia — każda mila oddalała ją od Tima, ale przybliżała do bezpiecznego Belle Haven.

— Jak myślisz, Apollo? — zapytała, klepiąc go po szyi. — Ciśniemy dalej czy odpoczniemy?

Koń prychnął i zarzucił głową, wyraźnie chętny do drogi. Molly nie zdołała powstrzymać uśmiechu na widok jego zapału.

— Masz rację — przyznała. — Lepiej się nie zatrzymywać. Im prędzej będziemy w domu, tym prędzej rzucę się w wir pracy i zapomnę o...

Urwała, nie mogąc wymówić imienia Tima.

Delikatnie przycisnęła go piętą i popędziła Apollo naprzód. Jadąc, pozwoliła sobie wyobrazić powitanie, jakie czeka ją w Belle Haven — cichą aprobatę Richarda, macierzyńską troskę Theresy, podekscytowany szczebiot sióstr. Myśl ta przyniosła odrobinę ukojenia, choć zarazem dobitnie podkreśliła nieobecność tego jednego człowieka, którego pragnęła zobaczyć najbardziej.

— Damy sobie radę — wyszeptała Molly, bardziej do siebie niż do Apollo. — Zawsze dajemy.

I z tą myślą zwróciła twarz zdecydowanie ku domowi, zostawiając Sandhurst — i swoje serce — za sobą.

Wieczorne niebo pociemniało do głębokiego indygo, gdy Molly i Apollo zbliżyli się do znajomej bramy Belle Haven. Zmęczenie ciążyło i jeźdźcowi, i wierzchowcowi, gdy sunęli aleją wysadzaną drzewami. Zapach jesiennych liści mieszał się z kojącą wonią siana i końskiego ciepła, obwieszczając ich powrót.

Molly skierowała Apollo do stajni, czując, jak wszystkie mięśnie bolą po długiej drodze. Gdy zsiadła, nogi omal się pod nią nie ugięły. Oparła się o ciepły bok Apollo, wypuszczając z piersi ciężkie westchnienie.

— Cicho, cicho, dzielny chłopcze — mruknęła, gładząc go po szyi. — Ułóżmy cię na noc.

Wprawnymi rękami zdjęła z niego rząd i zaczęła go czyścić, ruchami powolnymi, lecz dokładnymi. Powtarzalność czynności koiła jej postrzępione nerwy, choć myślami wciąż uciekała do Sandhurst i Tima.

— Molly? — znajomy głos wyrwał ją z zamyślenia.

Odwróciła się i zobaczyła Richarda stojącego w progu stajni, z szeroko otwartymi ze zdziwienia niebieskimi oczami. — Tato — powiedziała cicho, zdobywając się na blady uśmiech.

Richard podszedł bliżej, troska wyraźnie rysowała się na jego przystojnej twarzy. — Nie spodziewałem się ciebie tak szybko. Wszystko w porządku?

Gardło Molly się ścisnęło i nie wiedziała, co odpowiedzieć. Zajęła się więc grzywą Apollo, unikając spojrzenia Richarda. — Ja... uznałam, że czas wracać do domu — wydusiła w końcu.

Ku jej uldze Richard nie dociekał. Zamiast tego przeszedł na drugą stronę Apollo i chwycił szczotkę, by pomóc przy czesaniu. — Cieszę się, że wróciłaś — powiedział po prostu, z ciepłem w głosie.

Molly uniosła wzrok i spotkała jego spojrzenie. — Dziękuję, Tato — wyszeptała, wdzięczna za jego zrozumienie.

Przez chwilę pracowali w milczeniu, aż Richard znów się odezwał. — Dlaczego przywiozłaś Apollo do domu, Molly? — zapytał łagodnie.

Uświadamiając sobie, że jej list musiał gdzieś się zawieruszyć — być może ktoś go udaremnił, jak błyskawica przemknęło jej przez myśl nazwisko Forebury — Molly wzięła głęboki oddech i zebrała się na odwagę. — Muszę ci coś powiedzieć o Apollo — zaczęła, głosem pewniejszym, niż się czuła.

Richard przestał szczotkować, poświęcając jej całą uwagę. — Mów, kochanie.

Opowiedziała o zdarzeniu w Sandhurst, słowa potoczyły się szybko, jak z rwącego strumienia. — Podpułkownik Forebury chciał kazać go zabić, Tato. Mówił, że jest zbyt niebezpieczny. Ale nie mogłam do tego dopuścić. Wiedziałam, że on tylko się boi, nie że jest wściekły. Major Blair-Fortescue stanął przy mnie i przekonaliśmy komendanta, żeby pozwolił mu wrócić do Belle Haven.

Gdy mówiła, wyraz twarzy Richarda zmienił się z troski w dumę. Kiedy skończyła, sięgnął i łagodnie ścisnął jej ramię. — Postąpiłaś słusznie, Molly. Apollo miał szczęście, że byłaś tam, by go obronić.

Ciepło rozlało się w piersi Molly na dźwięk jego pochwały. — Naprawdę tak myślisz?

— Wiem to — potwierdził Richard. — Zawsze miałaś dar do koni. Zobaczyłaś to, czego inni nie dostrzegli.

Zanim Molly zdążyła odpowiedzieć, drzwi stajni otworzyły się z hukiem i stanęła w nich rozemocjonowana Theresa. — Molly! Och, moja droga, jesteś w domu! — zawołała, po czym rzuciła się i objęła Molly mocno.

Molly odwzajemniła uścisk, wciągając znajomy lawendowy zapach Theresy. — Cześć, Mamo — mruknęła.

Theresa odsunęła się, a jej brązowe oczy zalśniły. — Trzeba to uczcić! Poproszę Kucharkę, żeby przygotowała na kolację wszystkie twoje ulubione potrawy.

— Och, nie musisz... — zaczęła Molly, ale Theresa już kręciła głową.

— Nonsens! Nie co dzień nasza Molly wraca do domu. — Zwróciła się do Richarda: — Kochanie, powiadomisz dziewczynki? Będą przeszczęśliwe.

Kiedy Richard skinął i wyszedł ze stajni, Molly ukłuł ból w sercu. Przypięła uśmiech, nie chcąc gasić entuzjazmu Theresy. — Dziękuję, Mamo. Brzmi wspaniale.

Theresa wsunęła jej rękę pod ramię i poprowadziła w stronę domu. — Chodź, z pewnością jesteś wykończona podróżą. Trzeba cię oporządzić.

Molly pozwoliła się prowadzić, a myśli wirowały jak szalone. Jak ma świętować, skoro serce miała takie ciężkie? Otaczały ją znajome dźwięki i obrazy Belle Haven, a ona myślała tylko o tym, co — i kim — zostawiła za sobą.

Gdy weszła do domu, porwał ją piskliwy wir — siostry rzuciły jej się na szyję z radosnymi okrzykami, że wróciła. Molly zmusiła usta do uśmiechu i poddała się ich wesołemu powitaniu.

Zawsze byłam tu szczęśliwa. Znów to szczęście odnajdę.

Poranne światło sączyło się przez okna stajni, gdy Molly gładziła delikatny pysk kasztanowatego źrebięcia, niedawno odstawionego od matki. Młody koń cicho zarżał, trącając jej dłoń w poszukiwaniu kolejnych pieszczot.

— Cicho, maleństwo — przymilała się Molly szeptem. — Wiem, że tęsknisz za mamą, ale świetnie sobie radzisz.

Metodycznie przesuwała się wzdłuż rzędu boksów, sprawdzając każde źrebię z wprawną troską. Powietrze wypełniały rytmiczne odgłosy przesuwanych kopytek i miękkich parsknięć — kojący balsam na jej skołatane serce.

— Molly? — odezwał się Richard, wyrywając ją z zadumy. — Jak się miewają nasze maluchy?

Odwróciła się, zmuszając się do uśmiechu. — Dobrze się przystosowują, jak na okoliczności. Ta mała Starlight — skinęła na kasztankę — znosi to chyba najciężej.

Richard pokiwał głową, zamyślony. — Zupełnie jak u ludzi, zdaje się. Jednym łatwiej przychodzi zmiana niż innym.

Od jego słów oddech Molly zadrżał, a myśli popłynęły ku jej niepewnej przyszłości. — Zastanawiam się — zaczęła nieśmiało — czy myślisz... to znaczy, czy ja kiedyś...

— Co takiego, kochanie? — podsunął łagodnie Richard.

Przygryzła wargę, po czym zdobyła się na odwagę. — Czy ja kiedyś znajdę kogoś, kto będzie umiał spojrzeć poza moje... moje pochodzenie? Kto chciałby się ze mną ożenić mimo tego, skąd jestem i jaki mam kolor skóry?

Oczy Richarda złagodniały ze zrozumieniem. — Molly, każdy mężczyzna miałby szczęście mieć cię za żonę. Twoje pochodzenie ukształtowało cię w niezwykłą kobietę, jaką dziś jesteś.

Molly pokręciła głową, nieprzekonana. — Ale społeczeństwo tak na to nie patrzy, prawda? Widzą sierotę z Indii, nie...

— Nie odważną, mądrą i troskliwą młodą kobietę, która stoi przede mną — dokończył stanowczo Richard. —

Molly, twoja wartość nie zależy ani od przeszłości, ani od cudzych opinii. Jest tutaj — lekko stuknął ją w pierś — i każdy, kto będzie ciebie wart, to dostrzeże.

Molly poczuła, jak do oczu napływają jej łzy, przytłoczona jego dobrocią. — Dziękuję — wyszeptała ochryple od wzruszenia.

Odwróciwszy się z powrotem do źrebiąt, Molly pogrążyła się w myślach. Czy naprawdę zdoła wytyczyć własną ścieżkę mimo przeszkód? Przyszłość majaczyła przed nią tak niepewnie, jak los tych młodych koni, którymi się opiekowała. A jednak może, podobnie jak one, i ona znajdzie swoją drogę — krok za krokiem.

— Theresa cię szuka — powiedział Richard, trąc ją łagodnie w ramię. — Zauważyła, że ominęłaś śniadanie. Nie martw jej, Molly. Idź, zjedz coś.

— Nie jestem głodna — odparła posępnie Molly, nie czując apetytu, lecz w tej samej chwili jej żołądek głośno zabulgotał, a Richard zachichotał.

— Idź jeść. Nie każ mi cię wyrzucać ze stajni!

— Nie zrobiłbyś tego! — Spojrzała na niego zszokowana, po czym wykrzywiła usta w półuśmiechu, widząc jego żartobliwy grymas. — No dobrze. Już idę!

— Trzy posiłki dziennie — oznajmił stanowczo Richard. — Będę się dopytywał u Theresy!

— Dwa — targowała się Molly. — Wiesz przecież, że w południe nigdy nie jem nic więcej niż jabłko!

— Niech będzie, ale biegnij i nie wracaj, dopóki twój brzuch nie zamilknie — płoszysz źrebięta! — Jego dobroduszny śmiech towarzyszył Molly, gdy wracała w stronę domu.

Theresa czekała na nią z herbatą i tacą świeżych ciasteczek. Gdy rozsiadły się w przytulnym saloniku, para unosiła się z delikatnych porcelanowych filiżanek, a Molly nie potrafiła podnieść oczu na Theresę. Ciszę przerywało jedynie łagodne tykanie zegara na kominku.

Wreszcie Molly wciągnęła drżąco powietrze. — Theresa, ja... chyba zrobiłam coś głupiego.

Theresa wyciągnęła dłoń i położyła ją uspokajająco na ramieniu Molly. — Co cię trapi, kochanie?

— Myślę... — Molly zawahała się, serce biło jej jak oszalałe. — Myślę, że mogłam się zakochać w Timie. Majorze Blair-Fortescue. — Opowiedziała o nim całej rodzinie wczoraj przy kolacji, starając się brzmieć beznamiętnie, choć nie umiała powstrzymać pochwał dla jego odwagi i determinacji, dla jego niezmąconego spokoju jako mentora kadetów. Zauważyła wymowne spojrzenie, jakie wymienili Richard i Theresa, podczas gdy siostry chichotały i dopytywały, czy major jest przystojny.

Jej słowa zawisły w powietrzu, ciężkie od niedopowiedzeń. Molly mówiła dalej, jej głos drżał. — Ale jak mam to zrobić? On jest tak wysoko ponad moją pozycją. Nawet gdyby odwzajemnił moje uczucia, jakiż wspólny los mógłby nas czekać?

Wyraz twarzy Theresy złagodniał; pojawiła się na niej mieszanina współczucia i zrozumienia. Nie dopytywała, tylko słuchała, gdy Molly wylewała swoje lęki.

— Och, Molly — westchnęła Theresa łagodnym głosem. — Miłość nie zawsze podąża za zasadami towarzystwa, prawda? — Zawahała się, dobierając słowa. — Ale muszę cię ostrzec, kochanie. Biorąc pod uwagę pozycję

Tima jako syna hrabiego, i to tak znaczącego pana jak hrabia Bridgnorth, to... cóż, mało prawdopodobne, by mógł ci zaproponować małżeństwo.

Serce Molly ścisnęło się na te słowa, choć wiedziała, że są prawdziwe. — Więc co mam zrobić? — wyszeptała, walcząc ze łzami. — Jak mam powstrzymać te uczucia?

Theresa ścisnęła jej dłoń. — Nie zawsze wybieramy, kogo kochamy, Molly. Ale możemy wybrać, jak postąpimy pod wpływem tych uczuć. Jesteś silna, moja droga. Silniejsza, niż przypuszczasz.

— Nie czuję się silna — powiedziała Molly, słysząc drżenie we własnym głosie.

— Już zachowałaś się z siłą i roztropnością, skarbie — odparła cicho Theresa, a jej brązowe oczy wypełniły się empatią. — Oddalenie się od pokusy było mądre, nawet jeśli teraz strasznie boli.

Pierś Molly ścisnęła się, a w oczach napłynęły łzy. — Dlaczego mądrość musi tak boleć? — wyszlochała, niemal szeptem.

— Och, moja droga — wymruczała Theresa, obejmując Molly delikatnie.

Nie mogąc już dłużej się powstrzymywać, Molly szlochnęła, jej ramiona zadrżały, gdy wtuliła twarz w ramię Theresy. Theresa gładziła jej gęste, czarne włosy.

— Już dobrze, już — szeptała kojąco Theresa. — Wypłacz się, kochanie. Tutaj jesteś bezpieczna.

Gdy łzy ustały, Molly odsunęła się i otarła oczy. — Czuję się taka zagubiona, Theresa. Jakbym już nigdzie nie przynależała.

Theresa ujęła twarz Molly w dłonie, jej dotyk był tak delikatny, jak wtedy, gdy zajmowała się nowo narodzonym źrebięciem. — Posłuchaj mnie, Molly Bell. Belle Haven zawsze będzie twoim domem i azylem, bez względu na wszystko. Masz tu swoje miejsce, z nami, tak długo, jak tylko zechcesz.

Serce Molly wezbrało wdzięcznością. — Nawet jeśli nie jestem naprawdę twoją córką? — zapytała, wypowiadając lęk, który długo w sobie skrywała.

— Zwłaszcza dlatego, że nie jesteś naprawdę moją córką — odparła Theresa z ciepłym uśmiechem. — Jesteś siostrą mojego serca, Molly, od czasu sierocińca przy Duke Street. Nic tego nie zmieni.

Wzrok Molly powędrował ku oknu, gdzie dostrzegła Clarę i Elizę w ogrodzie. Słońce złociło ich jasne włosy, gdy doglądały róż, a ich śmiech niósł się na wietrze. Kłujący niepokój ścisnął pierś Molly, gdy patrzyła na swoje przybrane siostry.

— Wydają się takie beztroskie — mruknęła Molly bardziej do siebie niż do Theresy. — Ale boję się o nie, o wyzwania, z którymi przyjdzie im się zmierzyć.

Theresa podążyła za spojrzeniem Molly. — Każda z naszych dziewcząt niesie swój ciężar, to prawda. Ale są silniejsze, niż myślisz.

Jak na zawołanie, Clara podniosła wzrok i dostrzegła Molly w oknie. Pomachała z zapałem, a jej uśmiech mógłby rywalizować z blaskiem słońca. Molly odwzajemniła gest, a serce ogrzała jej zaraźliwa radość Clary.

— Molly! — zawołała Clara, przywołując ją gestem. — Chodź zobaczyć, co zrobiłyśmy z białymi różami!

Ostatni raz wdzięcznie ścisnąwszy dłoń Theresy, Molly wyszła na zewnątrz. Otulił ją zapach róż, gdy podchodziła do sióstr.

— Są przepiękne — powiedziała Molly, podziwiając starannie przycięte krzewy.

Clara rozpromieniła się, jej niebieskie oczy błyszczały z ekscytacji. — Prawda, że cudne? Mam nadzieję, że rozkwitną w pełni na mój debiut w Londynie. Wyobrażasz sobie, jak bosko wyglądałyby we włosach na balu?

Molly wstrzymała oddech. — Twój debiut? W Londynie?

— Och tak! — Clara złożyła dłonie. — Tata wreszcie się zgodził. I mam genialny plan, Molly. Podaruję Snowdrop samemu Księciu Regentowi!

Oczy Molly rozszerzyły się. — Księciu Regentowi? Clara, to... bardzo ambitne.

Clara energicznie skinęła głową. — To idealne, nie widzisz? Tak wspaniały dar na pewno zwróci na mnie jego uwagę. A gdy już zyskam jego względy, cóż... któż wie, jakie drzwi się otworzą?

Kiedy Clara trajkotała o swoich planach, niepokój Molly narastał. Aż nazbyt dobrze znała uprzedzenia wielkiego świata. Czy marzenia Clary nie rozbiją się o twardą rzeczywistość jej pochodzenia? A jednak, patrząc na promienną twarz siostry, Molly nie potrafiła wypowiedzieć swoich obaw.

Zamiast tego zmusiła się do uśmiechu. — Brzmi cudownie, Clara. Jestem pewna, że podbijesz Londyn.

Wymuszony uśmiech Molly zbladł, gdy patrzyła, jak Clara podskakuje, a jej złote loki sprężynują przy każdym kroku. Supeł w żołądku zaciągnął się mocniej i Molly wiedziała, że dłużej nie utrzyma obaw w sobie. Musiała porozmawiać z Theresą.

Znajdując swoją przybraną matkę wciąż w salonie, Molly wzięła głęboki oddech. — Mamo, czy mogę porozmawiać z tobą o Clarze?

Theresa uniosła wzrok znad książki, a jej dobre, brązowe oczy wypełniła troska. — Oczywiście, kochanie. Co cię trapi?

Słowa Molly potoczyły się potokiem. — Chodzi o ten londyński sezon. Clara jest taka podekscytowana, ale boję się, że sama prosi się o złamane serce. Wiesz, jak okrutne bywa towarzystwo.

Theresa odłożyła książkę, marszcząc brwi. — Clara jest Bell, Molly. Twój ojciec ma w Londynie wielu przyjaciół.

— Ale czy to wystarczy? — odparła Molly, a jej głos się podniósł. — Powszechnie wiadomo, że wszystkie jesteśmy adoptowane, a nad naszymi narodzinami wiszą skandale. Wiesz tak dobrze jak ja, że o jej pochodzeniu będzie się szeptać w każdym salonie. Jak ma nadzieję dobrze wyjść za mąż, skoro taki cień nad nią wisi?

— Molly — powiedziała łagodnie Theresa — nie ochronimy ich przed każdym bólem. Clara jest zdeterminowana, by iść własną drogą.

Molly przemierzała pokój tam i z powrotem, a frustracja w niej narastała. — Ale jakim kosztem? Jej marzeń, jej reputacji? Ton jest bezlitosny dla tych, których uzna za niegodnych. Jak Clara ma pokonać takie uprzedzenia?

Theresa wstała i położyła uspokajającą dłoń na ramieniu Molly. — Nie doceniasz jej siły, kochanie. Clara jest bardziej odporna, niż jej przypisujesz.

Oczy Molly zapiekły od wstrzymywanych łez. — Chcę w to wierzyć, naprawdę. Ale co, jeśli oczekiwania towarzystwa złamią jej ducha? Co, jeśli odkryje, że bez względu na to, jak bardzo się stara, nie zdoła uciec od okoliczności swojego urodzenia?

— Wtedy będzie miała do kogo wrócić — odparła stanowczo Theresa. — Ale musimy dać jej szansę, Molly. By mogła podejmować własne decyzje i stawić czoło własnym wyzwaniom.

Ramiona Molly opadły. — Chyba masz rację. Ja tylko... chciałabym ochronić ją przed bólem, który, wiem, nadchodzi.

Theresa przyciągnęła Molly do delikatnego uścisku. — Twoja miłość do sióstr dobrze o tobie świadczy, moja droga. Ale czasem największym wyrazem miłości jest pozwolić im rozwinąć skrzydła, nawet jeśli boimy się, że mogą spaść.

Palce Molly musnęły chropawy słój drewnianego ogrodzenia, gdy patrzyła, jak Clara prowadzi młodego wałacha Snowdrop na sąsiedni wybieg. Sierść zwierzęcia lśniła jak świeży śnieg w popołudniowym, późnojesiennym słońcu.

— Świetnie mu idzie, Claro — zawołała Molly, zmuszając się do uśmiechu, by ukryć melancholię, która osiadła jej w piersi. — Książę Regent będzie zachwycony.

Clara rozpromieniła się, a spod kapelusza wymknęły się pasma jej jasnych włosów, gdy prowadziła konia przez serię kunsztownych figur. — Naprawdę tak sądzisz, Molly? Pracuję z nim codziennie, ale czasem boję się, że to nie wystarczy. Jest przepiękny, ale rozumu mu nie zbywa. Może będzie zbyt potulny jak na gust Księcia.

Serce Molly ścisnęło się na dźwięk niepewności w głosie siostry. Odsunęła na bok własne wątpliwości, postanawiając dodać Clarze otuchy. — Oczywiście, że to wystarczy. Książę Regent nie jest wybitnym jeźdźcem, a łagodny, potulny koń o urodzie Snowdrop będzie właśnie tym, co go ucieszy. Masz dar, Claro. Ton nie będzie wiedział, co go trafi, gdy przybędziesz do Londynu.

Gdy Clara kontynuowała ćwiczenia z koniem, myśli Molly popłynęły ku Timowi. Ból w piersi przybrał na sile, kiedy wyobraziła go sobie w Sandhurst, może zastanawiającego się, czemu tak nagle odeszła. Westchnęła, niemal niesłyszalnie szepcząc: — Co by o mnie pomyślał, gdyby mógł mnie teraz zobaczyć?

— Coś mówiłaś? — zapytała Clara, przerywając pracę i spoglądając na Molly z troską.

Molly pokręciła głową, zmuszając się do kolejnego uśmiechu. — Mówiłam sama do siebie. Opowiedz mi więcej o swoich planach na Sezon. Chcę usłyszeć każdy szczegół.

Gdy Clara z zapałem roztaczała wizję swoich nadziei i marzeń, Molly słuchała uważnie, jednocześnie zmagając się z własną udręką. Przepaść społeczna między nią a Timem wydawała się nie do przebycia, a jednak serce nie chciało porzucić tej możliwości.

— Jesteś taka dzielna, Claro — powiedziała cicho Molly, gdy siostra przerwała, by złapać oddech. — Sięgasz po marzenia mimo przeszkód... Podziwiam cię za to.

Clara przechyliła głowę, wnikliwie przyglądając się Molly. — Wszystko w porządku, Molly? Jesteś ostatnio... nieobecna.

Molly zawahała się, po czym potrząsnęła głową. — Nic mi nie jest, naprawdę. Po prostu... rozmyślam o przyszłości, tak sądzę. Ale dość o mnie. Pokaż mi ten nowy kłus, nad którym pracujesz ze Snowdrop. Jestem pewna, że będzie o nim głośno w całym Londynie!

Clara była naprawdę wspaniałą amazonką, pod pewnymi względami lepszą nawet od samej Molly. Oczywiście wychowała się w Belle Haven od urodzenia i posadzono ją na kucyku, gdy tylko potrafiła utrzymać się prosto. Molly uśmiechnęła się, patrząc na nią. Richard nigdy nie ukrywał przed adoptowanymi córkami prawdy o ich pochodzeniu — Clara doskonale wiedziała, że jest nieślubną córką siostry Richarda, owocem potajemnego romansu z lokajem — ale nigdy się tym nie przejmowała. Gdy Molly obserwowała determinację siostry, w jej sercu zapłonęła iskra natchnienia.

— Claro — zawołała Molly — dałaś mi nad czym myśleć.

Clara zatrzymała Snowdrop i zwróciła się do Molly z zaciekawieniem. — Och? Co takiego?

— Twoja odwaga. Twoja gotowość, by wytyczać własną ścieżkę, bez względu na to, co powiedzą czy pomyślą inni.

— Ale przecież taka właśnie jestem — odparła Clara, zeskakując z siodła z gracją. — Nie wyobrażam sobie żyć inaczej.

Molly skinęła głową, a na jej ustach zamigotał drobny uśmiech. — Może... może ja też powinnam taka być.

Brwi Clary uniosły się ze zdumienia. — Molly Bell, czy ty knujesz coś śmiałego?

Molly roześmiała się, a w tym dźwięku brzmiała i nerwowość, i ekscytacja. — Jeszcze nie wiem. Ale zaczynam rozumieć, że szczęście nie przychodzi do tych, którzy tylko na nie czekają. Czasem trzeba samemu po nie sięgnąć.

— Chodzi o twojego majora, prawda? — zapytała łagodnie Clara, prowadząc Snowdrop bliżej.

Oddech Molly uwiązł jej w gardle. — Aż tak to widać?

Clara uśmiechnęła się porozumiewawczo. — Tylko dla tych, którzy znają cię najlepiej. Więc co zamierzasz?

Molly nabrała głęboko powietrza, ciemnymi oczami omiatając horyzont, jakby szukała odpowiedzi. — Jeszcze nie wiem. Ale mam dość pozwalania, by strach dyktował moje wybory. Muszę zmierzyć się z uczuciami do Tima, nawet jeśli... nawet jeśli ryzykuję złamane serce.

— A jeśli nie będzie mógł zaproponować ci małżeństwa? — dopytała ostrożnie Clara.

Dłoń Molly odruchowo powędrowała do serca. — Właśnie o to chodzi, prawda? Czy zdołam zadowolić się mniejszym? Ja... nie wiem. Ale wiem, że nie mogę dłużej uciekać przed tymi uczuciami. Będą za mną chodziły, dokądkolwiek pójdę.

Clara wyciągnęła rękę i ścisnęła dłoń Molly. — Cokolwiek postanowisz, jestem przy tobie. Wszyscy jesteśmy.

Molly odwzajemniła uścisk, wdzięczna za wsparcie siostry. Gdy stały tak, a zachodzące słońce malowało niebo odcieniami pomarańczu i różu, w Molly osiadło poczucie determinacji. Droga przed nią była niepewna, pełna możliwego bólu, ale po raz pierwszy od chwili, gdy opuściła Sandhurst, czuła się gotowa, by nią pójść.

— Dziękuję, Claro — powiedziała cicho Molly. — A teraz co powiesz na to, żebyśmy porządnie rozstępowały tu Snowdrop? Przyda mi się odskocznia, póki obmyślam kolejny krok.

Gdy prowadziły konia z powrotem do stajni, myśli Molly pędziły przez rozmaite możliwości. Nie znała jeszcze wszystkich odpowiedzi, ale jednego była pewna: nadszedł czas, by wziąć swój los we własne ręce, cokolwiek miałoby to przynieść.

Rozdział trzynasty

Dzień w Sandhurst zaczął się jak każdy inny od kilku tygodni: Tim jadł śniadanie w mesie oficerskiej, a na zewnątrz czekał na niego porucznik Spurling.

— Dzień dobry, sir — odezwał się Spurling z salutem, balansując na kulach. — Mam dla pana wiadomość od panny Bell.

Serce Tima przyspieszyło. — Dziękuję, Spurling. Co tam jest napisane?

Porucznik wydobył z kieszeni złożoną kartkę. — Obawiam się, że nie znam treści, sir.

Tim rozłożył papier i szybko przebiegł wzrokiem kilka linijek zapisanych równym pismem Molly. Słowa jakby mu się zamgliły, lecz ich sens był jasny. Wyjechała z Sandhurst, zabierając Apollo z powrotem do Belle Haven.

— Czy wszystko w porządku, sir? — zapytał Spurling, a troska rysowała mu się na twarzy. Emocje Tima musiały się odmalować na jego obliczu.

Tim przełknął ślinę, zmuszając rysy do obojętnego wyrazu. — Tak, wszystko w porządku. Panna Bell wróciła do Belle Haven z Apollo. Skoro sir Richard nie poczynił innych ustaleń co do odesłania konia, panna Bell uznała, że musi zrobić to sama.

Piegowata twarz Spurlinga posmutniała. — Och. Wielka szkoda, sir. Chłopaki będą za nią strasznie tęsknić. Ja też, jeśli wolno mi to powiedzieć.

— Istotnie — odparł Tim, a myśli zaczęły mu pędzić. Dlaczego wyjechała tak nagle? Czy przez to, co zrobił wczoraj? W tłumaczenie o Apollo nie wierzył ani trochę. Odsunął tę myśl na bok, skupiając się na tym, co przed nim. — Dziękuję za doręczenie wiadomości, Spurling. Może pan wrócić do swoich obowiązków.

Gdy porucznik się oddalił, Tim został sam, ściskając kartkę w dłoni. Wokół tętniło życie akademii, ale on czuł się dziwnie oderwany od wszystkiego. Nieobecność Molly zostawiła lukę, której się nie spodziewał, i która zdawała się rosnąć z każdą chwilą. Przeczytał liścik jeszcze raz, szukając w nim śladu jej prawdziwych uczuć, lecz znalazł tylko grzeczną formalność. Wspomnienie ich pocałunku zalało mu zmysły — miękkość jej ust, lawendowy zapach włosów, ciepło jej ciała przy jego. Teraz tamta chwila błogości skręcała się w węzeł winy w jego żołądku.

— Co ja narobiłem? — mruknął, przeczesując dłonią włosy. Podwórze stajenne nagle wydało mu się dusznie puste bez żywiołowej obecności Molly.

Głos porucznika Spurlinga wyrwał go z zamyślenia. — Sir? Rekruci zebrani do porannego musztry.

Tim skinął głową mechanicznie, myślami wciąż gdzie indziej. — Dziękuję, Spurling. Zaraz będę.

Gdy porucznik się oddalił, myśli Tima zakotłowały się. Przekroczył granicę, pozwolił, by pragnienia przysłoniły rozsądek. Molly była pod jego protekcją, a on wykorzystał jej położenie. Wstyd palił go w piersi.

— Powinienem był wiedzieć lepiej — zganił się w duchu. — Obdarzyła mnie zaufaniem, a ja zdradziłem je porywczym czynem.

Palce Tima zacisnęły się na liście, gniotąc jego brzegi. Jakby słyszał głos Molly, pełen rozczarowania i bólu. Dręczył go obraz jej odjeżdżającej na Apollo, może ze łzami w oczach.

— Sir? — zawołał znów Spurling, tym razem natarczywiej.

Tim wyprostował się, przywołując na twarz maskę opanowania. — Idę, poruczniku — odparł głosem pewniejszym, niż się czuł. Kiedy ruszył w stronę placu apelowego, każdy krok ciążył mu żalem, a brak radosnej obecności Molly był nieustannym przypomnieniem tego, ile kosztowała go własna głupota. Teraz nie miał jednak czasu na rozpamiętywanie — czekali na niego ludzie.

Tim zatrzymał się na skraju placu, omiatając wzrokiem szeregi rekrutów, stojących z wodzami koni w dłoniach; konie były równie skupione i wyczekujące co ich jeźdźcy.

Oczekujące twarze kadetów zwróciły się ku niemu, morze nieskazitelnych mundurów i czujnych postaw. Tim poczuł na barkach ciężar ich zaufania, grożący pęknięciem starannie zbudowanej fasady.

— Panowie — zaczął, a jego głos poniósł się po dziedzińcu z wprawioną władczością. — Dzisiejszy dzień jest ważnym kamieniem milowym w waszym szkoleniu.

Kiedy mówił, Tim dostrzegał subtelne zmiany w postawie rekrutów. Tam, gdzie kiedyś wiercili się nerwowo, teraz stali prosto, z dumnie uniesionymi podbródkami. Przez pierś przemknęło mu ciepło dumy, na moment rozpraszając chłód winy.

— Przybyliście tu jako chłopcy — ciągnął, przechadzając się przed szeregami. — Surowi, niesprawdzeni. Ale spójrzcie na siebie teraz. — Wykonał szeroki gest. — Widzę przed sobą nie rekrutów, lecz żołnierzy. Mężczyzn gotowych służyć królowi i ojczyźnie z honorem i godnością.

Kadet Jameson, wysoki szczupak z burzą rudych włosów, odrobinę się wyprostował na słowa Tima. — Sir — podjął Jameson — czy to znaczy, że wkrótce wypłyniemy?

Szczęka Tima na moment się zacisnęła, gdy na powierzchnię wypłynęła jego własna frustracja i pragnienie powrotu na pole bitwy. Odepchnął to, skupiając się na spragnionych twarzach przed sobą.

— Jeszcze nie, Jameson — odparł łagodniejszym tonem. — Ale jesteście bliżej, niż sądzicie. Każdy dzień, każdy trening przybliża was o krok do celu.

Gdy wyjaśniał plan dzisiejszych ćwiczeń, myśli Tima na moment odpłynęły. Molly byłaby dumna z ich postępów, przemknęło mu przez głowę, po czym się opamiętał. Ukłucie jej nieobecności groziło, że go zaleje, lecz zdusił je w sobie, wlewając emocje w komendy i wskazówki.

— Pamiętajcie, panowie — zakończył, a w jego głosie zabrzmiało przekonanie, którego sam do końca nie czuł — jesteście przyszłością kawalerii Jego Królewskiej Mości. Noście się z dumą i dyscypliną, jak przystoi temu zaszczytowi.

Pozwolił sobie na chwilę prawdziwej satysfakcji, widząc, jak kadeci dumnie wypinają piersi. Prowadził tych młodych mężczyzn, kształtował ich na żołnierzy. To dziedzictwo, z którego mógł być dumny, nawet jeśli inne marzenia wymykały mu się z rąk.

Satysfakcja nie trwała jednak długo, bo przez szeregi przetoczyła się wyczuwalna fala przygnębienia. Tim obserwował, jak kadeci wymieniają spojrzenia, a wcześniejszy entuzjazm gaśnie. Niemal czuł wiszące w powietrzu niewypowiedziane pytanie.

W końcu kadet Thompson chrząknął. — Sir, a co z panną Bell... czy wróci?

Serce Tima ścisnęło się, ale twarz pozostała niewzruszona. — Nie, Thompson. Panna Bell wróciła do Belle Haven, by przygotowywać kolejną grupę koni z Belle Haven dla rekrutów z Sandhurst.

Na grupę spadła ciężka cisza. Tim patrzył, jak wieść w nich zapada, zauważając przygarbione ramiona i spuszczone oczy. Stało się jasne, że Molly odcisnęła na tych młodych ludziach niezatarte piętno; jej dobroć i cierpliwość dotknęły ich życia w sposób, którego Tim do tej pory nie doceniał.

Po chwili wysunął się kadet Llewellyn, a jego walijski akcent pobrzmiewał smutkiem. — Wielka szkoda, sir. Nawet nie mogliśmy się pożegnać.

Wzrok Tima utkwił w Llewellynie; na twarzy młodzieńca wyraźnie malowało się rozczarowanie. Przypomniał sobie, jak Molly poświęcała mu dodatkowy czas, czyniąc z młodego Walijczyka i jego siwego wałacha, Osirisa, bezsprzecznych liderów wśród kadetów. Szczęka Tima się napięła, mięśnie szyi stwardniały, gdy słowa Llewellyna wzburzyły w nim maelstrom emocji. Uporczywy szum w uszach jakby się wzmógł, zagłuszając dźwięki placu ćwiczeń.

— Szkoda? — warknął Tim, a jego złocistobrązowe oczy błysnęły nagłą ostrością. — Myślisz, że największym problemem jest pożegnanie, Llewellyn? Opowiem ci o prawdziwych pożegnaniach.

Zrobił krok bliżej kadeta, a głos obniżył do niskiego, bolesnego pomruku. — Nie zdążyłem pożegnać się z moim najlepszym przyjacielem, kapitanem Edwardem Hazelriggiem. Nie było czasu na czułe słowa ani łzawe uściski. Tylko brutalna rzeczywistość wojny i świadomość, że jest zbyt wielu przyjaciół, których już nigdy nie zobaczysz.

Słowa Tima zawisły w powietrzu, ciężkie od jego żaloby. Patrzył, jak krew odpływa z twarzy Llewellyna, a oczy młodzieńca rozszerzają się z szoku.

W duchu Tim zaklął na swój wybuch. Wiedział, że nie powinien obarczać rekrutów własnym bólem, ale strata Neda, połączona z nagłym wyjazdem Molly, zostawiła go obnażonego i bezbronnego.

Biorąc głęboki oddech, wyprostował się, zmuszając rysy do złagodnienia. Pociągnął za połę munduru, jakby ostre linie mogły przywrócić mu panowanie nad sobą.

— Wybaczcie, panowie — powiedział, głosem równym, lecz napiętym. — To było... nie na miejscu. Niech jednak posłuży za przypomnienie wagi wybranego przez was zawodu. Nieobecność panny Bell, choć godna ubolewania, blednie wobec wyzwań, które przed wami.

Wzrok Tima przesunął się po zebranych rekrutach, zatrzymując się na ich posępnych twarzach. Poczuł, jak odpowiedzialność ciąży mu coraz bardziej, wiedząc, że ci młodzi mężczyźni wkrótce staną twarzą w twarz z twardą rzeczywistością, którą on poznał na własnej skórze.

— A teraz — podjął, zmuszając głos do tonacji rozkazu — skupmy się na zadaniu. Szkolenie trwa, z pomocą panny Bell czy bez niej. Czy zostałem zrozumiany?

Po dziedzińcu poniósł się chór: — Tak jest, sir! — lecz Tim nie mógł pozbyć się wrażenia, że odsłonił zbyt wiele z własnego wewnętrznego zamętu. Odwróciwszy się, by poprowadzić rekrutów do następnego ćwiczenia, w duchu modlił się o siłę, by prowadzić tych ludzi, choć jego własne serce bolało od straty i tęsknoty.

Brak melodyjnego głosu Molly, który tak często zadawał pytania lub dodawał otuchy, zostawił wyczuwalną pustkę, gdy Tim prowadził ćwiczenie. Wytężał słuch, by wyłowić przytłumione pytania rekrutów, uświadamiając sobie, jak bardzo polegał na jej pomocy.

— Kadet Willoughby, mógłby pan powtórzyć? — zawołał Tim, przykładając dłoń do ucha. Odpowiedź młodzieńca zginęła w stukocie kopyt z pobliskiego padoku.

Poirytowany, Tim ścisnął nasadę nosa. — Do diabła — wymamrotał pod nosem. Gdy usiłował utrzymać porządek wśród coraz bardziej niespokojnych kadetów, podszedł goniec żwawym krokiem.

— Majorze Blair-Fortescue, sir — zameldował młody szeregowiec, stając na baczność. — Wzywają pana natychmiast do gabinetu komendanta.

Żołądek Tima podskoczył. — Dziękuję, szeregowcu. Rozejść się. — Do swojego adiutanta rzucił: — Poruczniku Spurling, przejmie pan tutaj. Nie powinno mnie długo nie być.

Idąc w stronę gmachu głównego, Tim rozważał wszystkie możliwości. Czy wieść o wczorajszym incydencie z Molly dotarła do uszu komendanta? A może podpułkownik Forebury złożył skargę o wyzwanie go na pojedynek? Forebury opuścił Sandhurst, ale był na tyle mściwy, by dalej próbować szczęścia.

Utwierdzając się w sobie, Tim zapukał w ciężkie dębowe drzwi gabinetu komendanta.

— Wejść — dobiegła z środka szorstka odpowiedź.

Tim wszedł, przyjmując sztywną postawę. — Major Blair-Fortescue melduje się na rozkaz, sir.

Lecz gdy oczy przywykły do półmroku w gabinecie, szczęka Tima opadła ze zdumienia. Na krześle przed biurkiem komendanta siedziała znajoma sylwetka, elegancko wyprostowana.

— Mamo? — wyrwało mu się, a opanowanie na moment runęło. — Co ty tu, u licha, robisz?

Lady Bridgnorth podniosła się z gracją, z ust nie schodził jej wyćwiczony uśmiech. — Timothy, skarbie, jak miło cię widzieć!

Tim zamrugał szybko, usiłując pogodzić niespodziewaną obecność matki z powagą, której się spodziewał.

Komendant, generał Warde, chrząknął. — Lady Bridgnorth przybyła bez zapowiedzi, Blair-Fortescue. Była bardzo stanowcza, by zobaczyć pana natychmiast.

— Och, dajmy spokój, generale — rzekła Lady Bridgnorth tonem lekkim, lecz z podskórną stalą. — Czyż matka potrzebuje umówionej wizyty, by zobaczyć się z synem?

Tim musiał się powstrzymać, by nie przewrócić oczami. Znał matkę — zawsze potrafiła przejechać po wojskowym protokole jak walec.

Wąs generała Warde drgnął, zdradzając cień rozbawienia. — W normalnych okolicznościach, moja pani, tak. Ale dla pani... moja żona byłaby zachwycona, gdyby zechciała pani zaszczycić nas gościną podczas pobytu.

Oczy Lady Bridgnorth rozbłysły. — Jakże to z pana strony uprzejmie, generale. Z największą przyjemnością skorzystam.

Serca Tima z ciężarem opadło. Miał nadzieję, że wizyta matki będzie krótka, a tymczasem wyglądało na to, że zostanie przynajmniej na jedną czy dwie noce. Wymusił uśmiech. — Jak... wspaniale, mamo. Przejdziemy się po terenie? Z pewnością chciałabyś zobaczyć Sandhurst.

— Cudowny pomysł, Timothy — odparła Lady Bridgnorth, wplatając rękę w jego ramię. — Prowadź, skarbie.

Gdy wyszli z gabinetu, myśli Tima wirowały. Dlaczego matka tu przyjechała? I jak długo zamierza zostać? Miał złe przeczucie, że jej wizyta nie wróży dobrze jego i tak już wzburzonym emocjom.

Tim prowadził matkę utartą ścieżką, żwir chrzęścił pod stopami. Popołudniowe słońce rzucało długie cienie na wypielęgnowane trawniki Sandhurst, a łagodna bryza niosła woń świeżo skoszonej trawy.

— Mamo, pozwól, że przedstawię porucznika Spurlinga — powiedział Tim, wskazując rudowłosego oficera zbliżającego się do nich o kulach. — Mojego adiutanta i jednego z najlepszych instruktorów.

Spurling skłonił się, jak potrafił, a jego yorkshire'owski akcent zabrzmiał wyraźnie: — Zaszczycony, Lady Bridgnorth.

Oczy Lady Bridgnorth nieznacznie rozszerzyły się na widok brakującej kończyny Spurlinga, lecz szybko odzyskała równowagę. — Dla mnie przyjemność, poruczniku. Mam nadzieję, że trzyma pan mojego syna krótko?

Spurling zachichotał. — Raczej odwrotnie, proszę Pani. Major to wspaniały mentor.

Lady Bridgnorth wyglądała na zadowoloną, a Tim skinął Spurlingowi na znak oddalenia. Porucznik raz jeszcze niezgrabnie się ukłonił i poszedł dalej.

Gdy ruszyli w dalszy spacer, wzrok Lady Bridgnorth prześlizgnął się po placach ćwiczeń. — A teraz, Timothy, skoro już o trzymaniu krótko mowa, muszę poruszyć twoją przyszłość. Czy zastanawiałeś się poważniej nad ustatkowaniem?

Szczęka Tima się napięła. — Mamo, ja—

— Spójrz tam! — przerwała Lady Bridgnorth, wskazując siwego w gęste cętki, który przeskakiwał przez żywopłot. — Cóż za wspaniałe stworzenie!

Tim skorzystał z okazji, by zmienić temat. — To Osiris, jeden z naszych najlepszych wierzchowców. A dosiada go kadet Llewellyn.

Lady Bridgnorth skinęła z uznaniem. — Imponujące. A wracając: jest pewna urocza młoda dama, córka hrabiny Exmouth...

— Mamo — wtrącił Tim, tracąc cierpliwość — całkiem mi dobrze z tym, jak jest.

— Ależ skarbie — nalegała — nie młodniejesz. Nie chciałbyś się ożenić?

Myśli Tima powędrowały do Molly, a jej nieobecność rozbolała go w piersi. Odepchnął to uczucie i skupił się na teraźniejszości. — Moim obowiązkiem jest armia i ci kadeci, mamo. Małżeństwo może poczekać.

Lady Bridgnorth westchnęła teatralnie. — Och, Timothy. Nie możesz odkładać swoich powinności w nieskończoność. A co z tą uroczą panną Fairfax? Słyszałam, że jest bardzo utalentowana.

Dyskomfort Tima rósł z każdą chwilą, a słowa matki o potencjalnych pannach bledły w oddalający się szmer. Myślami wciąż wracał do Molly — jej promiennego uśmiechu, delikatnego dotyku przy koniach, do tego, jak rozświetlały się jej ciemne oczy, gdy opowiadała o szkoleniu. Zastanawiał się, co robi w tej chwili, czy jest bezpieczna, czy tęskni za Sandhurst... czy tęskni za nim.

Późnym wieczorem Tim siedział przy stole komendanta podczas kolacji, w towarzystwie matki i Lady Warde. Rozmowa płynęła lekko, ale Timowi trudno było się skupić — myśli wciąż uciekały ku Molly.

Głos Lady Bridgnorth przeciął jego zadumę. — Generale Warde, nie mogłam nie zauważyć, jak wspaniale Tim prowadzi rekrutów. Widać, że są niemal gotowi do promocji.

Komendant skinął, z dumą się uśmiechając. — Istotnie, Lady Bridgnorth. Major Blair-Fortescue wykonał znakomitą pracę.

— W takim razie — podjęła Lady Bridgnorth miodnym, perswazyjnym tonem — może Tim mógłby wyrwać się na krótką wizytę do Londynu? Tak dawno nie spędzał czasu z rodziną.

Głowa Tima podskoczyła, oczy rozszerzyły się z niepokojem. — Mamo, nie sądzę, że...

Generał Warde odchylił się wygodnie w fotelu, a jego wesoła twarz stężała w zadumie, gdy zakręcił w kieliszku brandy. — Cóż, Lady Bridgnorth, przedstawia pani przekonujący argument. Pan Blair-Fortescue rzeczywiście pracował niestrudzenie przez ostatnie miesiące. — Zwrócił się do Tima z ciepłym uśmiechem. — Co pan na to, chłopcze? Rzekłbym, że zasłużył pan na oddech. Mógłbym pana zwolnić na tydzień lub dwa.

Tim poczuł na sobie ciężar spojrzeń, a wzrok matki był szczególnie przenikliwy. Otworzył usta, by zaprotestować, lecz zabrakło mu słów. Jak wytłumaczyć, że sama myśl o opuszczeniu Sandhurst, choćby na chwilę, napełnia go niewytłumaczalnym poczuciem straty?

— Ja... nie jestem pewien, czy to roztropne, sir — wydusił, a jego głos zabrzmiał blado nawet dla niego samego. — Rekruci...

— ...zostaną promowani za tydzień lub dwa — dokończył za niego generał Warde. — A nowej pełnej klasy nie zaczniemy od razu.

Umysł Tima gorączkowo szukał wiarygodnej wymówki. Lecz z każdą chwilą czuł, jak słabnie jego opór. Może — podszeptywał zdradliwy głos — zmiana otoczenia to właśnie to, czego potrzebuje. Może w Londynie, z dala od nieustannych przypomnień o Molly — jej śmiechu rozbrzmiewającego w stajniach, cienia jej obecności na placach treningowych — zdoła znaleźć odrobinę spokoju.

— Sądzę... że krótka wizyta nie zaszkodzi — przyznał niechętnie, a słowa miały w ustach smak goryczy.

Lady Bridgnorth klasnęła w dłonie z zachwytu. — Cudownie! Spędzimy razem wspaniały czas, skarbie. Tyle osób czeka, by cię zobaczyć.

Gdy matka z zapałem wyliczała wszystkie spotkania towarzyskie, które czekają go w Londynie, myśli Tima znów odpłynęły. Wyobraził sobie Molly, której ciemne włosy łapały promienie słońca, gdy pracowała z końmi. Czy wyjazd z Sandhurst naprawdę pomoże mu o niej zapomnieć? A może wspomnienie o niej będzie go prześladować, bez względu na to, jak daleko pojedzie?

Tim kiwał bezwiednie głową, głos matki odpływał w tło, podczas gdy on zmagał się z rozterkami. — Dobrze, mamo. Przyjadę do Londynu, gdy rekruci zostaną promowani.

Oczy Lady Bridgnorth błysnęły triumfem. — Wspaniale! Och, będzie tak cudownie. Jest tyle uroczych panien, które po prostu muszę ci przedstawić.

Tim stłumił jęk, wychwytując samozadowolenie w wyrazie twarzy matki. Niemal widział trybiki w jej głowie, które już układały długą listę kandydatek do zaprezentowania mu jedna po drugiej.

— Mamo — zaczął ostrzegawczym tonem — mam nadzieję, że nie zamierzasz...

— Zamierzam? Ja? — przerwała Lady Bridgnorth z niewinnie przesadzoną miną. — W życiu bym o tym nie pomyślała, skarbie. Pragnę jedynie, byś miło spędził czas w Londynie.

Tim uniósł brew, nieprzekonany. — Oczywiście. I jestem pewien, że te „urocze panny", o których wspomniałaś, pojawią się całkiem przypadkiem?

Matka machnęła ręką. — Timothy, nie bądź trudny. Czy to coś złego, że matka chce widzieć syna szczęśliwie ustabilizowanego?

— Ustabilizowanego? — powtórzył Tim, a w żołądku zawiązał mu się węzeł. — Mamo, nie mam zamiaru...

— Porozmawiamy o tym później, kochany — ucięła gładko Lady Bridgnorth. — Teraz skupmy się na twojej wizycie. Jestem pewna, że ojciec też się ucieszy.

Tim w to wątpił. Hrabia Bridgnorth prędzej mruknie na powitanie, po czym wycofa się do gabinetu ze swoimi psami. Mimo to ugryzł się w język, wiedząc, że z determinacją matki spór byłby daremny.

Gdy Lady Bridgnorth dalej trajkotała o planach, myśli Tima znowu pomknęły ku Molly. Ból w piersi się nasilił, gdy uświadomił sobie, że zgadzając się na ten wyjazd, oddala się od niej jeszcze bardziej. A jednak, pomyślał z gorzkim rozbawieniem, może to i lepiej. Bo cóż ich dwoje mogłoby naprawdę czekać?

Rozdział czternasty

TRZEŚKIE PORANNE POWIETRZERZEŚKI PORANEK
niosło zapach wypolerowanych butów i nerwowego podniecenia, gdy Tim stał na baczność, patrząc, jak kadeci
wchodzą na plac apelowy. Słońce iskrzyło na mosiężnych
guzikach i polerowanych szablach, a morze czerwonych
mundurów rozciągało się przed nim. Pierś wypełniła mu
duma, kiedy obserwował młodych mężczyzn, których
szkolił — teraz stojących na progu wojskowej kariery.

Gdy komendant zaczął przemówienie, myśli Tima
powędrowały do Molly. Niemal widział ją stojącą u jego
boku, z ciemnymi oczami błyszczącymi zainteresowaniem,
z grubymi, czarnymi włosami starannie schowanymi pod

kapelusikiem. Doceniłaby tę całą oprawę, konie paradujące w szyku na skraju placu.

— Gdybyś tylko mogła to zobaczyć, Molly — pomyślał z gorzko-słodkim bólem w piersi. — Pewnie wytykałabyś im błędy w jeździe i aż cię świerzbiłoby, żeby pokazać, jak to się robi naprawdę.

Wyobrażenie Molly, pewnie utrzymującej narowistego wierzchowca, wywołało na jego ustach lekki uśmiech. Jej pasja do koni dorównywała jego własnemu oddaniu szkoleniu tych młodych mężczyzn.

Gdy przypinano medale i wręczano szable, spojrzenie Tima sunęło po szczerych, skupionych twarzach. Przez minione miesiące poznał mocne i słabe strony każdego z nich. Teraz, widząc, jak stoją wyprostowani i dumni, poczuł przypływ emocji.

— Dobra robota, chłopcy — wymamrotał pod nosem. — Zasłużyliście na tę chwilę.

Uroczystość zakończyła się burzliwym okrzykiem, a kapelusze poleciały w górę. Gdy tłum zaczął się rozchodzić, Tim złapał się na tym, że pragnąłby dzielić ten triumf z kimś, kto naprawdę rozumie jego wagę. Z kimś takim jak Molly, której siła i determinacja dorównywały tym młodym żołnierzom.

— Niezły widok, panie majorze? — zagadnął inny oficer, klepiąc Tima po ramieniu.

Tim skinął głową, chrząknął. — Istotnie. Przeszli długą drogę.

— W niemałej mierze dzięki pańskim staraniom, założyłbym się.

— To oni pracowali — odparł skromnie Tim. — Ja tylko wskazałem im właściwy kierunek.

Patrząc, jak kadeci obejmują się z członkami rodzin i żegnają z towarzyszami, Tim poczuł ukłucie samotności. Włożył całe serce w ich szkolenie, lecz teraz rozjadą się na przydziały, znowu zostawiając go w tyle.

— Czas spojrzeć w przyszłość, stary druhu — powiedział sobie stanowczo. — Nie można wiecznie żyć przeszłością.

Gdy Tim odwrócił się od rozradowanego tłumu, w jego stronę popędził młody mężczyzna w nienagannym mundurze, z twarzą zarumienioną od emocji i wdzięczności. To był kadet Llewellyn — nie, teraz porucznik Llewellyn — z oczami błyszczącymi podziwem.

— Majorze Blair-Fortescue, sir! — zawołał Llewellyn, jego głos ledwie przebijał się przez wrzawę świętowania. Tim zmrużył oczy, skupiając się na ustach młodzieńca, by wyłapać słowa.

— Llewellyn — przyznał Tim, skinięciem głowy. — Gratuluję ukończenia szkolenia.

Słowa młodego posypały się jak potok. — Panie majorze, chciałem panu podziękować. Za pańskie wskazówki, cierpliwość... Nie stałbym tu dziś, gdyby nie pan.

Tim poczuł, jak ciepło rozlewa mu się po piersi — jaskrawy kontrast do nieustannego dzwonienia w uszach. Położył dłoń na ramieniu Llewellyna, podpierając zarówno siebie, jak i młodego oficera. — To pan pracował, panie Llewellyn. Ja tylko wskazałem panu właściwy kierunek.

— Ale, panie majorze, pokazał nam pan, co to naprawdę znaczy być oficerem — upierał się Llewellyn, a w jego oczach zalśniły łzy. — Pańska odwaga, pańska odpornoś ć... zainspirowały nas wszystkich.

Tim przełknął z trudem, walcząc z nagłą falą wzruszenia. — Jest pan świetnym żołnierzem, panie Llewellyn. Proszę pamiętać o szkoleniu, ufać instynktowi, a przede wszystkim dbać o swoich ludzi.

Gdy Llewellyn gorliwie przytakiwał, wzrok Tima powędrował po morzu młodych twarzy dookoła. Tyle jasnych przyszłości, tyle potencjału. A jednak ciężar osiadł mu w żołądku, gdy uświadomił sobie ponurą rzeczywistość, która czeka wielu z tych zapalczywych kadetów.

— Szczęść Boże, panowie — mruknął Tim, głos miał ściśnięty emocjami. — Obyście wszyscy wrócili cało do domu.

Słowa brzmiały pusto, nawet gdy je wypowiadał. Tim zbyt dobrze znał brutalną prawdę o wojnie, niezliczone życia przerwane na dalekich polach bitew. Ilu z tych młodzieńców nigdy już nie ujrzy brzegów Anglii? Ile rodzin otrzyma ten straszliwy list, zawiadamiający o najwyższej ofierze syna?

Gdy kadeci zaczęli się rozchodzić, Tim pozostał jak wmurowany, z piersią ściśniętą mieszaniną dumy i smutku. Zrobił wszystko, by ich przygotować, ale w końcu ich losy spoczną w rękach, na które nie ma żadnego wpływu.

— Szczęść Boże, doprawdy — pomyślał, patrząc, jak Llewellyn dołącza do towarzyszy. — I oby los wam sprzyjał.

Miary stukot kopyt o bruk ginął w tle, gdy kareta Tima wiła się przez zatłoczone ulice Londynu. Wpatrywał się niewidzącym wzrokiem w okno, myślami daleko od miejskiego zgiełku.

— Przeżyłem — zamyślił się, kreśląc palcem linię blizny ukrytej pod włosami. — Ale po co?

Przed oczami przemknęły twarze młodych kadetów, ich gorliwe uśmiechy nie dawały mu spokoju. Tim potrząsnął głową, próbując strząsnąć melancholię grożącą, że go ogarnie.

— Może już czas — mruknął, prostując mundur. — Czas spojrzeć dalej niż wojna, dalej niż samo przetrwanie.

Gdy kareta zatrzymała się przed okazałą kamienicą jego rodziców, Tim poczuł coś nieznanego. Nadzieję? A może przebudzenie możliwości?

Zanim zdążył się nad tym zastanowić, drzwi rozwarły się i ukazała Lady Bridgnorth w całej swej wspaniałości, w eleganckiej sukni i z rozpromienionym uśmiechem dla syna.

— Timothy, kochanie! — zawołała, zbiegając po schodach. — Przyjechałeś w samą porę. Na dziś wieczór zorganizowałam najurokliwsze soirée.

Tim stłumił jęk, zmuszając się do uśmiechu, gdy musnął policzek matki pocałunkiem. — Mamo, dopiero co przyjechałem. Naprawdę nie ma potrzeby, żeby—

— Nonsens — ucięła Lady Bridgnorth, prowadząc go do środka. — Siostrzenica Lady Ashworth jest w mieście, a słyszałam, że to wyśmienita pianistka. Musisz ją koniecznie poznać.

Szczęka Tima się zacisnęła. — Mamo, nie mam najmniejszej ochoty...

— A jutro — ciągnęła, nie zważając na jego protesty — mamy przyjęcie w ogrodzie u Pembroke'ów. Późno w roku, ale pogoda zapowiada się pięknie, a ich najmłodsza córka to podobno sama słodycz w różu.

— Mamo — powiedział tym razem ostrzej Tim. — Doceniam twoją... gorliwość, ale nie przyjechałem tu po to, by mnie obnoszono jak ogier pokazowy.

Oczy Lady Bridgnorth zwęziły się. — A po co więc? Z pewnością nie po to, by snuć się po domu albo chować w gabinecie jak twój ojciec.

Tim westchnął, przeczesując włosy dłonią. — Przyjechałem... zastanowić się nad swoją przyszłością — przyznał, a słowa brzmiały mu na języku obco.

Przez chwilę twarz Lady Bridgnorth złagodniała. — Och, Timothy. To wspaniała wiadomość. A cóż lepiej zabezpieczy twoją przyszłość niż stosowne małżeństwo?

Tim otworzył usta, by zaprotestować, lecz zabrakło mu słów. Jak miał wyjaśnić pustkę, którą czuł, tęsknotę za czymś więcej niż oczekiwania towarzystwa?

— Po prostu... daj mi trochę czasu, mamo — powiedział w końcu. — Obiecuję, że pójdę na twoje przyjęcia. Ale proszę, pozwól mi odetchnąć.

Lady Bridgnorth zacisnęła usta, wyraźnie niezadowolona. — Dobrze. Ale postaraj się być towarzyski, kochanie. Nigdy nie wiadomo, gdzie czeka szczęście.

Gdy odpłynęła, by dopiąć swoje plany, Tim oparł się o ścianę, nagle śmiertelnie zmęczony. — Gdzieżby? — mruknął, a myśli mimowolnie powędrowały ku parze życzliwych oczu i łagodnemu uśmiechowi. Molly nigdy nie wydawała się dalsza. Nie potrafił wyobrazić jej sobie w tym błyszczącym świecie towarzystwa, mimo że tamtego wieczoru, gdy gościł książę Yorku, wyglądała olśniewająco w swej sukni. Sprawiała jednak wrażenie niepewnej nawet w tym niewielkim gronie. W istocie Molly wyglądała naprawdę swobodnie tylko w siodle.

— Mam nadzieję, że siedzisz teraz w siodle, Molly — szepnął Tim, wyglądając przez okno na ruchliwą londyńską ulicę. — Pędzisz wolno po zielonych wzgórzach Hampshire. I żebym tylko mógł być tam z tobą!

Kakofonia balowej sali uderzyła w zmysły Tima jak salwa artylerii. Błyszczące żyrandole rozlewały oślepiające światło na morze wirujących sukien i wypolerowanych butów, a melodia orkiestry była w jego uszkodzonych uszach odległym, stłumionym pomrukiem. Odruchowo poprawił krawat, czując, jak kropla potu spływa mu po karku. To był już trzeci bal w tygodniu, na który zaciągnęła go matka, przeplatany wieczornymi soirée i popołudniowymi muzycznymi przyjęciami — bywało, że wszystkimi jednego dnia. Był wyczerpany.

— Majorze Blair-Fortescue! — przenikliwy głos przebił się przez zgiełk. Tim skrzywił się i odwrócił, widząc Lady Ashbury z córką u boku. — Jakże miło pana widzieć. Czy mogę przedstawić panu moją córkę Amelię, pannę Ashbury?

Tim sztywno się skłonił, z trudem wychwytując odpowiedź młodej damy. — Przyjemność po mojej stronie — zdołał wykrztusić, a własny głos wydał mu się ściśnięty.

— Właśnie opowiadałam Amelii o pańskich bohaterskich czynach w Hiszpanii — ciągnęła Lady Ashbury, ale jej słowa zlały się w niezrozumiały bełkot.

Tim pochylił się, przykładając dłoń za uchem. — Słucham, milady?

Uśmiech Lady Ashbury zadrżał. — Och, oczywiście. Jakże mogłam zapomnieć. Mówiłam... — Podniosła głos do niemal bolesnego poziomu, co sprawiło, że pobliscy tancerze odwrócili głowy.

Tim poczuł, jak policzki mu płoną. — Dziękuję, ale nie ma potrzeby krzyczeć — powiedział, starając się utrzymać spokojny ton. — Jeśli panie wybaczą, zdaje się, że jestem gdzie indziej potrzebny.

Pośpiesznie się wycofał, szukając schronienia przy kolumnie na skraju sali balowej. Pierś miał ściśniętą, oddech krótki. — Do kroćset — warknął posępnie, chwytając kieliszek wina z tacy przechodzącego lokaja i opróżniając go jednym haustem — wolałbym stawić czoło szarżującemu słoniowi niż wytrzymać tu jeszcze minutę.

Lady Bridgnorth wyłoniła się u jego boku, z wachlarzem trzepoczącym dezaprobatą. — Timothy, kochanie, nie możesz się tu chować cały wieczór. Chodź, panna Fairfax dopytuje o ciebie.

Tim stłumił jęk. — Mamo, proszę. Tańczyłem już z połową kandydatek na żony w Londynie. Czy to nie wystarczy na jedną noc?

— Nonsens — odparła Lady Bridgnorth, wplatając ramię w jego. — Noc jest młoda, a ty ledwie zacząłeś bywać. No już, uśmiechnij się. Wyglądasz, jakbyś szedł pod pluton egzekucyjny, a nie w salę pełną pięknych kobiet.

Gdy matka poprowadziła go ku kolejnej grupce chichoczących debiutantek, myśli Tima odsunęły się ku Sandhurst. Tęsknił za koleżeństwem pracy z rekrutami, za władzą, by po prostu odejść, kiedy zechce. Najbardziej jednak brakowało mu Molly; pragnął towarzystwa kogoś, kto widział w nim więcej niż pochodzenie i uraz, kogoś, kto rozumiał, kim jest naprawdę.

— Majorze Blair-Fortescue — piskliwy głos przerwał jego zamyślenie. — Jakże miło widzieć pana znów w Mieście! Czy mogę przedstawić panu moją córkę?

Tim zamrugał, skupiając wzrok na dwóch kobietach przed nim; młodsza zerkała na niego nieśmiało spod rzęs. Po chwili wytężania pamięci poznał starszą. — Pani Fairfax. — Wydobył z siebie uśmiech i z rezygnacją podał ramię. — Czy zechce panna uczynić mi honor tego tańca, panno Fairfax?

— Och, z największą przyjemnością, panie majorze! — Jej uśmiech był jasny i pełen oczekiwania.

Gdy zajęli miejsca do kadryla, Tim przygotował się na kolejną rundę nużącej, ledwo dosłyszalnej pogawędki. Muzyka wezbrała, a on znów poczuł się zagubiony w morzu hałasu i oczekiwań, tęskniąc za brzegiem, do którego obawiał się, że nigdy nie dopłynie.

Zegar z kukułką w gabinecie wybił północ, gdy Tim opadł w skórzany fotel, palcami szarpiąc za krawat. Równomierne tykanie zdawało się powtarzać łomot w jego głowie — nieustanne przypomnienie kakofonii, którą znosił cały wieczór, aż w końcu uciekł z balu i wrócił pieszo, rozpaczliwie pragnąc odrobiny ciszy, by zebrać myśli.

Lady Bridgnorth wpłynęła do pokoju, jedwab sukni zaszeleścił cicho. — Timothy, kochanie, wyszedłeś dość nagle. Panna Fairfax była bardzo urażona.

Tim ścisnął nasadę nosa. — Mamo, proszę. Tańczyłem już z każdą kwalifikującą się panną w Londynie. Czy to nie dość?

— Nonsens — odparła, przysiadając na sofie naprzeciwko. — Ledwie musnąłeś powierzchnię. A co sądzisz o pannie Amelii Ashbury? Albo może o pannie Cecilii Hartley? Z doskonałej rodziny, wiesz, jej brat odziedziczy po wuju hrabiowski tytuł...

— Mamo — powiedział Tim z wysiłkiem — doceniam twoje starania, ale ja już spotkałem jedyną kobietę, z którą mógłbym w ogóle znieść małżeństwo.

Oczy Lady Bridgnorth rozszerzyły się. — Naprawdę? To dlaczego więc... — Urwała, marszcząc brwi. — Timothy, co ty masz na myśli, mówiąc „znieść"? I czemu nie zabiegasz o względy tej kobiety?

Tim westchnął, przeczesując włosy. — Bo jest nieodpowiednia, mamo. To nigdy by się nie udało.

— Nieodpowiednia? — głos Lady Bridgnorth podskoczył o oktawę. — Na Boga, Timothy, co mogłoby ją czynić nieodpowiednią? To nie jest... *kobieta lekkich obyczajów*, prawda?

Głowa Tima poderwała się, w oczach zapłonęło oburzenie. — Oczywiście, że nie! Jak możesz w ogóle coś takiego sugerować?

— Cóż, nie wiem, co myśleć, skoro nic mi nie mówisz! — wykrzyknęła matka. — Jest aktorką? Rozwódką? — Westchnęła dramatycznie. — Nie jest przypadkiem *Francuzką*?

Mimo frustracji Tim parsknął krótkim, pozbawionym wesołości śmiechem. — Nie, mamo. To nie jest nic z tych rzeczy. Ona jest... — Urwał, gdy w jego myślach stanął obraz ciemnych, życzliwych oczu i łagodnego uśmiechu Molly. Jak miałby wytłumaczyć matce głębię swoich uczuć do kobiety tak dalekiej ich światu?

— Jest jaka, Timothy? — ponaglała Lady Bridgnorth, pochylając się. — Na miłość boską, mówże wreszcie!

Tim gwałtownie wstał i zaczął przemierzać gabinet w tę i z powrotem. Nieustanne dzwonienie w uszach zdawało się narastać z każdym krokiem. — Ona jest wszystkim, mamo. Jest dobra, inteligentna i rozumie mnie tak, jak nikt dotąd.

Ale nie należy do naszego świata i nie mogę prosić, by do niego weszła.

Lady Bridgnorth śledziła syna spojrzeniem, a jej wyraz twarzy złagodniał. — Mój drogi chłopcze — powiedziała łagodnie — jeśli ta kobieta tyle dla ciebie znaczy, to dlaczego do licha miałbyś pozwolić, by tak błaha rzecz jak pozycja społeczna stanęła na przeszkodzie?

Tim przeczesał włosy ręką, frustracja była niemal namacalna. — Ona jest sierotą, mamo. I... nie urodziła się Angielką. Jest Indianką.

Ku najwyższemu zdumieniu Tima oblicze Lady Bridgnorth rozjaśnił szeroki uśmiech. — I to wszystko? Och, mój drogi, przez chwilę mnie naprawdę zaniepokoiłeś.

Tim zamrugał, pewien, że jego ubytek słuchu zaczął wpływać na zrozumienie. — Słucham, co?

Matka z gracją podniosła się z fotela, podeszła i położyła dłoń na jego ramieniu. — Timothy, czy nigdy nie zastanawiało cię, czemu twój wuj Edward nigdy nie wrócił do Anglii?

Tim pokręcił głową, wciąż próbując pojąć jej niespodziewaną reakcję.

— Cóż — podjęła Lady Bridgnorth, a w oczach zatańczyły jej figlarne iskierki — Edward wywołał niemały skandal, gdy stacjonował w Indiach. Zakochał się do szaleństwa w miejscowej kobiecie — księżniczce, jeśli możesz w to uwierzyć — i poślubił ją prosto w Kalkucie. Wybrał życie w Indiach, ku rozpaczy naszego ojca.

Szczęka Tima opadła. — Żartujesz. — Choć lubił listy od wuja przez te lata, nie miał najbledszego pojęcia, że brat jego matki ożenił się z indyjską księżniczką!

— Zapewniam cię, że nie — odparła matka, klepiąc go po ramieniu. — Widzisz więc, mój drogi, twoja Molly nie byłaby pierwszą Indianką w naszej rodzinie. I ośmielę się twierdzić, że byłaby miłym nabytkiem, skoro już tak całkowicie skradła ci serce.

W głowie Tima zakotłowało się, a myśli, których nie śmiał dotąd rozważyć, nagle wezbrały falą. — Ale... a co z towarzystwem? Plotkami?

Lady Bridgnorth machnęła lekceważąco ręką. — Niech plotkują. Będą mieć zajęcie. Liczy się twoje szczęście, Timothy. A jeśli ta Molly cię uszczęśliwia, to dla mnie to wszystko, co muszę wiedzieć. — Uśmiech Lady Bridgnorth poszerzył się, gdy śledziła emocje przemykające po twarzy syna. — Poza tym — dodała tonem swobodnym, lecz spojrzeniem czujnym — masz własny majątek w Oxfordshire, wiesz; dobra wdowie po twojej babce Bridgnorth. Od lat zarządzane razem z posiadłościami Bridgnorthów, ale są w pełni twoje. Nic nie stoi na przeszkodzie, byś starał się o względy tej Molly i ułożył z nią życie właśnie tam.

Tim szybko zamrugał, ledwie nadążając myślą. — Własny majątek? W Oxfordshire? — Przeciągnął dłonią po włosach, jeszcze bardziej je mierzwiąc. — Ja... ja nawet nie wiem, gdzie on jest.

Matka zachichotała. — To łatwo naprawić. Rzecz w tym, Timothy, że masz możliwości. Jeśli londyńskie towarzystwo okaże się zbyt nużące, masz własne miejsce, dokąd możesz się wycofać.

Gdy słowa matki wsiąkały w świadomość, Tim poczuł w sobie przypływ determinacji. *Własny majątek*. Miejsce, w którym on i Molly mogliby zbudować wspólne życie —

z dala od plotek i oczekiwań Londynu. Ujrzał Molly tam, z ciemnymi włosami rozwianymi na wietrze, gdy pędzi po falujących, zielonych łąkach, jej śmiech rozbrzmiewa w holach ich domu.

— Muszę jechać — powiedział nagle, zrywając się na równe nogi. — Muszę znaleźć Molly. Muszę ją poprosić... muszę jej powiedzieć...

— Timothy? — zawołała za nim Lady Bridgnorth, gdy ruszył ku drzwiom. — Dokąd ty idziesz?

Tim zatrzymał się w progu z dłonią na gałce. Odwrócił się do matki, a na jego twarzy rozlał się uśmiech. — Oświadczyć się, mamo. Poproszę Molly o rękę.

Twarz Lady Bridgnorth rozjaśniła się zachwytem, a oczy błysnęły, gdy zawołała za nim: — Pamiętaj tylko powiadomić mnie o dacie ślubu, kiedy przyjmie, Timothy!

Serce Tima biło jak oszalałe, kiedy zbiegł po schodach, biorąc po dwa stopnie naraz. Wielki hol londyńskiej kamienicy jego rodziców, zwykle tak onieśmielający, teraz wydawał się jedynie przeszkodą między nim a przyszłością.

— Mój koń! — krzyknął Tim, pędząc do drzwi frontowych.

— Panie majorze, jest po północy! — zawołał lokaj.

— Ani chwili do stracenia — odparł stanowczo Tim, a lokaj po chwili tylko skinął głową.

— Obudzę stajennego, sir. Proszę zaczekać. —

Gdy niecierpliwie czekał, aż podprowadzą mu wierzchowca, myśli Tima znów pobiegły do Molly. Niemal widział ją na grzbiecie jednego z wspaniałych koni Belle Haven, z grubymi, czarnymi włosami wymykającymi się spod kapelusika, z silnymi dłońmi pewnie trzymającymi wodze. Samo wyobrażenie jej promiennego uśmiechu sprawiło, że serce mu zadrżało.

— Proszę pana? — głos lokaja wyrwał go z zamyślenia, gdy ten otworzył drzwi wejściowe. — Koń czeka.

Tim wskoczył w siodło; znajomy ruch ugruntował go, choć ekscytacja groziła, że przytłumi zmysły. Pognał naprzód, z brawurą lawirując między londyńskimi ulicami i nocnym ruchem — wozami z nieczystościami i sporadycznymi karetami, którymi członkowie towarzystwa wracali z przyjęć.

— Jadę, Molly — wyszeptał, bardziej do siebie niż do wiatru świszczącego mu przy uszach. — Czekaj na mnie.

Gdy miejskie ulice ustąpiły miejsca otwartej drodze, Tim poczuł wyzwolenie. Zostawiał za sobą duszące oczekiwania londyńskiego towarzystwa, pędząc ku przyszłości rozświetlonej obecnością Molly i wspólną miłością do koni, która ich do siebie zbliżyła.

Oczekiwanie ponownego spotkania, wreszcie wypowiedzenia uczuć, które tak długo trzymał na wodzy, pchało go naprzód. Z każdym uderzeniem kopyt czuł się bliżej domu — nie wielkich posiadłości tytułu, lecz prostego, szczerego świata, w którym żyła Molly.

Gdy Londyn został za nim daleko w tyle, Tim pozwolił sobie na chwilę czystej, nieokiełznanej radości. Jechał ku swojej przyszłości, ku miłości, ku życiu, które wreszcie miało sens. A na końcu tej drogi czekała Molly — silna, zaradna, piękna Molly.

Pozostawało mu tylko mieć nadzieję, że złożenie jej u stóp własnego serca wystarczy.

Rozdział piętnasty

Major Timothy Blair-Fortescue był dobrze obeznany z oczekiwaniem. Czekał w przeddzień bitwy, wiedząc, że może nie doczekać jutra. Czekał na wyrok chirurga w sprawie swoich obrażeń, świadom, że może paść słowo „amputacja". Czekał na wiadomość od przełożonego, wiedząc, że jego kariera może dobiec końca.

Żaden z tamtych momentów nie był tak wykańczający nerwy jak ten.

Dłonie Tima zacisnęły się na wodzach, jego wierzchowiec zarżał i potrząsnął łbem w proteście. Był już prawie na miejscu; droga do Belle Haven wiła się przez pagórkowate, soczyście zielone pola hrabstwa Hampshire.

Tim niemal widział już samą posiadłość, rozległe stajnie i padoki, gdzie hodowano i szkolono najlepsze konie w Anglii.

I niemal widział ją.

Molly Bell. Kobietę, którą kochał. Kobietę, po którą przyjechał.

Jeśli zechce go przyjąć.

Serce Tima dudniło w piersi, głuchy łomot odbijał mu się echem w uszach. Jego niemal całkowita głuchota była nieustannym przypomnieniem o poniesionych ranach; dzwonienie w uszach nie ustawało, nie pozwalając mu zaznać ani chwili spokoju. Nauczył się czytać z ruchu warg, wypatrywać najdrobniejszych gestów i poruszeń, lecz i tak wciąż zmagał się ze zrozumieniem świata wokół.

Wyprostował się w siodle, próbując strząsnąć z siebie ciężar myśli. Był żołnierzem, majorem w 14. Pułku Lekkich Dragonów. Stawał naprzeciw francuskich armat i przeżył. Zdoła też stanąć naprzeciw jednej kobiety.

Nawet jeśli była najpiękniejsza, najzdolniejsza i najdoskonalsza z wszystkich, jakie znał.

Tim zacisnął szczęki, mięśnie zapiekły boleśnie. Musiał przestać tak myśleć. Molly nie była doskonała. Była uparta, miała własne zdanie i była aż nazbyt niezależna, jak na własne dobro. Najpewniej roześmieje mu się w twarz, gdy poprosi ją o rękę.

Ale musiał spróbować. Musiał.

Droga zakręciła i Tim dostrzegł pierwszy raz Belle Haven. Posiadłość tętniła życiem: stajenni i luzacy prowadzili konie tam i z powrotem, jeźdźcy sprawdzali wierzchowce na lonżowni. Powietrze pachniało końmi, sianem i skórą; Tim wciągnął głęboko ten zapach i poczuł, jak ogarnia go spokój. Tu był jego świat. Wśród koni, jeźdźców, ludzi, którzy go rozumieli.

Popędził konia, żwir chrzęścił pod kopytami. Stajnie wyrosły przed nim, drzwi stały szeroko otwarte, ukazując rzędy boksów, w każdym stał wspaniały koń. Wzrok Tima sunął po zwierzętach, podziwiał lśniące sierści i potężne mięśnie.

I wtedy ją zobaczył.

Molly Bell. Stała na samym końcu stajni, czyszcząc konia. Ciemne włosy zebrane w prosty warkocz, zwyczajna suknia przykryta skórzanym fartuchem. Podniosła wzrok, gdy podszedł, a serce Tima zabiło niespokojnie.

Była jeszcze piękniejsza, niż zapamiętał.

Gdy Tim zsiadał z konia, gotów popędzić naprzód i przedstawić Molly swoje racje, nagle ogłuszająca kanonada szczekania wyrwała go z zamyślenia. Para potężnych mastifów, które dotąd leżały spokojnie tuż przy wrotach stajni, zerwała się i pomknęła w jego stronę.

Molly przecięła powietrze ostrym gwizdem, a psy wyhamowały zaledwie kilka stóp przed Timem, wciąż warcząc złowrogo.

— Hola! — Tim gwałtownie się cofnął, ale bez szybkiej reakcji Molly, miał przeczucie, że mógłby mieć nie lada kłopoty.

Uczucie ulgi zalało Tima, gdy Molly ruszyła szybkim krokiem. Chwyciła psy mocno za obroże. — Najmocniej przepraszam, majorze. Są szkolone, by zatrzymywać intruzów na terenie — musimy strzec się przed złodziejami koni!

— Żadnych przeprosin. Przeciwnie, muszę wyrazić najgłębszą wdzięczność, panno Bell. — Tim skłonił się z galanterią, próbując uspokoić łomoczące serce. — Uratowałaś mnie przed zostaniem strawą dla mastifów. I proszę, czyż nie jesteśmy przyjaciółmi? Mów mi Tim.

Brew Molly lekko się zmarszczyła. — Dobrze... Tim. Po co tu jesteś? — spytała wprost, patrząc na niego, jakby nie miała najmniejszego pojęcia, co go tu sprowadza.

Nagle wyuczona przemowa uleciała Timowi z głowy, rozproszona przez to przenikliwe, ciemne spojrzenie. — Ja... to znaczy... sedno sprawy... — Wziął głęboki oddech. — Molly, od chwili, gdy cię ujrzałem, byłem oczarowany. Twoim duchem, twoją siłą, twoim pięknem — o niczym innym nie potrafię myśleć. Przyjechałem wylać przed tobą serce i wyznać moją żarliwą miłość. — Słowa potoczyły się w pośpiechu, niezręczne, lecz szczere.

Ku jego przerażeniu oczy Molly błysnęły gniewem i cofnęła się o krok. — Rozumiem. Zakładasz, że uczynisz mnie swoją metresą, tak? Kolejny bogaty dżentelmen, który żeruje na osieroconej stajennej? — Jej głos drżał, a uścisk na obrożach psów zelżał. — Powinnam była mimo wszystko poszczuć cię psami, łotrze!

— Nie! Nigdy bym— To wcale nie moje zamiary! — Tim uniósł dłonie błagalnym gestem, przeklinając własną niezgrabność. Jak miał odratować ten fatalny błąd? — Molly, proszę, jeśli pozwolisz mi wyjaśnić... Ja... proszę cię o twoją rękę — wyrzucił z siebie, czerwieniąc się po uszy. — Chcę uczynić cię moją żoną, nie moją... niczym innym.

Oczy Molly rozszerzyły się, uścisk na obrożach poluzował się jeszcze bardziej. — Twoją *żoną*? — wyszeptała z niedowierzaniem wypisanym na twarzy.

Tim skinął żarliwie, stawiając ostrożny krok bliżej. — Tak, moją żoną. Wiem, że marnie się wysławiam, ale jeszcze nigdy tak się nie czułem względem kogokolwiek. Jesteś niezwykła, Molly. Twoja umiejętność pracy z końmi, determinacja, dobroć... Chcę z tobą zbudować życie, jeśli mnie zechcesz.

Wyraz twarzy Molly złagodniał, przetaczała się po niej mieszanina uczuć. Otworzyła usta, by coś powiedzieć, lecz nim padło choć jedno słowo, dobiegł ich odgłos zbliżających się kroków.

— Co się tu, u diabła, wyprawia? — zagrzmiał głęboki głos, a Sir Richard Bell ruszył ku nim, przenikliwie błękitne oczy biegały między Molly a Timem. — Słyszałem, że psy wszczęły raban. Wszystko w porządku, Molly?

Molly poczuła, jak płoną jej policzki, boleśnie świadoma obecności Tima i ciężaru jego oświadczyn wiszących w powietrzu. — Tato, ja... my tylko... — wyjąkała, najwyraźniej niepewna, jak wyjaśnić sytuację przybranemu ojcu.

Tim wyprostował się, próbując wyglądać na bardziej opanowanego, niż się czuł pod przenikliwym spojrzeniem Sir Richarda. — Czy mnie przedstawisz, Molly? — powiedział równym tonem.

Serce Molly zabiło gwałtownie, gdy uświadomiła sobie, w jak delikatnej znalazła się sytuacji. Wzięła głęboki oddech, by ustabilizować głos. — Oczywiście. Tato, to major Blair-Fortescue, instruktor z Sandhurst, z którym współpracowałam. Majorze, to Sir Richard Bell, mój... mój ojciec.

Gdy obaj mężczyźni wymienili skinienia, myśli Molly wirowały. Jak mogłaby wyjaśnić obecność Tima, nie mówiąc już o jego nagłych oświadczynach? Z niepokojem przyglądała się, jak brwi Richarda marszczą się, a jego bystre, błękitne oczy lustrują Tima z tą samą uwagą, z jaką oceniał konie.

— Majorze Blair-Fortescue. — Głos Richarda był uprzejmy, lecz chłodny. — Oczywiście jest pan mile widziany, ale czy mógłbym zapytać, co sprowadza pana do Belle Haven?

Wzrok Molly błądził między mężczyznami, palce bezwiednie miętosiły materiał spódnicy. Ogarnęła ją nagła potrzeba, by wkroczyć i wyjaśnić, lecz słowa ugrzęzły jej w gardle. Co Richard pomyśli o oświadczynach Tima? Czy je poprze? Pytania kłębiły się w głowie, pozostawiając ją oszołomioną i przytłoczoną.

Tim, widocznie zmieszany surowym spojrzeniem Richarda, nagle wypalił: — Sir Richardu, przybyłem prosić o rękę panny Bell!

Oczy Molly rozszerzyły się z wrażenia. Nie spodziewała się, że Tim będzie aż tak otwarty, zwłaszcza wobec Richarda. Rumieniec wspiął się jej na szyję, gdy dostrzegła, jak twarz Richarda ciemnieje.

— Doprawdy? — Głos Richarda zabrzmiał nisko, niebezpiecznie. Jego zwykle łagodne błękity oczu stwardniały jak kawałki lodu. — I cóż, niech mi pan powie, sprawia, że sądzi pan, iż jest pan godzien ręki mojej córki?

Serce Molly ścisnęło się boleśnie. Chciała odezwać się w obronie Tima, lecz jak wryta nie potrafiła wydobyć z siebie głosu.

Tim wyprostował ramiona, wyraźnie usiłując wyglądać na pewniejszego siebie, niż się czuł. — Zapewniam pana, moje zamiary są honorowe. Bardzo mi na pannie Bell zależy i pragnę zapewnić jej utrzymanie.

Brwi Richarda uniosły się sceptycznie. — Zapewnić utrzymanie? I jak pan to zamierza, majorze? Jakie ma pan perspektywy?

Wzrok Molly biegał między nimi, pierś ścisnęła się z niepokoju. Pragnęła zainterweniować, wyjaśnić Richardowi, jak wiele Tim dla niej znaczy, lecz słowa nie chciały się ułożyć. Pozostało jej tylko patrzeć, z sercem bijącym jak szalone, jak Tim zmaga się z dociekliwymi pytaniami Richarda.

Tim wziął głęboki oddech, dłonie splecione mocno za plecami. — Jestem zatrudniony w Sandhurst, proszę pana — zaczął, głosem spokojnym mimo widocznej w oczach nerwowości. — Szkolę młodych kawalerzystów i ich wierzchowce. To stanowisko bardzo mi odpowiada, nawet mimo moich... kłopotów ze słuchem.

Molly patrzyła na Tima uważnie, serce rozpierała jej duma, gdy opowiadał o swojej pracy. Wiedziała, ile wysiłku kosztowało go pokonanie trudności wynikających z niemal całkowitej głuchoty i jak wiele znaczyło dla niego stanowisko w Sandhurst, mimo początkowej niechęci do jego podjęcia.

Wyraz twarzy Richarda nieco złagodniał, mignęło w nim zainteresowanie. — To godne szacunku stanowisko.

Tim skinął z zapałem. — Tak jest, proszę pana. Pozwala łączyć moją miłość do koni z doświadczeniem wojskowym. Odkryłem, że mój stan w gruncie rzeczy wyostrzył moją wrażliwość na niewerbalne sygnały zarówno koni, jak i jeźdźców.

Molly nie mogła powstrzymać uśmiechu na pasję Tima. Widziała na własne oczy, jak wyjątkowo obchodzi się z końmi, jak reagują na jego delikatny dotyk i cichą naturę.

— Niemniej jednak — rzekł Richard, zerkając ukradkiem na Molly — nie jestem pewien, czy życie żony oficera w Sandhurst byłoby dla Molly odpowiednie. Nie mogłaby kontynuować swojej pracy z końmi.

Molly przełknęła ślinę. Była o krok od tego, by powiedzieć Timowi „tak", nie zastanawiając się, co to będzie dla niej oznaczać. Czy potrafiłaby pogodzić się z życiem spędzonym na grzecznych spotkaniach z innymi żonami oficerów, nawet dla dobra Tima?

— Gdyby panna Bell zechciała mnie przyjąć, złożyłbym dymisję — powiedział Tim, znów ją zaskakując. — Posiadam majątek w Oxfordshire, spadek po babce, choć muszę wyznać, że zarządzają nim agenci mojego ojca i nigdy tam nie byłem. — Tim nabrał tchu, zerkając to na

Richarda, to na Molly. — To, co pan zbudował tutaj, w Belle Haven, Sir Richardzie, jest... jest niezwykłe. Prawdziwe marzenie. — Głos ożywił mu się, gdy ciągnął dalej: — Myślałem, że gdyby był pan kiedykolwiek zainteresowany rozwinięciem działalności, dodatkowa lokalizacja w Oxfordshire mogłaby przynieść korzyści.

Brwi Richarda uniosły się, wyraźnie zainteresowany. — Proszę mówić dalej — odrzekł tonem mniej lodowatym niż przedtem.

Dłonie Tima poruszały się żywo, entuzjazm bił z niego wyraźnie. — Dzięki mojemu doświadczeniu z Sandhurst i majątkowi w Oxfordshire moglibyśmy stworzyć ośrodek szkoleniowy, który uzupełniałby Belle Haven. Mógłby się koncentrować na treningu młodych koni i łączeniu ich z jeźdźcami — coś w rodzaju przedsionka dla kadetów rozpoczynających naukę w akademii — co uwolniłoby miejsce w Belle Haven, by mógł pan na przykład rozszerzyć hodowlę.

Serce Molly przyspieszyło na myśl o takiej możliwości. Widziała to wyraźnie: pracę ramię w ramię z Timem, kontynuowanie ukochanej pracy z końmi, lecz w nowy, ekscytujący sposób. Zerknęła na Richarda, próbując odczytać jego reakcję.

Richard potarł w zadumie podbródek. — To intrygująca propozycja, muszę przyznać. Ale proszę mi powiedzieć, majorze, jak widzi pan w tym planie rolę Molly?

Wzrok Tima zmiękł, gdy spojrzał na Molly. — Przy jej wiedzy i pasji wierzę, że Molly byłaby kluczowa w prowadzeniu takiego przedsięwzięcia. Ma niezwykły dar dobierania koni i jeźdźców tak, by obie strony dawały z siebie to, co najlepsze — dar, którego początkowo nie rozumiałem, ale gdy zobaczyłem go w działaniu, wiem już, że jej umiejętności są niezrównane i ja... nie wyobrażam sobie podejmować się tego bez niej u boku.

Molly poczuła, jak ciepło rozlewa jej się po piersi na te słowa. Nie o same oświadczyny chodziło; oferował jej przyszłość, w której mogłaby nadal podążać za swoją pasją. Wstrzymała oddech, czekając na odpowiedź Richarda.

Przejrzyste błękity oczu Richarda spotkały się ze spojrzeniem Molly, tliła się w nich duma i czułość. — Muszę się zgodzić — rzekł ciepło. — Możliwości Molly są naprawdę wyjątkowe. Byłaby wręcz idealną osobą, by pomóc panu zarządzać takim przedsięwzięciem.

Serce Molly wezbrało na te słowa. Zawsze pragnęła go uszczęśliwić, a jego pochwała znaczyła dla niej więcej, niż potrafiła wyrazić.

Richard zwrócił się znów do Tima, z ledwie dostrzegalnym uśmiechem na ustach. — Muszę przyznać, majorze, że pańska propozycja ma swoje zalety. Zarówno w kwestii interesów, jak i... innych spraw. — Spojrzał znacząco to na Tima, to na Molly. — Choć ten wybór nie należy do mnie, lecz do mojej córki.

Implikacje słów Richarda wywołały u Molly trzepot w żołądku. Czuła, jak przygniata ją powaga chwili, ogrom decyzji, którą miała podjąć. Przed oczami stawały jej obrazy życia z Timem — poranki spędzane wspólnie na treningu koni, wieczory przy kominku, gdy rozmawialiby o wspólnej pasji, budowanie własnego dziedzictwa.

Pośród tego pędu emocji Molly zawahała się jednak. Potrzebowała chwili, by zebrać myśli, by mieć pewność, że serce i rozum mówią jednym głosem.

Biorąc głęboki oddech, Molly zwróciła się do Richarda. — Tato — powiedziała, a jej głos lekko zadrżał — czy mogłabym dostać chwilę sam na sam z Timem? Żeby... żeby omówić to dalej?

Oczy Richarda złagodniały, gdy spojrzał na Molly, zrozumienie wyrysowało się w łagodnych liniach twarzy. Zbliżył się, niosąc ze sobą zapach skóry i końskiej sierści — kojące wspomnienie domu.

— Oczywiście, kochanie — odparł nisko, uspokajająco. Pochylił się i musnął policzek Molly czułym pocałunkiem, jego zarost delikatnie podrapał jej skórę.

Molly poczuła przypływ wdzięczności do mężczyzny, który stał się jej ojcem we wszystkim prócz krwi. — Dziękuję, tato — wyszeptała.

Richard odsunął się, a w jego oczach błysnęła mieszanka czułości i figlarności. — Masz moje pełne zaufanie i wsparcie, cokolwiek postanowisz, Molly — powiedział, po czym z żartobliwym mrugnięciem dodał: — Tylko nalegam, nawet jeśli nie dasz biedakowi szansy, nie szczuj go znów psami. Szkoda byłoby stracić potencjalnego wspólnika z rąk naszych nadgorliwych strażników na czterech łapach.

Molly nie zdołała powstrzymać chichotu, napięcie w ramionach nieco zelżało. — Postaram się trzymać nerwy na wodzy — obiecała z lekkim uśmiechem.

Skinąwszy Timowi i ścisnąwszy czule ramię Molly, Richard odwrócił się i odszedł sprężystym krokiem. Gdy zniknął za narożnikiem stajni, Molly została sam na sam z Timem, z sercem bijącym w piersi jak galopujący koń.

Odwróciła się do niego, boleśnie świadoma ciepła jego obecności i intensywności spojrzenia. Chwila przeciągnęła się między nimi, pełna niewypowiedzianych słów i możliwości.

— Tim — zaczęła Molly — sądzę, że mamy wiele do omówienia.

— Istotnie. — Tim zerknął w dół. — Choć zanim zaczniemy... może zechciałabyś zamknąć gdzieś swoje ogary? Naprawdę nie chciałbym zostać zjedzony.

Jego łagodny żart rozładował napięcie i Molly roześmiała się cicho. — Daj mi chwilkę. — Zamknięcie dwóch mastifów w wolnym boksie było łatwe; wytarła dłonie o spódnicę i, z lekkim dreszczem nerwów, wsunęła dłoń pod ramię Tima. — Chciałbyś zobaczyć Apolla? — zapytała, z ledwie słyszalnym drżeniem w głosie.

— Bardzo — zgodził się, a Molly odwróciła się, by poprowadzić Tima do stajni ogierów, gdzie Apollo został przeniesiony.

Rozdział szesnasty

Molly poprowadziła Tima do stajni ogierów, aż paliła się, by pochwalić się największymi skarbami Belle Haven. Otworzyła szeroko drzwi, odsłaniając Apolla, który stał w boksie wysoki i dumny, z sierścią lśniącą rudo-złotym blaskiem w promieniach słońca sączących się przez szpary. Ciepłe parsknięcie ogiera, gdy ją rozpoznał, było świadectwem więzi, jaką z nim zbudowała.

Duma i zadowolenie wypełniły Molly, gdy prezentowała Apolla Timowi, wyciągając dłoń, by delikatnie pogładzić jego grzywę. — Witaj, mój piękny chłopcze — wyszeptała, a Apollo trącił nosem jej ramię, wywołując jej śmiech. — Mam dla ciebie smakołyk, nie martw się. —

Wyjęła z kieszeni marchewkę, a Apollo wziął ją z jej dłoni z niezwykłą delikatnością.

— Och, Molly, wygląda wspaniale — powiedział Tim z ciepłem, opierając się o dolną połowę drzwi boksu, by mu się przyjrzeć. — Nie widzę już nawet tych śladów po biczu na zadzie. Dokonałaś cudów.

Duma Molly z wykonanej pracy była oczywista, gdy uśmiechnęła się na pochwałę Tima. — Dziękuję. Jestem z niego bardzo dumna. Przeszedł długą drogę.

Sierść Apolla błyszczała jak wypolerowana miedź, a on stał spokojnie w swoim boksie, z uszami nastawionymi do przodu i oczami błyszczącymi inteligencją. To był zupełnie inny koń niż ten wystraszony, nerwowy, jakiego uczynił z niego Forebury, i serce Molly nabrzmiało dumą, gdy na niego patrzyła.

Apollo odpowiedział na jej łagodność i cierpliwość, a jazda na nim była czystą przyjemnością. Wciąż miał ognisty temperament, ale już nie uskakiwał przed ludźmi ani nie wzdrygał się na gwałtowne ruchy.

Doceniający uśmiech Tima sprawił, że jej serce zadrżało, a ona poczuła przypływ rozkosznego zawstydzenia na jego słowa uznania. — Wykonałaś przy nim kawał świetnej roboty, Molly. To twój prawdziwy powód do chwały.

— Dziękuję — powtórzyła, uśmiechając się do niego. Sięgnęła, by pogładzić Apolla po chrapach, a on trącił jej dłoń nosem, znów ją rozśmieszając. — Jest słodziaki, prawda, Apollo? Już nie może się doczekać wiosny i klaczy, które pozna! Tata tak się cieszy, że go odzyskał. Wcale nie chciał oddawać go do Sandhurst, ale mamy przydział koni dla Armii, a klacz, która miała jechać, naciągnęła ścięgno i kulała. Tata nie miał wyboru, musiał wysłać zamiast niej Apolla.

— Ostatecznie wszystko wyszło na dobre, prawda? — powiedział Tim łagodnie.

— Naprawdę tak. — Przycisnęła policzek do pyska Apolla, gdy ogier opuścił chrapy na jej dłoń, licząc na kolejną marchewkę. — A teraz jego — i Rufusa — linia będzie się w Belle Haven toczyć już zawsze.

Tim spoważniał na wzmiankę o Rufusie i skinął głową. — Cieszę się, że to słyszę — powiedział. Zawahał się chwilę, po czym dodał: — Przegapiłaś ceremonię promocji. Kadeci spisali się znakomicie, zwłaszcza twój podopieczny, Llewellyn. Ten młody człowiek zajdzie daleko, o ile Osiris zdoła trzymać go z dala od kłopotów.

Molly uśmiechnęła się. — Żałowałam, że mnie tam nie było. — Zawahała się, po czym pokręciła głową. — Prawdę mówiąc, nie wiem, czy zdołałabym patrzeć, jak tylu dumnych młodzieńców odjeżdża na wojnę, nie wybuchając płaczem i nie kompromitując ich wszystkich. Może dobrze się stało, że przywiozłam Apolla do domu.

— Może. — Tim wyciągnął rękę i pogładził uszy Apolla. — Szkoda tylko, że wyjechałaś akurat tego dnia — zauważył. — Przegapiłaś okazję poznania mojej matki.

— Twojej matki! — Oczy Molly rozszerzyły się w osłupieniu i wbiła w Tima zdumione spojrzenie.

— Tak, zaskoczyła mnie, zjawiając się bez zapowiedzi, a generał Warde oczywiście rozwinął przed nią czerwony dywan... mojej matce trudno odmówić, kiedy czegoś chce.

— A czego chciała?

— Chciała, żebym przyjechał do Londynu. — Tim uśmiechnął się krzywo. — Udało mi się ją odłożyć do czasu po promocji, ale właśnie wracam po tygodniu spędzonym tam.

Serce Molly zabiło mocniej. — Londyn? — powtórzyła niemal szeptem. Odwróciła wzrok ku Apollowi, delikatnie głaszcząc jego aksamitne chrapy, starając się ukryć nagły niepokój, który ją ścisnął.

Tim skinął głową, z miną mieszaną z rozbawienia i zniecierpliwienia. — Istotnie. Okazuje się, że matka miała wobec mnie wielkie plany. Zawrotną rundę po najświetniejszych salonach towarzystwa.

Palce Molly odruchowo mocniej ścisnęły nachrapnik Apolla. — I jak ci się podobało? — zapytała, starając się, by jej ton brzmiał lekko i z ciekawością.

Tim westchnął teatralnie, opierając się o ścianę boksu. — Męczące, to mało powiedziane. Bale do świtu, bez końca drobne pogawędki z ludźmi, których imion nie pamiętam, i więcej falban, niż chciałbym zapamiętać.

Mimo niepokoju Molly nie zdołała powstrzymać chichotu na opis Tima. — Brzmi... przytłaczająco.

— To i tak eufemizm — rzucił Tim, przewracając oczami. — Był jeden szczególnie pamiętny wieczór u Lady Ashton, gdzie praktycznie urządziły na mnie zasadzkę gromadka chętnych debiutantek. Czułem się jak ogier pokazowy na licytacji.

Śmiech Molly tym razem był szczery, choć pobrzmiewała w nim nuta czegoś jeszcze. — Biedny Tim — droczyła się — otoczony najznakomitszymi damami Londynu. Jakżeś to przeżył?

Spoglądając na nią, Timowi złagodniało spojrzenie. — Myśląc o tobie, oczywiście. O życiu, którego naprawdę pragnę.

Molly przygryzła wargę, uciekając wzrokiem od jego szczerości. Łagodne parskanie Apolla tworzyło kojącą muzykę dla kłębiących się w jej głowie burzliwych myśli.

— Tim — zaczęła niepewnie, bawiąc się wytartym mankietem koszuli — ja... nie jestem pewna, czy kiedykolwiek odnalazłabym się w tamtym świecie. Przyjęcia, bale, niekończące się obowiązki towarzyskie. To wszystko tak dalekie od tego, co znam.

Tim zrobił krok bliżej, marszcząc brwi z troską. — Molly, nie musisz...

Uniosła dłoń, musiała wypowiedzieć swoje lęki. — Moja siostra Clara szykuje się do sezonu londyńskiego i nawet ona jest tym przejęta. A Clara, cóż, zawsze lepiej radziła sobie z pańskimi umiejętnościami niż ja, wychowana od urodzenia w wytwornej rodzinie. A ja? — Molly zaśmiała się cicho, z odrobiną autoironii. — Lepiej się czuję, czyszcząc boksy, niż tańcząc kadryla.

— To nieprawda — zaprotestował Tim, lecz Molly pokręciła głową.

— A jednak. I nie chodzi tylko o taniec czy etykietę. Tim, ja... — zawahała się, ściszając głos niemal do szeptu — jestem Indianką. Jak londyńskie towarzystwo miałoby mnie kiedykolwiek zaakceptować?

Wyraz twarzy Tima złagodniał, oczy rozjaśniło ciepło, gdy ujął dłoń Molly. — Molly, kochanie, muszę złożyć pewne wyznanie — powiedział. — Ja londyńskiego towarzystwa szczerze nie znoszę.

Oczy Molly rozszerzyły się ze zdumienia. — Naprawdę?

— Całkowicie — potwierdził Tim z cichym śmiechem. — Te wszystkie nadęte przyjęcia, niekończące się pogaduszki, pozory... to wyczerpujące, zawsze tak to odbierałem, a teraz, gdy mam uszkodzony słuch, tym bardziej. Moje marzenia, Molly, to marzenia o wsi. Życie pełne otwartych pól, dźwięku końskich kopyt i ciebie u mojego boku.

W piersi Molly zadrżała iskierka nadziei, lecz niepewność wciąż się tliła. — A twoja rodzina...

— Moja rodzina — przerwał Tim, ściskając jej dłoń pokrzepiająco — jest znacznie bardziej otwarta, niż mogłabyś sądzić. Wiedziałaś, że mam wuja, który poślubił Indiankę?

Oddech Molly zawisł jej w gardle. — Doprawdy?

Tim skinął głową, a w jego oczach zamigotały iskierki. — Księżniczkę indyjską, jeśli wierzyć mojej matce! Może kiedyś ich odwiedzimy, wuja i jego żonę, albo może oni przyjadą tutaj, by cię poznać. Molly, moja rodzina cię zaakceptuje, bo zobaczy to, co ja widzę — silną, mądrą, piękną kobietę, która czyni mnie szczęśliwszym, niż kiedykolwiek byłem.

Molly poczuła, jak policzki oblewa jej rumieniec, a serce zaczyna bić z zupełnie innego powodu.

— Jeśli chodzi o moją matkę — ciągnął Tim — może i snuje wielkie plany dotyczące londyńskiego świata, ale najbardziej chce widzieć mnie szczęśliwym. I wierz mi, aż się pali, żeby cię poznać.

— Naprawdę? — zapytała Molly cichutko, z nutą zachwytu.

Uśmiech Tima rozjaśnił mu twarz. — A jakże. Jak miałaby nie chcieć poznać kobiety, która skradła serce jej syna?

Molly nie zdołała się nie zaśmiać nad jego niewzruszoną pewnością. — Malujesz to wszystko w bardzo różowych barwach, proszę pana.

— Tylko mówię, jak jest — odparł Tim z uśmiechem. A zaraz potem, już poważniej, dodał: — Nie będę udawał, że zawsze będzie łatwo. Będą trudności, konieczne ustępstwa. Ale razem, Molly, wierzę, że podołamy wszystkiemu.

— Opowiedz mi o Oxfordshire. — Natężenie jego spojrzenia było zbyt wielkie; nie mogła na niego patrzeć. Odwróciła się i zajęła się rozczesywaniem palcami grzywy Apolla; ogier znosił to ze stoickim spokojem.

— Muszę przyznać, że nigdy tam nie byłem — wyznał Tim. — Prawdę mówiąc, zdążyłem o tym zapomnieć. To była własność wdowia mojej babki, ale z tego, co pamiętam z ksiąg majątku ojca, jest tam dwór, parę małych zagród... i jakieś osiemset akrów ziemi ornej.

— Osiemset akrów! — To nawet więcej niż Belle Haven! Głowa Molly podskoczyła, spojrzała na niego z otwartymi ustami.

— Aż nadto miejsca na tak duży program szkoleniowy, na jaki zdołamy namówić Armię. — Tim się rozpromienił. — Myślałem nawet o niewielkiej hodowli, niczym, co mogłoby się równać z Belle Haven, ale wystarczającej, by wychować kilka znakomitych koni kawaleryjskich.

Uśmiech zamigotał na ustach Molly, gdy to sobie wyobraziła. — Brzmi cudownie — wymruczała.

— Twoja wiedza o koniach byłaby bezcenna. Moglibyśmy pracować ramię w ramię, tworząc coś naprawdę wyjątkowego.

Kiedy Tim mówił, Molly ogarnęła nagła fala emocji. Jego marzenia tak idealnie pokrywały się z jej własnymi, że aż ją to przytłoczyło. Życie wśród koni, z dala od zgiełku i ocen londyńskiego świata, u boku mężczyzny, który najwyraźniej ją uwielbia...

A jednak wdarła się iskierka zwątpienia. Czy to naprawdę możliwe? Czy ona, sierota z Duke Street, może naprawdę prowadzić takie życie? Ogrom wszystkiego sprawił, że aż zabrakło jej tchu.

— Molly? — Głos Tima był łagodny, a troska wybrzmiała w jego tonie. — O czym myślisz?

Zawahała się, myśli miała jak wicher, pełne nadziei i lęku. — Po prostu... to wszystko, o czym kiedykolwiek marzyłam — przyznała cicho. — Ale nie mogę przestać się zastanawiać, czy naprawdę jestem gotowa na takie życie. Czy na nie zasługuję. — Molly wzięła głęboki oddech, serce łomotało, gdy spotkała spojrzenie Tima. — Ale... ale chcę tego. Chcę takiego życia, Tim. Z tobą. — Głos jej zadrżał, a słowa nabrały barwy nadziei i niepewności. — Jeśli jesteś pewien, że to mnie chcesz mieć u swego boku, to... tak. Tak, wyjdę za ciebie.

Twarz Tima rozjaśniła czysta radość, oczy zabłysły wzruszeniem. — Och, Molly — westchnął, ujmując jej dłonie w swoje. — Uczyniłaś mnie najszczęśliwszym mężczyzną w całej Anglii.

Bez wahania przyciągnął ją do siebie w mocnym uścisku, oplatając ją ramionami. Molly poczuła ciepło jego ciała przy swoim, miarowy rytm jego serca, który dorównał przyspieszonemu tętnu jej własnego. Zamknęła oczy, wdychając jego zapach — mieszaninę skóry, koni i czegoś, co było po prostu Timem.

— Obiecuję ci — wyszeptał Tim gorąco do jej ucha — że zbudujemy razem wspaniałe życie. Nigdy nie będziesz musiała wątpić w swoje miejsce ani w swoją wartość.

Molly poczuła, jak w oczach szczypią ją łzy, przytłoczona intensywnością chwili. Odchyliła się odrobinę, zerkając na Tima przez łzy z uśmiechem. — Przytrzymam cię za słowo, majorze Blair-Fortescue — powiedziała, a w jej głosie zabrzmiała nuta dawnego figlarnego tonu.

Tim roześmiał się, dźwięcznie, z czystą radością. Ujął w dłonie jej twarz, kciukami ścierając łzy, które wymknęły się po policzkach. — Inaczej być nie może, przyszła pani Blair-Fortescue — odparł z czułą tkliwością w głosie.

Stojąc tak, wtuleni w siebie, Molly poczuła, jak ogarnia ją poczucie słuszności. Tak, przed nimi wciąż kryły się niewiadome, ale w tej chwili wiedziała, że dokonała właściwego wyboru. Jakiekolwiek czekały ich wyzwania, stawią im czoła razem.

Wzrok Molly powędrował ku otwartym drzwiom stajni, gdzie późnopopołudniowe słońce malowało podwórze złotem. Znajome dźwięki Belle Haven — rżenie koni, nawoływania stajennych, śpiew jednej z jej sióstr gdzieś w oddali — napełniły ją słodko-gorzknym ściskiem. To miejsce było jej azylem, jej domem. Teraz wołał ją nowy rozdział życia.

— No więc — powiedziała, prostując ramiona i patrząc Timowi prosto w oczy z determinacją — chyba powinniśmy zabrać się za tę naszą wielką przygodę, prawda?

Uśmiech Tima był olśniewający. — Owszem, moja miłości. Owszem.

Gdy wyszli ze stajni, trzymając się za ręce, Molly poczuła przypływ ekscytacji. Ścieżka przed nimi mogła być niepewna, ale z Timem u boku była gotowa przyjąć wszystko, co ją czeka. Ich wspólna podróż dopiero się zaczynała i nie mogła się doczekać, dokąd ich zaprowadzi.

Rozdział siedemnasty

GODZINĘ PÓŹNIEJ TIM SZEDŁ ramię w ramię z Richardem po bujnych łąkach Belle Haven, podczas gdy Molly świętowała w domu z matką i siostrami. W powietrzu unosiły się zapach świeżo skoszonego siana i koni.

— Muszę przyznać, że nie mógłbym być bardziej zadowolony z twoich zaręczyn z naszą ukochaną Molly. — Richard klepnął Tima po ramieniu, a jego niebieskie oczy błyszczały. — Choć nie wychowywałem jej od maleńkości, jak moich pozostałych córek, jest mi równie droga i cieszę się, że widzę ją tak szczęśliwą.

— Dziękuję, proszę pana. Czuję się niezmiernie szczęśliwy, że zdobyłem jej uczucie — i pańską aprobatę. — Tim poczuł, jak policzki lekko mu płoną od pochwał. Molly była istotnie rzadkim klejnotem, pięknym na zewnątrz i w środku. Jej współczucie, spryt, jej sposób obchodzenia się z końmi — całkowicie go oczarowała, ciałem i duszą.

— A skoro już mowa o waszych zaślubinach — ciągnął Richard, gdy skręcili w zakręt ścieżki — Theresa i ja mieliśmy nadzieję odwiedzić pański rodzinny majątek w Oxfordshire, by upewnić się, że wszystko jest w należytym porządku, gdy po ślubie zamieszkacie tam z Molly. Oczywiście za pańską zgodą.

Tim przystanął, zaskoczony i poruszony tą troskliwą propozycją. — Byłbym ogromnie wdzięczny za pańskie rady, proszę pana.

Między szkoleniem wojskowym w Sandhurst a służbą w kawalerii *dom* stał się pojęciem odległym. Lecz teraz, na myśl o ustatkowaniu się z Molly, ogarnęła go gwałtowna, niespodziewana tęsknota. Zbudować wspólne życie, może wychować rodzinę...

— Wspaniale! — Głos Richarda przerwał jego rozmarzenie. — Theresa będzie zachwycona. Jest bardzo przywiązana do Molly, co z pewnością pan zauważył.

— Istotnie. — Tim uśmiechnął się, wyobrażając sobie obie kobiety pochylone ku sobie w serdecznej rozmowie.

— Łączy je wyjątkowa więź. Cieszę się, że Molly ma Lady Bell, która poprowadzi ją w tym nowym rozdziale.

— Zatem postanowione. Od razu zaczniemy planować wyjazd do Oxfordshire. Jeśli się poszczęści, wszystko urządzimy tak, byście mogli wprowadzić się niezwłocznie po ślubie.

Gdy powóz wspiął się na ostatnie wzgórze, Molly przycisnęła dłonie w rękawiczkach do szyby, a oddech uwiązł jej w gardle na widok przed sobą. Pośród łanów soczyście zielonych pól i starych dębów stał Willowbrook Manor, którego miodowy, cotswoldzki kamień lśnił w popołudniowym słońcu.

Dłoń Tima odnalazła jej dłoń, jego dotyk był ciepły i kojący. — Witaj w domu, moja miłości.

Dom. Słowo poniosło się echem w Molly, budząc głęboką tęsknotę. Przez wszystkie lata w sierocińcu przy Duke Street, a nawet po tym, jak znalazła schronienie u Bellów, jakaś jej część zawsze czuła się jak bez kotwicy. Ale tutaj, z Timem, ogarnęło ją poczucie przynależności.

Powóz zatrzymał się na żwirowym podjeździe. Tim wysiadł pierwszy, potem podał rękę Molly, za nimi wysiedli Richard i Theresa. Nogi Molly, osłabłe po podróży, lekko się ugięły i potknęła się, wpadając w twardą pierś Tima. W jego oczach zatańczyło łagodne rozbawienie, gdy ją podtrzymał. — Ostrożnie. Nie możemy pozwolić, by przyszła pani na Willowbrook się przewróciła.

— Wybacz, ja po prostu... — Molly wskazała na okazały dom, na moment tracąc słowa. — Jak ze snu.

— A ty, najdroższa, jesteś jego najczarowniejszą częścią. — Tim odgarnął niesforny loczek z jej policzka, a od jego dotyku Molly zaróżowiła się z przyjemności. Uśmiechnęła się do niego i przyjęła podaną dłoń.

Trzymając się za ręce, przeszli przez wspaniały, sklepiony portal, a Richard i Theresa pozostali nieco w tyle, by dać im kilka chwil na oswojenie się z przyszłym domem. W pnączach ciężkich od późnoróżanych kwiatów, oplatających kamień, mieszał się ich delikatny zapach z rześką wonią bukszpanowych żywopłotów. Molly nabrała głęboko powietrza, chłonąc każdą nutę. Richard i Theresa dołączyli do nich, a Molly odwróciła się i obdarzyła przybranych rodziców promiennym uśmiechem.

— Och, moja kochana dziewczynko — zawołała Theresa, a jej głos zadrżał ze wzruszenia. — Jestem niewymownie szczęśliwa z waszego szczęścia. To początek wspaniałego nowego rozdziału.

Molly odwzajemniła uścisk z całej siły, a serce wezbrało wdzięcznością do kobiety, która stała się nie tylko jej najlepszą przyjaciółką, ale i drugą matką. — Dziękuję, Ma. Twoje wsparcie znaczy dla nas wszystko.

Richard podszedł spokojniej, lecz jego oczy błyszczały nieskrywaną radością, gdy uścisnął dłoń Tima stanowczym uściskiem. — Gratulacje, chłopcze. Nie mógłbym być z was bardziej dumny ani bardziej podekscytowany.

Tim skłonił głowę, a na jego twarzy rozlał się chłopięcy uśmiech. — Dziękuję, Sir Richardzie. Pańskie wskazówki i przyjaźń są bezcenne.

Gdy mężczyźni rozmawiali, Theresa wsunęła ramię pod ramię Molly, prowadząc ją w stronę stajni. — Chodź. Wiem, co chcesz zobaczyć najbardziej.

Serca Molly zabiło szybciej na widok okazałego, kamiennego kompleksu stajennego. Choć obecnie pusty — dzierżawcy Willowbrook wyprowadzili się zaledwie kilka dni wcześniej — zapachy siana i koni wciąż się unosiły, znajome i kojące, od razu sprawiając, że Molly poczuła się jak u siebie.

Tim i Richard dołączyli do nich i razem w czwórkę obeszli stajnie, podziwiając lśniące mosiężne okucia i przestronne boksy. Molly przesunęła dłonią po gładkim drewnie, wyobrażając sobie konie, które wkrótce wypełnią te miejsca.

— Pomyślałem, że moglibyśmy rozbudować stajnie na wschód — zaproponował Tim, wskazując otwarty teren. — Postawić nowe skrzydło dla naszej powiększającej się stawki.

Molly skinęła, a w głowie już wirowały jej pomysły. — A może oddzielna stodoła do wyźrebień, z ekstra szerokimi boksami i wydzielonym wybiegiem. I ogrodzony plac treningowy, właśnie tam...

Stojąc tak pośród namacalnych dowodów ich wspólnych marzeń, Molly poczuła napływające uczucie przynależności, poczucie właściwego miejsca. Oto jej przyszłość — i nie mogła się doczekać, by wyruszyć w tę ekscytującą podróż u boku ukochanego mężczyzny.

Noc spędzili w wygodnym zajeździe, a nazajutrz wrócili do Belle Haven, pełni planów przemiany Willowbrook. Molly nie mogła się nadziwić, jak daleką drogę przeszła. Od bezgroszowej sieroty do przyszłej pani własnego majątku — brzmiało to jak z bajki.

— A teraz — zaczęła Theresa, gdy powóz znów ruszył, a jej oczy błyszczały ekscytacją — porozmawiajmy o weselu. Myśleliście już o szczegółach?

Molly wymieniła spojrzenie z Timem, a na jej ustach zatańczył uśmiech. — Choć rodzina Tima jest w Londynie, chciałabym wychodzić za mąż z Belle Haven, żeby pan Fallon udzielił nam ślubu, a moje siostry mi towarzyszyły.

Richard skinął głową, z ciepłym wyrazem twarzy. — Będzie dla nas zaszczytem ugościć wasz wielki dzień. Powiedz tylko słowo, a sprawimy, że wszystko się powiedzie.

W miarę jak rozmowa płynęła, Molly dała się porwać radości planowania bardziej, niż się spodziewała. Omawiali wszystko — od listy gości, przez menu, po kwiaty i muzykę. Dłoń Tima odnalazła jej dłoń, ich palce splotły się, gdy razem snuli wizję ich idealnego dnia.

— Napiszę dziś wieczorem do rodziców i brata — powiedział Tim, a w jego głosie brzmiało szczęście. —

Będą zachwyceni wiadomością i tym, że dołączą do nas na uroczystości.

Serce Molly wezbrało miłością do tego mężczyzny, do rodziny, którą odnalazła. Pośród śmiechu i gwaru złapała spojrzenie Theresy i ujrzała w nim dumę oraz czułość.

Molly bezgłośnie wyszeptała: — Dziękuję — a wdzięczność była zbyt wielka, by ubrać ją w słowa.

Theresa tylko się uśmiechnęła, a jej spojrzenie przekazało całą miłość i wsparcie, jakich Molly mogłaby potrzebować.

Gdy wieczór posuwał się naprzód, a plany nabierały kształtów, Molly przyłapała się na snuciu wyobrażeń o czekającej ich przyszłości. Życie pełne miłości, sensu, huku kopyt i wiatru we włosach. A w samym centrum tego wszystkiego — nierozerwalna więź, którą dzieliła z Timem, miłość, która przeszła przez wszelkie burze i wyszła z nich jeszcze silniejsza.

Tim stał u boku Richarda, obaj spoglądali na soczyste pastwiska Belle Haven, gdzie konie pasły się w spokoju. Lekki wietrzyk niósł słodką woń trawy i dalekie rżenie stada.

Richard zwrócił się do Tima, z uśmiechem igrającym w kącikach ust. — Mam coś dla was, chłopcze — dla ciebie i Molly. Prezent ślubny na uczczenie nowego początku.

Brew Tima ściągnęła się w zaciekawieniu. — Prezent? Już i tak tyle nam pan dał, Sir Richardzie! Nie mogę...

Ale Richard uniósł rękę, uciszając protesty Tima. — Nonsens. To coś wyjątkowego, coś, co odkładałem na właściwy moment.

Na gwizd Richarda z pobliskich stajni przybył stajenny. Młody mężczyzna wyszedł, prowadząc wspaniałego ogiera o kasztanowej, lśniącej sierści, z grzywą i ogonem spływającymi jak jedwab na wietrze. Koń poruszał się z królewską gracją, a mięśnie falowały pod skórą.

Oczy Tima rozszerzyły się, a oddech uwiązł mu w gardle. — Apollo?

— Apollo — potwierdził Richard z czcią w głosie. — Ostatni syn Hermesa, najwspanialszy ogier, jakiego kiedykolwiek posiadałem. A teraz jest twój.

Tim pokręcił głową, przytłoczony wielkodusznością tego gestu. — Nie mogę... Nie wiem, co powiedzieć.

Richard położył dłoń na jego ramieniu, uścisk miał mocny i dodający otuchy. — Powiedz, że go przyjmiesz, Tim. Powiedz, że uczynisz go kamieniem węgielnym waszej hodowli, ojcem czempionów.

Tim przełknął ślinę, a oczy zaszczypały go od wzruszenia. Nie mógł odpowiedzieć inaczej niż: — Przyjmę. Obiecuję. Sprawię, że będzie pan dumny.

Uśmiech Richarda się poszerzył, a kąciki oczu zastrzępiły się od śmiechu. — Och, Molly i tak nie pozwoli ci zrobić inaczej.

Gdy Tim podszedł do Apollo, ogier spojrzał na niego bystrymi oczami, stawiając uszy czujnie do przodu. Tim wyciągnął dłoń, pozwalając Apollo obwąchać swoją skórę i czując na niej ciepły oddech.

— Kiedy zobaczyłem cię po raz pierwszy, pomyślałem, że Rufus wrócił — powiedział łagodnie. — Ale widzę teraz, że nie. Jesteś jeszcze wyjątkowszy. On był przeszłością; ty jesteś przyszłością.

Apollo zarżał cicho, jakby się zgadzał, a w Tima wstąpiła fala ekscytacji, poczucia celu. Z tym wspaniałym zwierzęciem u boku i z miłością Molly wszystko wydawało się możliwe.

Serce Molly wezbrało radością, gdy patrzyła na Tima i Apollo — więź między człowiekiem a koniem była tak wyrazista, tak głęboka. *O to właśnie chodzi* — pomyślała — *o tę więź, to porozumienie. To istota naszej pracy.*

Dłoń Richarda na jej ramieniu przywołała ją do rzeczywistości; odwróciła się i ujrzała, jak uśmiecha się do niej, a w oczach igra jej figlarne światełko. — Mam niespodziankę także dla ciebie, moja droga — powiedział konspiracyjnym tonem.

Molly uniosła brew, zaintrygowana. — Ach tak? Co to takiego, Pa?

Richard skinieniem głowy wskazał dalekie pastwisko, gdzie pasowała się grupka młodych koni. — Cztery trzyletnie klacze, wybrane przeze mnie osobiście. Są twoje, Molly. Twoje, by połączyć je z Apollo i zacząć własną legendę. Jedyny posag, jaki mogę ci dać — ale wiesz, jak wielką ma wartość.

Oddech Molly zamarł, a oczy rozszerzyły się. — Moje? Naprawdę? — Objęła wzrokiem pastwisko, dostrzegając lśniące sierści, silne nogi, potencjał w każdej młodej klaczy. — Własne stado hodowlane, fundament nowej linii. — Jej głos był ledwie szeptem.

Richard zachichotał, ściskając jej ramię. — Naprawdę. Zasłużyłaś, Molly. Ciężko pracowałaś, tyle się nauczyłaś. Czas, byś sama chwyciła za wodze i współtworzyła przyszłość u boku Tima.

Łzy zakłuły Molly w oczach, a wdzięczność i miłość wezbrały w niej. — Czym zasłużyłam na tę rodzinę, na to życie?

Odwróciła się i rzuciła Richardowi na szyję, obejmując go mocno. — Dziękuję, Pa — wyszeptała, głosem ściśniętym od emocji. — Dziękuję za wszystko.

Ramiona Richarda objęły ją pewnie, trzymając blisko. — Nie ma za co, dziewczynko. Jestem z ciebie dumny — z kobiety, którą się stałaś.

Trwali tak dłuższą chwilę, ojciec i córka, złączeni miłością i wspólnym celem. Gdy wreszcie się odsunęli, policzki Molly były mokre od łez, ale uśmiech miała promienny.

— No dobrze — powiedziała, prostując ramiona, a ekscytacja zadźwięczała w jej żyłach. — Chyba powinnam przyjrzeć się z bliska moim nowym dziewczynom. Dołączysz, Pa?

Richard wyszczerzył zęby w uśmiechu i podał jej ramię.

— Myślałem, że nigdy nie zapytasz. — Zawołał Tima, by

do nich dołączył, i we troje ruszyli przez skąpane w słońcu łąki, śmiejąc się razem.

Po chwili dźwięk kół powozu na żwirze przywołał ich z powrotem do domu, a serce Molly podskoczyło do gardła, gdy drzwi się otworzyły i wysiadła rodzina Tima.

Pierwsza była jego matka — postawna kobieta o niebieskich oczach Tima i życzliwym uśmiechu. Uścisnęła syna, po czym zwróciła się do Molly i ujęła jej dłonie w swoje.

— Witaj w rodzinie, moja droga — powiedziała miękko i szczerze. — Tak wiele o tobie słyszeliśmy i ogromnie się cieszę, że wreszcie możemy się poznać.

Molly zamrugała, powstrzymując łzy, a gardło miała ściśnięte wzruszeniem. — Dziękuję — wydusiła, ściskając dłonie starszej kobiety. — To dla mnie więcej, niż możesz sobie wyobrazić.

Następny był ojciec Tima — wysoki, imponujący, o postawie człowieka przyzwyczajonego do dowodzenia. Molly przygotowała się na surowość, lecz jego głos okazał się ciepły.

— Panno Bell — powiedział, skłaniając głowę. — To przyjemność wreszcie poznać kobietę, która skradła serce mojego syna.

Ulga popłynęła przez nią, a Molly dygnęła. — To ja mam przyjemność, proszę pana. Witam w Belle Haven.

Kiedy Theresa wyszła i wprowadziła rodzinę Tima do środka, ich śmiech i rozmowy wypełniły powietrze, a Molly poczuła, jak resztki obaw topnieją. — Akceptują mnie — wyszeptała z mieszaniną zdumienia i radości w sercu. — Naprawdę mnie akceptują.

Ramię Tima objęło jej talię, a on musnął pocałunkiem jej skroń. — Mówiłem, że cię pokochają — mruknął, a jego oddech ogrzał jej skórę.

Molly przylgnęła do niego, z figlarnym uśmiechem na ustach. — I jeszcze nigdy tak się nie cieszyłam, że się myliłam.

Poranek dnia ślubu wstał jasny i pogodny, a słońce złociło rozległe włości Belle Haven. Molly stała w oknie, patrząc na konie pasące się na polach — widok, który od pierwszego dnia w Belle Haven niezmiennie napełniał ją radością.

— Wyglądasz olśniewająco, moja droga — powiedziała Theresa, stając obok. W oczach starszej kobiety iskrzyło wzruszenie, gdy przyglądała się sukni ślubnej Molly, w której bladozielony jedwab mienił się w świetle.

Molly odwróciła się, a na jej ustach drżał uśmiech. — Wciąż nie mogę uwierzyć, że to dzieje się naprawdę — wyznała, gładząc dłonią delikatną koronkę na gorsecie. — Po wszystkim, przez co przeszliśmy, stać tu i za chwilę poślubić mężczyznę, którego kocham...

Theresa objęła ją ostrożnie, uważając na suknię. — Zasługujesz na całe szczęście, Molly. Ty i Tim oboje.

Rozległo się pukanie i Richard wsunął głowę, a jego oczy rozszerzyły się na widok Molly. — Moja droga dziewczyno — powiedział ochryple ze wzruszenia. — Wyglądasz absolutnie olśniewająco.

Molly zamrugała, a serce znów jej wezbrało. — Dziękuję, Pa — wyszeptała, używając czułego zwrotu, który tak wiele dla niej znaczył.

Richard podał jej ramię, jego uśmiech był ciepły i dumny. — Gotowa?

Molly zaczerpnęła głęboko tchu i skinęła. — Tak.

Razem zeszli po schodach, a Richard pomógł jej i Theresie wsiąść do czekającego powozu na krótką drogę do kościoła, gdzie czekał już tłum gości, morze uśmiechniętych twarzy zwróconych ku niej. Na końcu nawy stał Tim, przystojny w mundurze, z oczami rozświetlonymi miłością i zachwytem, gdy patrzył, jak się zbliża.

Kiedy Richard położył jej dłoń w dłoni Tima, wikary zaczął mówić, a jego słowa spłynęły na nich w nabożnej ciszy. Molly zatraciła się w oczach Tima, w obietnicy życia, które razem zbudują, w miłości, która pokonała każdą przeszkodę.

Gdy przyszła pora na przysięgę, głos Molly zabrzmiał czysto i pewnie, a jej słowa dały świadectwo głębi oddania: — Ja, Molly Bell, biorę ciebie, Timothy'ego Blair-Fortescue, za męża. Będę cię mieć i chować odtąd aż do śmierci, w zdrowiu i w chorobie, w bogactwie i w ubóstwie, w dobrej i złej doli, kochać i szanować, póki śmierć nas nie rozłączy.

Gdy wikary ogłosił ich mężem i żoną, Tim przyciągnął ją do siebie, a jego usta odnalazły jej usta w pocałunku, który przypieczętował ich związek — obietnicę na zawsze.

Wokół rozległy się okrzyki i brawa, a płatki róż posypały się na nich, gdy odwrócili się twarzami do bliskich, trzymając się za ręce i gotowi wyruszyć w najwspanialszą przygodę życia.

Przyjęcie było roztańczone i radosne, a powietrze wypełniły muzyka i śmiech, gdy goście fetowali nowożeńców. Belle Haven przeszło metamorfozę — lampiony rzucały ciepły blask na stoły uginające się od przysmaków i kwiatów. Molly nie mogła przestać się zachwycać tym widokiem, a serce niemal pękało jej od radości i wdzięczności.

Gdy w powietrzu popłynęły dźwięki walca, Tim wyprowadził ją na parkiet, kładąc dłoń na jej krzyżu i nie odrywając od niej wzroku. Płynęli w rytm jak jedno ciało, idealnie zgrani, a świat znikał, aż zostali tylko oni dwoje, zaczarowani tą chwilą.

— Kocham cię, pani Blair-Fortescue — wyszeptał Tim miękko i czule. — Bardziej, niż słowa potrafią wyrazić.

Serce Molly zadrżało, a w oczach zabłysły niewylane łzy.
— A ja kocham ciebie, mój ukochany mężu. Na zawsze i na wieki.

Wokół do tańca dołączały kolejne pary, lecz Molly ledwie to zauważała — cała jej uwaga skupiała się na mężczyźnie w jej ramionach, tym, który skradł jej serce i podarował przyszłość, o jakiej nie śmiała marzyć.

Gdy wieczór posuwał się naprzód, Tim wyprowadził ją na chwilę z gwaru do gabinetu, gdzie mógł posłuchać jej głosu.

— Możesz w to uwierzyć, moja miłości? — zapytał, splatając z nią palce. — Po wszystkim, co przeszliśmy, wreszcie tu jesteśmy. Mąż i żona.

Molly przylgnęła do niego, opierając głowę na jego ramieniu. — Jak we śnie — wyznała. — Pięknym, doskonałym śnie.

Ramiona Tima objęły ją mocniej, a jego usta musnęły jej skroń. — Nigdy nie zapomnę dnia, w którym się poznaliśmy — zamruczał. — Byłaś jak żywioł, sama płomienność i determinacja. Wiedziałem wtedy, że moje życie nigdy już nie będzie takie samo.

Molly uśmiechnęła się do wspomnienia, z sercem przepełnionym ciepłem. — A spójrz na nas teraz — powiedziała cicho. — Zaszliśmy tak daleko, tyle przeszliśmy. Ale przeszliśmy to razem — i to się liczy.

Tim skinął, a jego oczy błyszczały emocją. — Nie dałbym rady bez ciebie, Molly. Twoja miłość, twoja siła, twoja niezachwiana wiara we mnie. Były dla mnie światłem w najciemniejszych chwilach.

Molly odwróciła się w jego objęciach, unosząc dłonie, by objąć jego twarz. — A ty, mój kochany, byłeś moją skałą, schronieniem w burzy. Jestem tak wdzięczna za ciebie, za naszą miłość.

Ich usta spotkały się w pocałunku zarazem czułym i namiętnym — w obietnicy przyszłości, którą zbudują razem. I gdy trzymali się blisko, a dźwięki przyjęcia cichły w tle, Molly wiedziała, że jakiekolwiek wyzwania przyniesie los, stawią im czoła ręka w rękę — bo ich miłość potrafi pokonać wszystko.

— Chodź — szepnął po chwili Tim. — Lepiej wróćmy, bo nasze matki ruszą nas szukać.

— Uchowaj Boże — zaśmiała się Molly. Na pierwszy rzut oka ich matki wydawały się zupełnie różne — Hrabina była istną siłą natury, a Theresa cicha i łagodna — jednak obie kobiety błyskawicznie się zaprzyjaźniły. Theresa poprosiła Hrabinę o pomoc przy debiucie Clary w Londynie w przyszłym sezonie. Hrabina była tą prośbą wprost zachwycona, mówiąc, że zawsze chciała mieć kilka córek do wystrzelenia na salony, i z zapałem rzuciła się w wir przygotowań.

Głos Richarda poniósł się przez salę, gdy Tim i Molly wsunęli się z powrotem, przyciągając uwagę wszystkich. — Jeśli mogę prosić o chwilę uwagi — powiedział z ciepłym, szczerym uśmiechem. — Chciałbym powiedzieć kilka słów do młodej pary.

Tim i Molly odwrócili się ku niemu, z palcami splecionymi i oczami błyszczącymi miłością i oczekiwaniem.

— Dla Tima i Molly — niech wasza miłość pozostaje latarnią nadziei i inspiracją dla wszystkich, którzy was znają. Niech wasza przyszłość będzie pełna radości, śmiechu i nieskończonych przygód. A dziedzictwo, które wspólnie stworzycie, niech trwa przez pokolenia.

Rozległ się chór okrzyków i braw, a wszyscy wznieśli kielichy. Tim i Molly uśmiechnęli się do siebie, a ich serca niemal pękały z radości.

Gdy zabawa trwała, Theresa i siostry Molly otoczyły ją, a ich oczy zaszkliły się łzami. — Och, Molly — wyszeptała Theresa, przyciągając ją do mocnego uścisku. — Jestem tak szczęśliwa, moja kochana dziewczyno. Ale muszę wyznać, że część mnie smuci się na myśl, że odchodzisz.

Molly odwzajemniła uścisk, a w jej oczach też zakręciły się łzy. — Ja też będę tęsknić — powiedziała cicho. — Ale

Belle Haven zawsze będzie moim domem, gdziekolwiek będę.

Jej siostry skinęły, z uśmiechami słodko-gorzkimi. — Zawsze będziesz tu miała miejsce, Molly — powiedziała Clara, ściskając jej dłoń. — I zawsze będziemy przy tobie, cokolwiek się stanie.

Molly rozejrzała się po twarzach kobiet, które tak długo były jej rodziną, a serce aż wezbrało miłością i wdzięcznością. — Wiem — odparła, a głos lekko jej zadrżał. — I zawsze będę to w sobie nosić. Dałyście mi tak wiele, nauczyłyście, co znaczy być kochaną i pielęgnowaną. Nigdy wam za to dość nie podziękuję.

Objęły się jeszcze raz, a łzy mieszały się ze śmiechem, gdy trwały w uścisku. I kiedy Molly cofnęła się o krok, jej spojrzenie odnalazło Tima — i wiedziała, że choć zostawia za sobą jeden dom, wyrusza w nową przygodę u boku ukochanego mężczyzny, gotowa stworzyć ich własne dziedzictwo.

Epilog

TRZYMAJĄC SIĘ ZA RĘCE, Molly i Tim szli przez soczyście zielone łąki Willowbrook, a delikatny wietrzyk kołysał wierzchołkami drzew. Apollo, wspaniały kasztanowaty ogier, skubał trawę wśród swojego niewielkiego stada klaczy, będąc symbolem obietnicy i potencjału, jakie czekały przed nimi.

Molly oparła głowę na ramieniu Tima, z ust wyrwało jej się zadowolone westchnienie. — Nie mogę w to uwierzyć — wyszeptała, a jej oczy lśniły radością. — To naprawdę nasze, prawda?

Tim uśmiechnął się do niej, przyciągając ją mocniej za talię. — Jest, kochanie. A razem zrobimy z tego coś naprawdę wyjątkowego.

Przez chwilę stali w milczeniu, chłonąc spokój rozciągającego się przed nimi krajobrazu. Myśli Molly powędrowały ku drodze, która ją tu przywiodła — od ulic Londynu, przez stajnie Belle Haven i place treningowe Sandhurst, aż w ramiona mężczyzny, którego kochała. To była ścieżka pełna wyzwań i przeszkód, ale mimo wszystko znalazła w sobie siłę i wytrwałość, by się nie poddać.

Tim również myślał o przyszłości. Spoglądał na ziemię przed sobą, widząc nie tylko pola i stajnie, lecz także tkwiące w nich możliwości. Wiedział, że z Molly u boku wszystko jest możliwe. Tutaj zbudują życie, pozostawią po sobie dziedzictwo, które przetrwa pokolenia.

Jakby czytając mu w myślach, Molly odwróciła się do niego, a jej oczy zabłysły podekscytowaniem. — Nie mogę się doczekać, co przyniesie nam przyszłość, Tim. Z Apollo i naszymi klaczami stworzymy coś niezwykłego.

Tim rozpromienił się, a serce wypełniły mu miłość i duma. — Tak będzie, Molly. I zrobimy to razem, na każdym kroku.

Przyciągnął ją do siebie, a ich usta spotkały się w czułym pocałunku. W tej chwili cały świat zniknął, liczyła się tylko miłość, którą się dzielili, i obietnica wspólnego życia, jakie mieli zbudować.

Gdy się od siebie odsunęli, Molly spojrzała na niego, promieniejąc szczęściem. — Kocham cię, Tim. Bardziej, niż kiedykolwiek przypuszczałam.

— A ja ciebie, Molly. Na zawsze i na wieki.

Stali tak, objęci, podczas gdy słońce chyliło się ku horyzontowi, a nad nimi rozbłysły gwiazdy. Przyszłość rozciągała się przed nimi, pełna nieskończonych możliwości i niezachwianej miłości, którą w sobie odnaleźli. Jakiekolwiek wyzwania miały nadejść, stawią im czoła razem, sercami związanymi miłością zdolną pokonać wszystko.

KONIEC

Panny z Belle Haven powracają z powieścią *Panna Clara i markiz*, w której Clara Bell odkrywa, że Londyn wcale nie jest taki, jak go sobie wyobrażała. Czy córka Belle Haven, urodzona w skandalu, potrafi odnaleźć się wśród śmietanki towarzyskiej ton?

Inne książki autorki
Catherine Bilson

Rumieniące się panny

Hrabia dla Ellen
Markiz dla Marianne
Książę dla Diany
Kapitan dla Clarissy

Panny z Belle Haven

Narzeczona z Belle Haven
  Panna Molly i uparty major
  Panna Clara i markiz
  Pomyłka panny Anny
  Panna Eliza przejmuje ster
  Kłopoty z panną Charlotte
  Zakochana panna Laura
  Wścibska panna Louise

St. George i Potwór z Rzeki (tylko dla subskrybentów newslettera)

Poznaj wszystkie publikacje Shenanigans Press, odwiedzając naszą stronę internetową, https://www.she naniganspress.com/pl!

Możesz też obserwować nas w mediach społecznościowych – jesteśmy na Facebooku i Instagramie (@ShenanigansPressPolska)

I nie zapomnij zapisać się do naszego newslettera, aby otrzymywać informacje o nowościach, promocjach, konkursach i wiele więcej!